オリーブの樹

蔡　素芬

黄愛玲・訳
林水福・監修

Olive Tree

Table of Contents

一

淡水へ向かう普通列車。台北駅のプラットホームの最後尾に佇むと、灰色がかった青い素朴な車体がいっそう寂しげに過ぎ去る歳月を際立たせる。ホームに溢れ返る乗客は、だれもがわれ先にと急いでいた。祥浩は人波に身を任せ、狭い列車のドアをくぐった。列車の中は、彼女と同じように手に荷物を持ち、肩に鞄をかけた学生らしい若者が大半を占めていた。座席の向きを変えられるボックス席で、対面に座り四人でトランプに興じて時間を潰す者もいれば、一人寝ている者もいた。ただボーッと窓の外を眺めている者もいる。

窓の外は時代を遡る映像を流している映画のようで、文明の進歩の象徴であるコンクリートの森の都会から、やがてちらほらと民家が点在する田園風景へと変わっていく。雨風にさらされ蝕まれた家屋の壁面は、それぞれの家に刻まれた歴史を物語っているようだった。

停車する駅の数も多いため、列車はゆっくりと進んで行く。どの駅も人の乗り降りは激しく、車内は絶えずごった返していた。学生と見られる若者の他に、竹篭を担いだ行商人や労働者風の人たちもいる。手持ち無沙汰でただ時間を潰しているように見える人もいた。列車丸ごとが、どこか賑やかな旧い街へ向かっているように感じられた。

北投をすぎると、列車はほぼ淡水河と並んで走るようになる。この日は蒸し暑く、河からもわーっとグレーがかった薄い湿った霧がたちのぼっていた。河の対岸にある八里の街も、この薄いこんもりとしたグレーの熱気に包まれている。対岸の向こうに見える山間の起伏は、やがてその輪郭が少しずつ降って海へと消えて行った。河のこちら側はマングローブの林が広がり、鬱蒼とした濃い緑はグレーの海、そして空へと伸びていき、空がつくるアーチの下にはでんと大地が迫っていた。河はのどかにゆったりと北へ流れている。列車は河に沿ってすこしずつ坂をのぼり、彼女をある小さな街へと運んでいた。彼女がかつて行ったこともなく、また想像もつかないような小さな街だった。列車が北上するにつれて、徐々に期待が膨らみ、やがて小さな街が現われた。

淡水鎮の駅舎は小さな建物だった。待合室には壁に沿って木製の椅子が並んでいた。乗客は列車から降りるとプラットホームの回廊へと一斉に押し寄せ、コンクリートの駅舎の左側にある出口からどっと外へ吐き出されていった。祥浩は切符を駅員に渡し荷物を手に提げ、淡い緑色のペンキが塗られた建物の前で立ち止まった。手に持っていた手書きの地図を広げ、大学のある方向を探した。バス公社のバスは道路向こうで混雑の様相を見せ、乗客らはそれぞれ違うバスに乗り込もうとしていた。それぞれ行き先が異なるのだ。道路を行き交う大小さまざまな車は駅前の狭い道路をさらにせわしなく見せた。

それだけで駅前は賑々しかったが、さらに新入生の歓迎をうたう大学のサークル活動のグループがあちこちにブースを出し、新入生の勧誘をしていた。駅舎の日影に置かれたそれらのテーブルには白いテーブルクロスがかけられ、ひらひらと風に舞うクロスの端がちょっぴり暑さを吹き払っていた。一人の目ざとい男子学生が彼女がきょろきょろしているのを見て、聞かれもしないのにどうやって山に上っていけばいいのか教えてくれた。彼女は教えられた通りに歩き出した。上り坂は狭く、両脇にはレストラン・本屋・写真館・服飾店・飲食店の屋台などがごちゃごちゃ林立し、狭い街を色鮮やかに彩っていた。写真館のショールームに大きく飾られた女学生の記念写真はどれもほとんどこの学校を卒業し芸能界で名を馳せた女学生で、店はその清楚な容貌を客寄せに使っていた。新入生の彼らにとって、学生服姿の写真は特別な記念だった。高校で必死にがんばった三年間は、いつかあの四角い帽子を被るための努力にほかならなかった。祥浩は坂を上りながら本当にそうなのかと考えた。写真の顔はどれも最初から極めて清楚で、特になんらかの撮影テクニックを駆使する必要もなかった。だが、その美しさには四年間勉強した教養が少しも滲みでていなかった。世間はいつだって見た目の外見ばかりで人を評価するのだ。それは彼女が列車に乗り、この街に来る前からわかっていたことだった。そんな迷いも、市街地からかけ離れたこの河沿いの街の外に広がる景色に心を打たれ、あっという間に薄らいでいた。

この学校に決めたのはかなり急だったので、学生宿舎の申込み締め切りはとうに過ぎていた。彼女は先輩が書いてくれた手紙の住所を頼りに下宿先のアパートに向かった。学校は丘の上にある。上り坂を上り、家屋が少なくなったところから階段が一本上へ伸びている。仰ぎ見れば、階段のその上にまた階段が伸びていた。長く長く続く階段の中段ぐらいの手すりの一部は真っ赤にペンキが塗られていた。それが唯一の目印だった。彼女は階段の数を数えながら、一段一段上へと上った。真ん中まで来ると、三叉路に出くわした。右手には鬱蒼とした林が広がっている。彼女はどっちに進めばよいのかわからず、その場に立ち止まった。ちょうど出くわした一人の学生に手にした住所の場所を尋ねると、さらに上へ上っていかなければならないと教えてくれた。荷物を右肩から左肩へとかけ換え、心の中でまた階段の数を数えだした。喉も口もカラカラに渇き、息も絶え絶えになりながら彼女はやっと頂上にたどり着いた。目が真っ先に一体の銅像に触れた。その銅像の真正面には一面に広がる空があった。その先の遥か向こうには河と山が広がっていた。視界を遮るものは何もない。彼女はこの百三十二段の階段を上り、この壮大な景色を目に出来たことで、彼女の中でくすぶっていた入学への迷いがようやく少し和らいだように思えた。

キャンパスを通り、グラウンド傍にあるアパートの前で彼女は立ち止まった。ドアホーンの横にはアクリル板に大きく「男性禁止」という四文字が書かれていた。彼女はドアホーンを押し、三階に上がった。大家は既に部屋の前で待っていた。大家はあまりうるさいことは言わなかった。彼女に家賃の領収書と鍵を渡すと、ちらっと彼女の荷物を見て、それだけで賃貸契約は成立した。

アパートのワンフロアは六つの部屋に仕切られていた。一部屋に二人が入り、全部で十二人の女子がこの階に住んでいた。リビングには来客用の椅子が二脚置かれ、長細い姿見が一面、置かれていた。廊下の突き当たりには共同トイレ、シャワールームと細長い洗面台が二セット設置されていた。風呂と洗濯はここで済ませるようにということらしい。彼女が借りた部屋のドアは既に開いていた。荷物を持って部屋に入った。部屋の右側の壁にも長方形の鏡がかけられていた。それは全身をくまなく映し出せるほど大きなものだった。鏡と向かい合わせにあるのが上下の二段ベッドで、鏡の中にはちょうどベッドの上へ上る梯子の影が映っていた。

下のベッドには華やかな花柄の枕とシーツが敷かれ、ベッドの下には大きなトランクが一つ置かれていた。ドアの反対側には窓が一つ。窓の外はベランダで、窓の手前には机が二つ並べられていた。その机の一つはきれいに整理され、壁際には簡単な本棚と布カバーつきのハンガーラックが据えられていた。祥浩はその空いている机と上段のベッドが、先ほど金を受け取った大家が彼女に用意したスペースだということを理解した。その空間は狭かった。小さな体一つ置く場所でさえ、それほどの高価な代償を支払わなければならなかった。

石材のタイルは冷たく、誰かが拭いたばかりの水痕が残っていた。祥浩はバックをその空いている机の上に置いた。突然背中のほうから音が響いた。振り返ってみると、洗面器いっぱいの洗濯物を手にした小柄な女性が立っている。彼女は花柄の半袖と短パンを身に着け、女性らしい細い眼鏡を鼻筋の通った小さな鼻にかけていた。バランスよくついた筋肉、白い肌、全体的にさっぱりとした小奇麗な感じの女性だった。彼女は訝しげに祥浩の顔を見た。

「新入生？」

祥浩は壁にかかっている長い姿見をちらっと見た。鏡の中に映った自分の姿は汗にまみれ、暑気に当たったように呆然としていた。その横顔はまるで行く場所を間違えた迷子の幼児のようだった。彼女は堅くなって、ほとんど聞きとれないような声で自分は南部から来たばかりで、英語学科だと自己紹介をした。

この如珍という女性は、叫び声に近いキーンと甲高い声で、「わぁーっ！ 英語学科？ 英語はわたしの天敵なの。一年の英語だってこの前やっと再テストして通ったのよ。新しいルームメイトが英語学科だなんて」と一人で口早に話し始めた。

「あなた、荷物を片づけたほうがいいんじゃない。床はわたしが拭いたばかりよ。わたしは昨日ここに入ったばかりなの。先に下のベッドを選んだわ。それでいい？」

「わたしは構わないわ」

「わたし、下じゃないと安心できないの。じゃー、換えないよ」

祥浩はベッドに目をやった。空っぽで床板にうっすら埃が積もっていた。上京して初めての夜が布団なし、枕なしとはなんということか。

「今日はわたしと同じベッドで寝たら。じゃなければ、あとでわたしの友だちにふもとまで連れて行ってもらって日常雑貨などを買い揃えることね。あなたにはシーツと枕が必要よ。学生はどこへ行っても、布団を敷いたベッド、机、本棚、ハンガーラックが必要よ」

「寝具があると思ったわ」

「甘いよ！　大家の算盤弾きは誰よりも細かいわよ。あなただって何年も使われた布団なんかいやよね？　ベッドをきれいに拭いておきなさいよ。わたし、下に行って電話してくる。わたしの友だちを呼んでくるね」

彼女は着替えもせずに下に降りた。祥浩は雑巾が何処にあるのかさえわからなかった。仕方なくベッドの下にかけてある濡れタオルをとってベッドを拭いた。そのタオルには汚れが染みついていて、このルームメイトがぞうきんにしているものに違いないと思ったからだった。これも縁なのか、相手の姓も名も知らないうちから手伝ってもらった。同じ部屋にならなかったら、この女性はただの通りすがりにすぎなかっただろう。

阿良が来た時、空はすっかり黄昏色に染まっていた。彼は上の階まで迎えに来てくれた。二人でいっしょにアパートを出る時、祥浩はわざと「男性禁止」のアクリル板のほうに目をやった。ちょうどその時、だれかを訪ねて男子学生がドアホーンを押し、躊躇いもなく上へ上がっていくのが見えた。彼女はこの個人経営の賃貸アパートは学生宿舎の規則に則っているが、それはただの建前で、男だろうが女だろうがだれが出入りしようと、それが規則通りかどうかなどまったく気にせず、それぞれの自主性に任せていることがわかった。

阿良は痩せ細り、度のきつい近眼鏡をかけていた。分厚いガラスを通して見る彼の目は細く小さい。それがさらに彼の鼻の分厚さを目立たせていた。ラフなシャツにスラックス姿の彼の旧型オートバイの黒い座席シートは光沢がなく、車体も埃まみれだった。彼女はその後部座席に跨った。知り合ったばかりの男の人のバイクに乗ることに少しためらいはあったが、それは初めて大学の授業を受ける経験と同じなのだと自分にいい聞かせた。大学の授業には人とのつき合い方も含まれているのだ。

彼女は両手で後部座席の金具を握りしめた。オートバイは街の狭い道を駆け抜けた。小さな店が軒を連ねる店は、街の景色が十年前からほとんど変わっていないことを物語っている。その街は、彼女に台南の佳里の小さな街を思い出させた。佳里もまた長く一列に並んだ旧い建築様式の店が軒を連ねていた。竹細工屋、御香の店、雑貨屋、漢方薬局などの店がずらりと並び、それぞれの店からはそれぞれ独特な匂いが漂っていた。そこは小さい時に住んでいた村落から街へ出て行くときに必ず通らなければならないところで、村落から出て初めて触れる外の世界でもあった。そこには歴史を物語る建物や出店がぎゅーっと詰まっていた。淡水の旧い店からも金箔の匂いや竹細工の匂い、漢方薬の匂いやらが漂ってくる。彼女の記憶の中の時間が逆に流れ、この小さな街に子どもの頃に見た景色が重なって、新鮮な驚きと懐かしさがないまざった感情がふつふつと発酵しはじめた。

バイクは新しい店構えの寝具屋の前に着いた。阿良は無骨で大きな手でバイクを店の前に停めた。跨いだ足を下ろす時、ガツンとバイクに足をぶつけてしまったが、阿良は一向に気にする様子もなく、ぶつけることが当たり前のように振舞った。彼女をエスコートして店内に入ると、彼は祥浩が頼みもしないうちに店主に必要なものを説明しだした。祥浩は如珍の繊細な美しい顔と、阿良のこの分厚い眼鏡の痩せ細った顔が似合わないと思った。どこをどう見ても、彼女には阿良の眼鏡の後ろにある目をはっきり見ることができなかった。

阿良は人を惹きつける低い優しい声を持っていた。その声で祥浩に一声かけた。

「好きな柄を選ぶといいよ」

本来ならば、祥浩は買い物をするのに人の助けなんて必要なかった。彼女は布ケースの前に立ち、たった二分で藍色のベースに鳥が群舞している柄の組み立て式布ハンガーラックを選び、さらに同系色の布団を選んだ。彼女が店主に値引き交渉をしようとすると、店主はただ微笑んだだけで品物を渡してくれた。

阿良はバイクから二本の縄を取り出し、ラックをハンドルと座席の間に縛りつけ、布団を後部座席にくくりつけた。そのため、彼女と阿良は運転席の狭いシートにいっしょに座るしかなくなった。その気まずさを紛らわすために、祥浩はわざと話題を探して阿良に聞いた。

「なんでちょうど縄が二本あるの」

「縄はいつも用意してるのさ。急に物を運んだりする時に便利だからね」

学校があるのは山の上。学生の多くはバイクで通学しているため、学内外にバイクが溢れ、学生街には常にバイクのエンジン音が鳴り響いていた。その上、バイクによっては長年使い続けたせいか、それともわざと消音機を取りはずしているのか、轟音を轟かせて街を走り去っていくものもあった。校内の静けさは、それでいっぺんに打ち破られた。阿良のバイクに跨り、山をちょこっと一周しただけで、祥浩はこの辺りのバイクの凄まじさを肌で感じることができた。この状況は生まれるべくして生まれたものだった。自転車はこの坂道だらけの学生の街では砂漠の中の船と同じで、まるで役に立たなかった。

山の中腹にさしかかったところにある店の前に、いくつもの本棚が置いてあった。

「本棚も必要なんだろ?」

「いい。今のところ必要ないわ」

阿良が親切に言ってくれたが、祥浩はその本棚を一瞥し、即座に答えた。

その夜、初めて淡水にやってきてまだ数時間しか経っていないのに、運命がそろそろと動き出したかのように、彼女はこれまでとまったく違う人々と次々と出会うことになった。高校の三年間は勉強を中心とした平淡な生活だった。学校同士のイベントなどがあったとはいえ、いずれも平穏な水面を揺らす一瞬のさざ波でしかなく、一起伏するとまたすぐに静かな水面へと戻っていく日々だった。この夜、彼女は生まれて初めて生家の外の生活に触れた。勉強を最重要事項とするあの静かな高校を出て以来、初めての一人の夜は、今までとはまったく違う夜だった。大きく広げた翼が、やっと飛び回れる空を得たような夜だった。

阿良は彼女を部屋まで送り届け、またさっとバイクに跨り去って行った。部屋の中は如珍と二人だけになった。彼女は買って来たラックをあれこれ迷いながら組み立て、持参したわずかな服をかけた。如珍はずっとベランダに立って下を眺めていた。細いクリーム色の枠の眼鏡は月の色に輝き、その顔を柔らかい蜜のように潤していた。如珍は時々振り返って窓の外から彼女のほう見た。彼女もまた時々顔を上げ、窓の内側から如珍のほうを見た。彼女が着替えを準備しシャワーに行こうとした時、突然如珍が下に向かって叫ぶのが聞こえた。

「梁兄さん、今晩部屋にいる？ あなたのところへ行ってコンパしてもいい？」

下からどういう返事が返ってきたかはわからなかった。ただ、如珍がまた大きな声で「サプライズ！」と叫んだ声しか聞こえなかった。

女の子がどうして？ こんなに華奢なのに、どうしてあんな大きな声が出せるの？ 行き交う人々に振り返って見られるのは恥ずかしくないの？

二

一面暗く沈みゆく黄昏色に包まれたころ、如珍は彼女の手を引っ張って宮灯通りに向かった。二人は山と河に面したグラウンドの脇を通り、夕日に照らされた山河を望む銅像の前を通って坂を上って行った。道の両側にはずらりと宮廷様式の教室が並んでいる。暮れなずむ中、その教室の前の青々と繁った樹々を宮灯りがやさしく照らしていた。樹影と灯影が優雅な静寂を醸し出す。如珍は歩きながら彼女にそれら建物の一つひとつを紹介した。祥浩は宝の山にでも分け入ったような気がした。母親と今朝、高雄駅で手を振って別れたばかりなのに、列車でわずか五、六時間揺られて来ただけで、夕日が沈む前にはもうこの花がいっぱいの贅沢な場所に身を置いているからだ。

二人はある棟の前までやって来た。棟の二階には緑色の絨毯が敷かれたベランダがあってその横には一階まで続く螺旋階段がついていた。上を仰げばビルはさらに上へと伸びていた。二人はエレベーターで一気に十階まで上がった。如珍はここが学校でいちばん高いビルだと紹介した。その一部は教室にもなっていた。

授業は高いビルの中でも行われるんだ。快適な現代建築の教室で学ぶこともできるんだ—

――祥浩は目の前がぱっと明るく開けてきたと思った。上京して学問をするという実感と興奮がふつふつと心の中に沸き立ってきた。十階のレストランの窓際の席に座ると、淡水河が悠々と河口から海へと流れ行くのが一望できた。それを見ていると、彼女はまるで自分が河の水のようにどこかに向かって流れ行くように感じられた。しかしそれがどこなのかはまったくわからなかった。ただ、知ってはならない大きな未来がそこで彼女を待っているということが、かすかにぼんやりとわかっただけだった。

「この場所いいでしょ？ 海も夕日も見られるの。とてもきれいでしょ」

如珍は窓を少し開け、川の向こうの丘の中腹に見える住宅街はある企業の社員寮だと彼女に教えてくれた。海に面したその場所が、その会社の社長の先見と品位を表してもいるとも言った。淡水河はいろいろなところを流れるため、河水は濁り河岸も雑然としていた。しかしここから見下ろす限り、河は優雅に曲りくねり、麗しい夕日とその美しさを競っているように見えた。

祥浩は窓を押し開けた如珍の腕にいくつかの傷跡があることに気づいた。「ナイフの痕？」ワインレッドの陽が斜めに窓辺を射している。祥浩ははっと自分の迂闊さを後悔した。それは明らかに切り傷だった。彼女は無遠慮に如珍の古傷に触れてしまったのではないかと恐れた。しかし如珍は実にあけっぴろげな性格だった。悠然と流れる淡水河を見ながら、生家は東部の山沿いにある小さな村落にあり、母親はそこで雑貨屋を経営しているのだと身の上話を語り出した。山の人はよくツケで買い物をしていくため、いつも入ってくるお金よりも出て行く金のほうが多かった。その上、父親は山の娘とねんごろの仲になってしまい、それがもう何年にもなる。母親はそのためずっと山の人々を恨み店を閉めてしまおうと考えてばかりいるが、閉めたら閉めたでどうやって生活していけばよいのかわからず、そのままずるずると店をやり続けているのだと言う。上には姉が一人いて、五年前に近くの町に嫁いだが、彼女の最初の恋人というのがまさにその町で時計屋を営み姉の夫となった義兄だった。しかもその頃ちょうど彼女は『詩経』の「執子之手、與子偕老」（子の手を執りて、子と偕《とも》に老いん）の段を学んでいたこともあって、自分には義兄と添い遂げる縁がないことを深く悟った如珍は、ふいに傍にあった小刀を取って腕を切ったのだという。たまたまその日の夕方、姉が訪ねてきて、彼女をなんとか三途の川から引き戻したということだった。それから一週間、彼女は飲まず食わずに過ごしたが、義兄は一度も、そして一歩たりとも家に入ってきて彼女を見舞おうとはしなかった。祥浩は冷静を装って尋ねた。

「この傷って一回切っただけじゃないわよね」

「切り方が浅いと思ったから何回も切ったの。だけどね、涙はどうにか枯れても、血はなかなか枯れないのよ。またこう毎日、太陽よ・月よって見なくてはならないんだから」

「なんてバカなことしたの、男一人のために」

「あなたにはまだわからないわよね」

如珍は少したしなめるような口調になり、しょうがないなといった感じに微笑んだ。

「先人は愛をすべて言い尽くしているよ。――世間に情とは何かと問えば、ただ生死を共にすと応える――、いつかあなたにも分かる時が来るわ」

二人の間にしばらく沈黙が続いた。如珍が先に口を開いた。

「ここに、この場所に座っていなかったら、わたしはこんなことあなたに話したりなんかしなかったわ」

前世にどんな縁があったのか、この日会ったばかりの若い二人なのに、もう旧知の友のように、如珍は丸裸の自分を祥浩にさらした。彼女はまず家を離れ、台北で一年間塾通いをしてからこの大学に受かって入学したこと、その間一度も家に帰らず、学費も生活費も母親があのはるか遠い山間の村から送って来るのだと言った。母親はいつも彼女に同じことを愚痴り続ける。

「あたしはあんたと一体どんな因縁で結ばれているんだろうね。自殺騒ぎは起こすわ、家には帰って来ないわ」

彼女は母親に二度と自殺はしないと約束していた。それでも母親は時々雑貨屋を閉め、飛行機に乗って台北にやって来た。そして、いつも深い慈愛に満ちたまなざしで彼女を見つめ、それが彼女の心をさらに重たくさせていた。

如珍の目に星のように光る涙が溢れだした。祥浩はティッシュの代わりにテーブル上の紙ナプキンを如珍に渡した。

如珍はそれを押し戻した。暮色が迫り、河辺の家々に灯が次々に点されて行った。

「祥浩、見て、見て。河辺の灯りと流れる水が踊っているようじゃない?」

「抱き合って踊りだしたわね」

二人は目を合わせて笑った。暮色は完全に幕を降ろし、川面には一面、街の灯火が反射し煌びやかに輝いていた。

日がとっぷり暮れてからも、二人はしばらく尽くせぬ歓談に興じ続けた。突然如珍は何かを思い出し、手にしていた整理中の録音テープを放り投げた。

「行こう。梁兄さんのところに行こう。彼、昨日学校に戻ってきたの。みんな彼のところに集まっているわ!」

まだ眠くなかった祥浩は、如珍といっしょに行くことにした。二人は階段を降り、何棟かのアパートを過ぎて、一棟のアパートに入って行った。インターホンの横には「女人禁止」の札がかかっていた。如珍は気にも止めず大っぴらに階段を上がっていき、ベルさえ鳴らさなかった。祥浩はその後について行った。活き活き生きるためには、人は少しぐらい規則を無視したほうがよいのかもしれない。大学生活もそうであってよいのだ。郷に入れば郷に従うだが、それでも祥浩は内心ちょっぴり罪に苛まれ、足音が響かないよう静かに五階へと上がって行った。

あと二日で授業が始まる。学生は次々と宿舎に戻ってきた。五階の男子宿舎の学生はほぼ全員戻っていた。始業式の前、誰もが心うきうきしていた。無数の学習計画が始まるのを待ちわび、情熱に燃え、誰もが興奮ぎみだった。同じ階の男子学生はほぼ梁銘の部屋に集まり談笑していた。部屋からは断続的にわっと笑い声が聴こえてきた。如珍は祥浩を連れて彼の部屋の前に到着した。部屋中の男子学生が一斉に入り口のほうを振り返ると、一瞬にしてシーンと静まり返った。

梁銘の明るい声で、ほんの一瞬の静けさは打ち破られた。

「おい!チビ、いつ学校に帰ってきたんだ。そいつは新入りかい?歓迎するよ」

集まっていた男子学生は次々と彼らが言うこのチビとあいさつを交わした。何人かは驚いたような視線を祥浩に向けた。梁銘は立ち上がり手を伸ばして祥浩と握手し、二人を部屋の中に招き入れた。彼の手はその体躯と同じように無骨で大きかった。背もすらっと高く、肩幅も広かった。二人は他の男子学生といっしょに床にべったりと座り込んだ。床には新聞紙が敷かれ、ピーナッツや煮つけもの、スナックやらが所狭しと置かれていた。ビールも何本か置かれていた。トランプもワンセットあった。

「合コンって言うから、いっぱい連れて来ると思ったぜ。だから、こっちもこんなに用意したのに」

茶目っ気たっぷりに梁銘はからかい、彼女たちのために新しいコップを用意した。

「わたしたち二人であなたたち全員と合コンするからこそ、わたしたちも割りが合うんでしょ！」

如珍も負けてはいなかった。

「おまえはもう二年なんだよ。おまえと合コンして、何がうれしいっていうんだ？」

壁に斜めにもたれかかかって足を組んでいる砲口と呼ばれる男が、人生の一切は彼とは無関係かのように、ウザそうに二人を一瞥して言い放った。

「今日は祥浩が主役。わたしの新しいルームメートよ。英文学科一年生、皆さん、これからよろしくね」

如珍は祥浩に男子学生たちを紹介した。みな土木学科の先輩後輩で、代々この宿舎に住むことが伝統になっていて、ここはもはや土木学科寮のようになっていた。如珍はアパートが近隣同士だし知り合っておくべきだと考えていたが、女子高を卒業したばかりの祥浩は男子に囲まれてその中に座ることに全身で違和感を感じていた。純朴な校風は男子学生との交流を快く考えてはいなかったからだ。男子学生と何らかの交際をしていることが学校に見つかると、軽くても成績表に罰印を記された。それがいきなり男子宿舎にやってきて、食べ物と酒とタバコの匂いでむせ返る知らない男たちの中に引っぱり込まれて、祥浩の甘い笑顔も少し固くなってしまった。このまま如珍の言いなりになっていてよいものかどうか。この半日、如珍は川の水を意のままに打ちつけその流れを乱すように、祥浩の平凡で静かだった生活に絶えずさざ波を立て続けてきたのだ。

　如珍はここにいる男子学生たちをよく知っているようだった。彼らといっしょにビールを飲み、鶏の煮物に齧りつき、絶え間なく話し続けた。何人かは隣の部屋に移ってブリッジに興じ始めた。壁に寄りかかっていたあの砲口という学生は小臣という学生を誘い、いっしょに如珍を持ち上げて上に放り投げ、彼女もきゃっきゃっと叫びながらそれを楽しんでいた。

　小臣が毒づいた。

「こんなチビのくせに、いつもおれたちをめちゃくちゃにしやがって！　なんでおまえは前期で落第しなかったんだ！」

「大学はわたしをどうにもできないんだもん。勉強なんかしなくたって、低空飛行で all pass できるんだ。いいでしょ！」

　砲口と小臣はまた彼女を空へ放り上げた。落ちてきたとき上下の歯を打ちつけたため、彼女は拳で砲口をなぐったが、すぐさま彼女たちの話題は歯へと移り、親知らずは抜くべきかどうかについて議論を始めた。

　祥浩の視線は梁銘の本棚に止まった。本棚の最上段にはカセットテープが並べられていた。フォークソングとクラシックばかりだった。祥浩は思わず口にした。

「なんてま逆な！」

「何がま逆なんだい？」

梁銘が近くに寄ってきて聞いた。軽く呟いた言葉だったのに、それでも梁銘の耳には届いてしまったようだ。彼女はちょっと気まずそうに手にしていたコップを下ろした。

「この間まで流行っていたフォークソングは浅く清らかで、メロディも和音も一定の範囲内に収まっています。それに対してクラシックって多くの楽器を合わせ、豊かでふくよかで、メロディも複雑ですね。二つを比べると、まるで御粥と満漢全席ほどの違いですよね」

「二種類の味を交互に味わうのって、哲学っぽくないかな?」

「もちろん。だれだって自分の生活スタイルにこだわりを持っていて、それがその人の人生哲学ですものね。同時にフォークソングもクラシックも楽しめる人って、きっと人生の幅も広いんでしょうね。何にだって許容度が高いはずだわ」

「少なくともフォークソングだけにこだわったり、クラシックだけにこだわったりしていないってことだね」

「でも、逆に言えば、この二つだけにこだわって聴いているともいえるわよね!」

みんなから梁兄と呼ばれる男は、たまらず大笑いした。顔がぐちゃぐちゃになって眉毛が額の皺とくっついた。梁銘はカセットテープの一つをラジカセに入れた。歌手の軽やかな歌声が水のようにゆっくりと流れ出てきた。それは夜の静けさをくっきりと浮き彫りにするような曲だった。放浪と追憶の情緒たっぷりの「オリーブツリー」と、民族の伝統に満ち溢れた「龍の伝人」。一曲一曲、心を打つような清らかなフォークソングの調べが次々と流れ出てきた。そしていつのまにか、この部屋の中にいた大勢の学生たちは、食べかすや空き缶を残したまま、皆いなくなっていることに気づいた。梁銘は部屋を片づけながら言った。

「山に登ったとき、山頂で空を仰ぎ見ながら、フォークソングを聴いたり、仲間と高らかに歌ったりするのが好きなんだ！」

「だから高砂族はみな歌うのが好きなのね。山にはきっと歌を聴いてくれる神様がいるのね。でも、もうフォークソングは流行っていないのに、なんでフォークソングでないといけないの？」

「おれの高校時代はフォークソングの最盛期だったからなあ。フォークソングはおれの青春そのものだったのさ。おれがいちばん懐かしい歌だよ」

　隣の寝室からは砲口とチビの口論の声と、その他の男子学生らの笑い声が混じって聞こえてきた。開けっ放しのドアの向こうは廊下で、黄色い明かりは夜の廊下特有の暗さを湛え、衆人の騒々しさに邪魔されず眠りに就いた人もいるようだった。祥浩は梁銘と本棚の本について話し続けた。夜は少しずつ明け、廊下の光はだんだん夜明けの光の中に溶け込んで行く。窓の外から鳥の鳴き声が聞こえるようになり、樹影が窓ガラスに揺れながら写っていた。しらじらと朝が明け始めてくると、チビが蒼白になった顔をドアの向こうから覗かせた。祥浩はすぐさま立ち上がり、梁銘に別れを告げた。

　梁銘は二人を階下まで送った。グラウンドではもう早起きの人がジョギングをしていた。

川の向こうの観音山にはもやもやと朝霧がかかっていた。如珍は「彼らをやっつけてやったぞ」と言ったが、祥浩は返事をしなかった。如珍は続けた。

「帰ってゆっくり寝よう。今晩、ダンスパーティーがあるのよ。びっくりするわよ！　連れてってあげる！」

三

　祥浩は夜行性動物のようにはなりたくはなかった。しかし同室となったのは如珍。それはまるで同じ船に乗り合わせた同志、共に海を渡り難を共に乗り越える同志だった。如珍の大学での生活歴は彼女より一年長い。初めてここに来た彼女にとっては、如珍を頼りに大学生活を学ぶほかなかった。今、朝寝についた。真新しい布団の糊づけの匂いがまだ鼻につく。新しい場所、新しい生活、真新しい雰囲気が周りを包み込む。彼女の夢の中さえ、新しい布団の新鮮さに溢れ返っていた。

　午後になって、彼女は台北で仕事をしている長兄の祥春に電話を掛けた。電話の向こうから祥春のやや苛立った声が響いてきた。昨日着いたのに何で今日になってからやっと連絡をよこしてくるのだ、必要なものはそろったのかと聞いてきた。

　何も問題ないよ、心配しないで、と応えた。祥春はすぐにでも会いに来ると言ったが、学校が始まったばかりでいろいろ忙しいから、あと二、三日したら自分から会いに行くと返した。電話の向こうではさらに何か言いたそうだったが、最後は何も言わず黙ったまま切った。

　夕方になり、二人は構内を横切り、大学の横の門から出ていった。門の外にある店や施設はすべて学生を中心に回っていた。通りに面した本屋が何軒かあって、そこには常に新しく出版された本のポスターが張られていた。数本の小路によって区切られたアパート群も見えた。それらのアパートの一階はほとんどがレストランとなっている。通りは斜めに横切り、山の頂きへと延びていた。如珍は祥浩を連れて坂を下りた。しばらく歩くと左に曲がって小路に入っていった。軽食・カフェという看板が掲げられた店のシャッターは閉め切られていたが、如珍はその裏門に回った。そこには店主が立っていて彼女らを迎え入れた。

店内の座席は既に移動され、真ん中が大きな広場になっていた。壁際には一列に並べられた椅子。天井にはミラーボールが輝き、柔らかな音楽に合わせてゆっくりと回って、その場にいる若者たちを極彩色に照らし出していた。そこでは誰もが非凡で鮮やかに彩られた。

「何で、シャッターを閉めているの？」

祥浩は聞いた。

「大学は勝手にダンスパーティーを開くのを許してないの。でも、あまり派手にしなかったら、いつだって見て見ぬふりよ。ダンスをしない大学生がいるものですか、ねっ！」

如珍は何人かとあいさつを交わした。祥浩は椅子に座ってこの慣れないダンスホールの人込みと煌めく明かりを眺めた。それはまるで夢の中のぼやけた景色を見ているような感覚で、彩りと若者のうごめきしか頭に入ってこなかった。彼女はこの雰囲気にすっかり怖じけてしまった。ダンスが少しもできない上に、あいさつを交わすみんなが、だれもが互いによく知っている仲間同士に見え、それがさらに彼女を途方にくれさせた。

如珍がうごめく明かりの中からふいに出てきた。その手には一本のバラを持っていた。音楽が止まり、光は暗く淡い彩りに移って行った。祥浩が聞いた。

「阿良から？」

「違う、私に憧れている男からよ」

如珍は軽やかな笑い声を二回あげ、バラをそばに投げて祥浩の横に座り小さな声で話した。

「ごめんね。あまり人を紹介できないの。ここはね、何個かのサークルが合同で主催してるの。来ている人のほとんどは、私もよく知らないの。知ってる何人かはそれほど紹介する価値もないし……。いいダンスパートナーが見つかるかどうかは運次第ね。パーティーはもう始まるわよ」

明かりが暗くなり、ホールはシーンと静まり返った。暗闇の中でマイクが震え、耳を突く音を発した。誰かがマイクを手にとって話そうとしているのだろう。その人は短いあいさつをしてすぐにパーティーの始まりを告げた。止まっていた音楽は再びゆったりと流れだした。天井の四つ角から淡いスポットライトの束が差し込んだ。サークル代表のペアが先頭を切ってホールの真ん中で踊りだした。続けて他のカップルも手を取り合ってホールに出てきた。ゆったりとした優雅な音楽に合わせ、大勢のカップルは抱き合ったまま軽やかに舞いながらホールを回り始めた。ホールの中では上手な人も未熟な人も入り交じって、それぞれ四分の三拍子のワルツのステップを楽しんだ。紅茶を飲みながらホールの脇で小さな声で談笑に興じる人もいた。祥浩は背筋をまっすぐに伸ばし、そのまま同じ場所に座り続けた。人目を避けるために、彼女はカウンターに行って紅茶を一杯入れた。店のマスターはそこで音楽を流している。彼女にスローステップは嫌いかと聞いてきた。太って逞しいマスターは観音のような慈愛に満ちた顔をしていたが、絶対に見た目通りでないことは彼女には分かっていた。店に入るとき彼女は二百元も払ったのだ。一曲も踊らなかったらまるで詐欺にあったのではないかと思われる。彼女はマスターに「無駄にはしないわよ。」と返答した。

店のマスターはその慈愛に満ちた眉を少し上げ、次にかかる曲を確かめた。

「たくさんの客を見てきたのよ。出来るやつはそうすぐには出て行かない」

そう言うと、彼女をチラッと見て続けた。

「一目見ただけで、あんたはできるやつだとわかったね」

そんなのは外見のまやかしよ！　祥浩は紅茶がいっぱい入った紙コップを手にもち、ダンスホールの中で踊り、酔いしれる男女をながめた。音楽がダンスを盛り上げ、音符が指の間や髪の間をするするとすり抜けていった。二曲目もワルツだった。一部の男子学生は新たなパートナーを探し求めていた。そのうちの誰かが祥浩を誘いに来たが、祥浩は踊れないのを理由に断った。彼女はまた紅茶を一杯注いだ。実際のところ、ほとんど誰もがワルツの優雅な旋律を踊り切ってはいなかった。ワルツを優雅に踊るには相当息の合ったパートナーが必要だ。彼らのほとんどはステップが固く、体をただ揺らしているだけだった。

三曲目はクイックステップになった。今流行の映画「フラッシュダンス」の主題歌だった。曲が流れ出た途端、スローダンスでは踊らなかった者たちが一斉にわっとダンスホールへと流れ込んだ。如珍は踊りながら祥浩のそばにやって来て誘った。

「お出で、いっしょに踊ろう」

祥浩は応じなかった。如珍は蝶々のように飛びながらステップを踏み、パートナーとまた他の場所へと移動して行った。祥浩は片手をカウンターに衝き、手であごを支えていた、薄暗い明かりの下で、彼女の足は音楽のリズムに合わせてステップを踏んでいた。ホール内では誰もが同じステップを踏んではいない。ただ四拍子のリズムに合わせ、自分勝手に踊っているだけだった。踊る人は音楽に合わせて入れ替わる。四曲目もクイックステップの音楽が流れた。その時、暗いドアの隅のほうからがっしりした影が踊り出てきた。彼は片手を頭に、片手を肩と平行に前に伸ばし体を反転した。両手は体の動きに合わせ、絶えず頭を中心に空中で上下に柔らかい弧を描いた。フォルテの効いた音節では、高く力強く片足を蹴り上げ、ピアニッシモでは体を水のように静かに動かした。彼は一人で踊っていた。一瞬にして、彼はダンスホールの主役になった。彼は皆の注目の的となった。燦燦と煌くミラーボールさえも邪魔に感じられた。その踊りは他のだれとも比べられないほど、まったく特別なリズムを持っていた。ほとんどの人はどこかでだれかからほんの少し習い、勝手にアレンジを加えて自己流に踊っている。リズムさえあっていればそれでよいというものだった。しかしこの踊り手だけは見るからに訓練を受けた筋肉を持ち、訓練を受けたステップを踏んでいた。彼は明らかにこの小さなダンスホールのだれとも相容れない何かを持っていた。

祥浩の耳は音楽だけになり、目はこの人だけを捉えた。すべての照明は彼のためだけに光っているようだった。

心酔いしれる時間はいつだって短い。音楽は止まった。そのがっしりした影はいつの間にかどこかへ消えてしまった。ホール内にはまだちらほらと喝采の拍手が鳴り響いていた。次の音楽がかかるまでの短い空白を埋めたのは、雑談の声や飲み物を飲む音、紙コップをゴミ箱に投げ入れる音だった。しばらくしてダンスホールにまた眩いミラーボールが輝き、回転し始めた。音楽も再び流れ出した。

心地よいスローステップの曲。「夢十七」――シャンプーのCMの曲だ。ほのかな髪の香りがダンスホールに広がった。

一組また一組と、華麗な影がダンスホールへ流れていった。祥浩は半分飲みかけの紅茶のカップを手に握り締めていた。先ほど一人で踊っていたその男が、彼女の傍に来ていた。

「おれと一曲、踊ってくれませんか」

「踊れないの」

彼女が断ると、その男が続けた。

「大丈夫、おれがリードするから問題ない」

　男は右手で空に弧を描き、彼女に手を伸ばした。彼女は彼の手に自分の手を重ねた。曲が耳を掠め、煌く明かりが流れた。足が勝手に音楽に合わせて舞い始めた。時計が一瞬揺れた瞬間、夢のようでもあり、幻のようでもあった。彼女はこの未知の曲に刺激され、まるで迷宮に迷いこんだ少女が出口を探すように、踊る楽しさを追求せずにはいられなくなっていた。

四

大学は瞬く間に若者に埋め尽くされた。授業中だろうと休み時間だろうと、構内にある二つの大きな道路は絶えず学生が行き来していた。道路脇の大樹の緑と空の青。丘の上は遮るものがなにもなく、視野は一面に広がっていた。学生たちはこの邪魔物のない空気の中で思い切り体を伸ばし、若さあふれる青春の魂を目いっぱい爆発させていた。

ラケットを持った学生はグラウンドへ向かい、本を抱えた学生は教室と図書館を出たり入ったり、群をなして散歩したり、校外にあるいろんな店に集まって雑談に興じたりしていた。この美しい一日は、また新鮮な一日でもあった。長い夏休みが過ぎると、たとえ勉強が出来ない学生でも学校が恋しくなってくるのだ。

祥浩は新しいクラスメートたちとこの清々しい生き生きとした環境の中で、新たな人生を踏み出す準備へ向けて勉強していた。英文学科は文学部に所属している。留学帰りで西欧人の教授らと英語名で呼び合う学生などで、事務所も教室も廊下もごった返していて、木造の床はピカピカに磨き上げられていた。西欧帰りの教授なのか、年老いたものも若い者も、男も女も、その廊下ではだれもが英会話の残響を聴きながら去っていく。掲示板の上に張られた半数以上の掲示は、すべて英語で書かれている。視聴覚教室内は大仰な視聴覚設備が列をなして設置され、聴解力の訓練に備えられていた。祥浩は何度も廊下を渡り、教授らの研究室の前を通って、学生らが去りしーんと静まり返った教室の前を通った。彼女は自分がまるで異国に身を置かれたような興奮に包まれた。また同時に呆然自失とさせられた。英語学科に入ったのは流れに身を任せただけで、受験乙グループの一位の選択肢であったし、周りのだれもが外国語が優れていれば将来仕事探しに有利だと言っていたからだ。彼女は志願先を選ぶまでは大学に受かることとしか考えておらず、どんな学科を選べばいいのかは二の次の問題だった。したがってその選択はとりあえずのもので、目的も目標もなかった。大学一年の授業は一般教養の科目が多かった。多くの授業は他の学科のクラスといっしょに受けることが多かった。授業になれば教室には黒山のように学生がいっぱい満ちたが、終了のベルとともにいっせいに皆どこかへ去って行く。授業が始まったばかりということもあって、学生には勉強しようという雰囲気が強く、人同士の繋がりは希薄だった。彼女は授業がないときは図書館に行った。時間の流れは速かった。彼女は空いた時間を読書で埋めつくした。彼女にとって、本は大学生の教養を表すだけでなく、経済価値そのものを表してもいた。本を買うお金を一銭も無駄にしないために、彼女は本を山ほど借りて読んだ。

そのせいで、彼女の仲の良い友人は昼も夜も同室の如珍となった。如珍は中文学科の二年生だったが、中文学科の女子は静か過ぎるとよく愚痴った。彼女はあっちこっちに踊りに行き、遊びまわっていた。如珍はクラスの中では異端視とされ、自分たちとは異なる世界にいる人間だと見られていたのだ。詩歌文学を座右の銘にし、日を追う毎に古典的な品性を身に纏うクラスメートを他所に、遊び呆けているせいか、彼女は少しずつ流行りの現代風に染まっていた。

「どうして中文学科らしくしなくっちゃいけないの。詩を読んだり文学を読んだりするのが、わたしの外面と何の関係があるというの?」

大きなぶ厚い『文選』を手にしつつ、彼女は言った。その顔に溢れる活発で機敏な気質と比べると、本はさらに暗く重たく感じられた。しかし彼女は集中して机に向かい、本の中に頭を突っ込みはじめると、少しも頭を上げなかった。いったん頭を上げると、また反逆的にダンスや遊びしか考えない頭へと一気に変わってしまうからだ。彼女が不満をぶちまける時、目の底には不遜と周りへの反逆がはっきりと見て取れた。祥浩は聞いてみた

「周りにどう見られているのか気にするんですか?」

「わたしはわたしの好きなやり方を通すの。ほかの人が決めたやり方はきらいなの」

如珍は世間体を気にしなかった。室内だとブラジャーもつけずに薄いTシャツを胸の上から柔らかく覆っているだけだった。彼女はよく阿良のところに行っていた。阿良は大学の横門の近くにあるワンルームマンションに住んでいた。部屋にはクーラーがついている。彼女はクーラーに当たりに行ったのだ。阿良の父親は証券会社のマネジャーで、小さい頃から金

と父親の両手に守られて育ってきた。しかし、彼女はクーラーの部屋で夜は過ごさなかった。

週末の午後、如珍はまたクーラーに当たりに行った。九月の昼はまだまだ残暑が厳しい。祥春が汗を流しながら働く姿が目に浮かび、祥浩はすぐさま下山して列車に飛び乗り、台北に向かった。登下山する学生の多くは半袖に短パンで、太陽に曝けだした肌からはキラキラと汗が光っていた。台北の夏は南部の故郷のように燃え上がるほどに暑いわけではないと思ったが、湿気交じりの蒸し暑さがこれほど耐え難いものだとは知らなかった。彼女は長時間太陽の下に晒され皮膚が荒れている母の顔をふっと思い出したが、いつものように、また母の顔の横に祥春の顔がいっしょに現れたのだった。

そそくさと切符を買うと、彼女は汽笛が鳴り始めた列車に飛び乗った。何日か前に列車に乗ってここに来たばかりなのに、今日またこの列車に乗るのだ。しかも今度は賑やかな都会に向かおうとしている。この何日かで、彼女は自分の命が一新され、真新しい一ページ、真新しい顔になったと感じていた。彼女は巣を飛び立った鳥だった。大空の広さを見、束縛のない自由を享受しているのだ。しかし心の中にはなぜか空洞が陰を落としていた。これが追い求めていた生活ではないはずだった。何か目標がないといけないのだ。自分の居場所を探さなくてはいけないのだ。わたしは一時、自分を見失っていただけなのだ。列車の中に佇んでいると額から汗が流れ出たが、その汗は窓から吹きつける風が乾かしてくれるのに任せた。川に沿って密集した市街地へ出ると、いつの間にか山や河はどこかへ消えていた。祥浩は祥春を探しに来た。祥春はこの騒々しい喧騒のどこかで働いているのだ。

祥春が徴兵から帰ってきた時、彼女はちょうど高校三年の冬休みを迎えていた。大学受験の準備と家事との両立に少しずつ無理を感じはじめた頃でもあった。彼女は毎日祥春が帰ってくるのを待ちわびていた。彼が沈みがちな慌しいその生活を改善する何か新しい刺激を家に持ち帰ってきてくれることを心から期待していた。

祥春が家に入り、兄弟が抱き合っていたその時、リビングの神棚の後ろに隔たれた小さな空間から騒々しい声が鳴り響いた。父親が自慢に満ちた得意げの声で叫んでいた。

「祥春が帰ってきた！　おれの家の大孝行息子が帰ってきたぞ！　おれ様に、金の卵を産みに帰ってきたんだ！」

いっしょにマージャンのジャラジャラという音も鳴り響いた。

何人かの客人が順番に身を乗り出しリビングのほうを見やった。祥春の視線がもくもくとたちこめる煙の中に注がれると、猜疑心に満ちたその目は少しずつ暗くなっていった。

彼は神棚の後ろにある小部屋に行った。父親は一番奥に座っていて、身を乗り出してもその姿はよく見えなかった。彼は真正面に進んで父親の前に正座した。父親の鋭い視線は彼をぞっとさせた。

「お父、帰ってきたよ」

祥春は父親に声をかけた。ジャン卓の前に座っているせいか、父親はさらにやせ細って小さく見えた。

賭けマージャンに興じる男たちはサイコロを振り、新たな一局を開始した。父親はそこを離れる素振りを少しも見せなかった。

ジャン卓からからかう声が響く。

「息子が軍隊から帰ってきたんだ。嫁でももらったら、あんたはおじいさんになれるぜ」

祥春は二階に行こうとしたが、父親はジャン卓にパイを一枚捨てながら祥春を呼び止めた。そして、この礼儀知らずが、客人にあいさつもできないのか、と罵った。父親はジャン卓から立ち上がり、足をずるずる引きずりながら神棚のほうに歩いてきた。両足のバランスが取れていないことが、一目で祥春には分かった。その場にいるだれもがそれを見ていた。交通事故で、父親は体にかなりの深手を負っていた。その傷ついた足で、ジャン卓が置いてある乱雑な部屋から歩いてきたのだ。祥春は立ち尽くした。親子は二人とも無言で睨み合った。状況のわからないよそ者は、その光景をただ黙ってみているしかなかった。

祥春がかつて社長を慕い家を出て台北に行く日、それはそれはきれいさっぱりとしたものだった。別れさえなかった。だれもが内心ではいずれ台北に行くだろうとわかっていた。だれもが祥春は小さい時からマージャンをひどく憎んでいることを知っていた。祥春が小さい頃、酔い潰れている父親を探しによく雀荘に行かされていたからだ。賭けをする男たちの気荒な態度や罵りに耐えなければならない時もあった。彼は駅からたった一回だけ電話をかけた。母親がその電話に出た。だれも長男である祥春の台北行きについて、嬉しいとも淋しいとも言えない重苦しい空気に一家は包まれていた。それは生活のための選択であり、だれもが避けては通れない選択であった。

しかし、祥浩は祥春の目から少しずつ明かりが消えて行ったのを、どうしても忘れることができなかった。

台北駅でバスに乗り換えた。バスは市街地を何周か回り、乗客が乗り降りした。バスが動き出すたびにマフラーからは黒い煙の尾が長く伸びていく。彼女は車窓から外の景色を眺めた。これが台北か。少し空気が汚れ混沌とした街、人を忘れられなくする場所なのだ。

祥浩は師範大学駅でバスを降りた。祥春に教えてもらった指示に従い近くを探した。雑然とした市場を通り過ぎ、軒を連ねた日本式屋敷の裏手に回ると真新しいビルが列をなして建ち並んでいた。彼女はゆっくりとその道を歩いていたが、夕方の混雑が始まる前にと思い直して先を急いだ。道の向こうから静かに木を伐る電動のこぎりの音が聞こえて来た。新しいビルの一階の何軒かは内装を行っていた。

彼女はその中のドアが開け広げられた一軒の前に立った。

店の中には三人の大工がいた。祥春は彼女に背を向けていた。地面に半分跪き、目の粗いやすりで飾り板の丸い部分を削っていた。腕は蒸し暑い部屋の中でかっこうよく動き、がっしりした筋肉は露にぬれたように光っている。跪いた影は黒いシャツを纏い、力強く、孤高で清らかに見えた。彼女は中に入って祥春を呼んだ。祥春は振り返り、手にしていた道具を置いて口元に笑みを浮かべた。

「来たか！」

祥春は木屑がいっぱいついた手をジーンズにパンパンと叩きつけた。仕事をしていたほかの二人の若者も仕事の手を休め、しきりに祥浩のほうに目をやった。

「おれの妹なんだ」

自慢げな声で彼は言った。丸椅子を運んできて、ダンボール箱の中からソーダを取り出した。そして手の汚れが気になったのか、どこかからタオルを取ってきて拭いてから祥浩に手渡した。

「まるでお客ね」

祥浩はソーダを受け取ったが、祥春の額から湧き上がる汗がそのまま胸へと一直線に落ちていくのを見て、飲む気が失せてしまった。

二人はそれぞれ長脚の丸椅子に座った。壁には工事現場用の臨時のライトがかけられていた。二人はそれぞれの思いを推し量るように互いを見つめ合った。祥春が先に口を開いた。

「都会の生活に慣れたか？」

「独りで住んでいて……」

祥浩も聞きたかったが、後が続かなかった。目の端には工事現場のライトが大きく映っただけだった。

「ばかだな。だれでも仕事をしないとだめだろ。これはおれの仕事だ。おれは気に入ってる。慣れたら独りで住むのもいいもんだ。おまえだって今は独りで生活しているじゃないか」

祥春はまた体の上の木屑を叩いた。まるでそれ以外に何をすればいいのかわからないといった感じだった。彼の黒いTシャツは繰り返し繰り返し洗濯され、白くなりかかっている。木屑はその上に乱雑な模様を描いていた。

祥浩は長兄にすべてうまく行っていると言った。しかも思っていた以上にいいと伝えた。祥春はどういいのかと問い詰めた。景色がいい、授業が新鮮、若者が校内を行き来し、活力に溢れているのもいい、と答えた。祥春はただうんうんと頷くばかりで、目は足元に落とし何も言わなかった。祥浩は徹夜で話しにふけったことやダンスパーティーに行ったなどについては露ほども言わなかった。

二人の助手が壁に棚を吊るのを手伝い、それから何かを言いつけてから、祥春は祥浩と仕事場を出た。強力な接着剤の匂いと真新しい木材から漂うツンとした香りが、暮れ行く暮色の中で徐々に薄れていった。彼らの影は小道を離れ、また別の小道へと入って行く。狭い都会の中の狭い道。溢れかえる人波やビルの波にもまれていると、人ひとりの存在などほんとうに小さく感じられる。兄弟二人で極限までビルが林立し複雑に道が交差し合った町並みを歩いていると、祥浩は急に大きな喪失感に襲われた。生ある限りどこかで必ず大きな転換機を迎える。かつてわたしたちはあの広々とした田舎で、河と共に日夜のびのびと生活をしてきた。あの見渡す限りの塩田の中で、風に吹かれ日に晒されて暮らしていた。今置かれているこの都会では、自分の居場所はどこなのか探すこともなく、その場所もどんどん狭められてきたように思われた。その上、成長するとともに生活のプレッシャーをひしひしと感じるようになった。祥春は長い間背中を丸めて木を削ってきたせいか、背中がやや丸まってしまっている。生活の重圧や月日による容赦のない老化はだれもが逃れられないものなのであろう。

二人は一軒の旧式の二階建ての建物の前に着いた。建物自体は低くタイルも所々剥がれ落ちている。泥棒除けの鉄格子もペンキが剥がれ、一本一本に錆がこびりついていた。建物で一際目立つのは取りつけ直された合金のドアだった。そのドアを開けると小さなリビングが見えた。そこには一台のテレビが置かれている。台所は薄暗く、鍋もコンロもなかった。埃がうっすらテーブルの上を覆っている。部屋の中に光沢は少しもなかった。

祥春は一階から二階へ通じる階段の明かりを点けた。大理石の床はとっくに輝きを失い、二人の足跡はその古い床の上に跡を残した。二階に上がると窓の明かりが廊下まで射し込んでいた。二階には部屋が三つもあった。祥春は男三人で、一人一間と説明した。他の二人はきっと先ほど仕事場で会ったあの小さな男二人であろう。どちらもこれから兵役にとられる年齢だが、家を離れてここで同居している。この古い建物が醸し出す静かで素朴な雰囲気に馴染んでくると、外の世界が余計に過度にきらびやかであると感じられてくる。

「若い子がずっと何もないこんな質素なところにいられるのかなあ」

「彼らはいい子なんだ。仕事がない時は家に帰るんだ」

お兄は？ 祥浩はすぐに心の中でこの疑問が浮かんだ。祥春と目が合った。その目は平静を装いながらも孤独で寒々とした光を放ち、痛々しかった。彼女には自ずと答えがわかった。

祥春はシャワーを浴びると、彼女を部屋の中に残し、座って待っているようにと言った。遠くから聞こえるラッパや車の走る音。そこには一瞬の静けさもなかった。夕日が車道を淡く照らしている。その明るさも少しずつうすらいでいった。昼間の明るさは終焉を迎えつつあったが、市街地の喧騒はまだ止もうとしなかった。都会の中に独りぽつんと座って日が暮れていくのを見ていると、彼女は急に時間が絶え間なく流れていくことに強い恐怖を覚えた。祥春は兵役から戻ってすぐに台北に上京してきたので、兄妹二人が顔を合わせる時間は本当に少なかった。あっという間に三年が過ぎ、祥浩は少女から成長した。祥春も逞しくなり、筋肉質の肉体は男気を強く感じさせるようになっていた。このまま何もせず、ただ歳月が過ぎ去るのを待つばかりの日々なんて過ごしていられないのだ――そう思った祥浩は祥春の寝室を整理しだした。ただ待っているだけの時間を何とか埋めたかった。兄への愛を手を動かすことによって少しでも伝えたかった。

ベッドと椅子、机が一つずつあった。手作りの箪笥も一つあったが、すべての服を入れても箪笥の半分にもならなかった。祥春はいつもこんなにも自分には厳しいのだ。ふっと振り返ると、もう祥春がドアにもたれかかっていた。

「行こう。ご飯を食べに行こう。この二、三日ちゃんと食べてないだろ」

「いいえ、ちゃんと食べているわ。ルームメイトがよくしてくれるから」

彼女は親切な如珍のことを彼に教えた。それを聞いて長兄は少し胸を撫で下ろしたようだ。顔にやっと笑みを浮かべた。

レストランへ行く途中、祥春は少し回り道をした。弁当を二つ買い、先の工事現場に戻ってそれを二人の助手に差し入れた。彼らは木屑の中に座った。黄色い作業灯の下に若い顔、飢えで懸命に食事にありつく音、額に浮かぶ青筋が照らし出された。祥春もかつてあのように若く、腹をすかせ真剣な顔をして弁当をパクついていたのだ。

「わたしが来なかったら、あのまま店で仕事をしてたんでしょう」

「期限に間に合わせないとなあ。内装は納期が第一なんだよ。期限が迫ってくれば徹夜で仕事をしなきゃいけない時もあるさ」

「仕事の邪魔をしたわね。でも、やっぱり木屑の中で徹夜仕事はしてほしくないな」

「仕事をするのは楽しみでもあるのさ。勉強と同じだよ」

「兄さんの師匠は来ないの？」

「たくさんの現場を抱えているからね。ここはおれが任せられている。金の報告さえしていればいいいいんだ」

内装の仕事は時間が不規則だった。忙しい時もあれば何もやることがない時もある。暇な時、兄さんはどうしているのだろうか。聞いてみたかったが、聞かなかった。自分から言わないかぎりは聞かない。兄さんは自由な大人、だれに報告することなく好きなように自分の時間を使う権利があるのだ。

その夜、祥春は淡水まで彼女を送ろうとしたが、彼女は列車のホームまででいいと断った。祥春は別れ際に聞いてきた。

「もうすぐ中秋節だ。中秋節は実家に帰るのか」

「来たばかりだから、まだ帰りたくない。兄さんは？」

祥浩が聞き返した。

「そっちが帰らないなら、俺が帰らんといけないな」

祥浩は祥春が実家にどれくらいいるか聞かなかった。汽笛が遠くから鳴り響き、列車が駅のホームに入ってきた。プラットホームにいた人だかりはいっせいに列車に殺到した。祥春は紙幣を何枚か祥浩の手に押し込んで言った。

「使いな」

「まだある」

彼女はそれを押し返した。

二人はしばらく押し問答をしていたが、最後に祥春はそれを彼女のリュックの中に押し入れた。再び汽笛が鳴り、列車が発車しようとした。祥浩は車内から祥春の影が薄暗く冷たいプラットホームの白熱灯の下で徐々に小さくなっていくのをずっと見続けた。目に急に熱いものがこみ上げてきて、真夏の蒸し暑さと同じような熱いものが彼女の全身を走った。

五

大学一年生の授業は一学期に二十数単位も習得しなければならない。大学四年間でいちばんたいへんな時期と言えるかもしれない。それでも学生は多くの自由な時間を享受できた。校内の至るところにサークル活動に興じる人やメンバー募集のポスターが張られ、学生センターの前にはさらにサークルの勧誘ブースが設置され、先輩部員たちが熱心に新入生を勧誘していた。九月も下旬になると、秋色がほんのり顔を覗かせるが、夏の濃厚な緑の気配はまだ残っている。湿気の多い海沿いのこの小さな街の木々の梢はどれもまだ青々としていた。この街は四季それぞれに異なった花が咲き、校内いっぱいに張られた色彩豊かなポスターや校内の緑や赤い花と相まって趣のある風景を作り出していた。

彼女は如珍と同じ文学院棟で授業を受けることが多かったが、科目によっては他の棟の教室を使うこともあった。如珍は中国式宮廷建築の教室を使う機会が多かった。その建物は中国文学学科らしい雅やかな雰囲気を持っていた。彼女と如珍は各々の学業に忙しかったので、昼間に会う機会はほとんどなかった。

その日、祥浩は朝の授業を二コマ終え、宿舎に戻って高校の同級生に手紙を書いてから午後の授業に出ようとしていた。学生センターの前では勧誘熱が覚めやらず、いまだに何十というサークルが勧誘活動をしている。その間をすり抜けながらだらだら歩いていると、突然だれかが祥浩の名前を呼んだ。声のするほうを振り向くと如珍と梁銘がいた。二人は登山サークルのブースの前に立ち彼女に微笑みかけていた。

「祥浩、おいで！　登山部に入りなよ！」

如珍は興奮気味に声を張り上げ、彼女をブースの前まで引っ張っていった。

祥浩は梁銘とあいさつを交わした。梁銘は四角い枠の眼鏡をかけ、堂々とした大きな体をさらに立派にみせていた。初めて夜を徹して話したあの時以来、二人にとってこれが二回目の出会いだった。この何日か、彼女は何度か彼の顔を思い出そうとしたが、声は思い出せても、顔はどうしても思い出せないでいた。しかしここに来た初めての夜、祥浩はこの記憶に残らないのっぺらぼうな顔の男と夜明けまで話をしたのだ。今この男は彼女の前に立ち、二人は互いの顔を見つめ合った。再びその顔を見た彼女は、ここに来た初めての日の自分をそこに見つけたかのような感覚を覚えた。その顔は無垢で新鮮な好奇心に満ち溢れていた。

「学校、慣れた？」

梁銘が聞いた。

「何も問題ないわ。教室もわかるようになったし」

如珍が登山部の勧誘パンフレットを一枚、祥浩に手渡した。

「梁さんは新しい部長なので私が勧誘を手伝っているのよ。見てちょうだい。わたしって最高の看板でしょ。こんなに背が低くっても登山部に参加できるんだから。前の学期もいっしょに中横山脈に行ったんだよ。三日三晩歩いたわよ。祥浩、あなたもおいでよ。梁さんってすごく面倒見いいのよ。山に上がるといつもみんなに粥を作ってくれたりするし。知ってるでしょ、山って気圧が低いから、お湯がなかなか沸かないの。梁さんって辛抱強く火を煽いで鍋をつくるの。あなたの同級生も呼んで、いっしょに参加しなさいよ。山登りって健康に最高だよ！」

如珍は途切れることのない精力を持ち続けているようだった。勧誘パンフレットを通り過ぎていく学生たちに次々と渡しながら、大きな身振りを交えて呼びかけていた。興味を持った新入生がブースに近づくと、彼女はまた同じように梁銘を登山部のマスコットでもあるかのように紹介した。その間、梁銘は一度も祥浩から目を離さなかった。如珍がしゃべる流暢な勧誘の口上には少しも興味を示そうとしなかった。彼は真っ黒なその瞳で祥浩を見つめ、心の高ぶりを気取られないようきわめて冷静な声で話しかけた。

「お昼はもう食べた？ いっしょに行かない？」

忙しく勧誘しながら鋭く二人の会話をキャッチした如珍は、肘で梁銘を突っついた。

「二人で行って来なよ。ここはわたしが見てるからさ」

「いや。如珍もいっしょに行こう。ご飯は食べないとだめだ。勧誘パンフレットは置いておけばいい。興味のある人は勝手に取っていくよ。少ししたら他のメンバーも来るし、勝手にやってくれるよ」

三人は横門に向かった。そこはレストランが林立していた。上り坂の一帯はどれも廉価な食堂で、下り坂のほうは少し見栄えのよい定食屋やカフェが並んだ。彼らは一軒の食堂の前にできている行列の後ろに並んだ。どの店も学生でごった返し、列は道路まで溢れていた。照りつける太陽の下で手にプラスチック製のお皿と碗を持っていると、溶けるのではないかと思われるほどだった。バイクは絶えず人混みの中をスーッと飛ばして行く。喧騒な昼下がりの食堂では、何機かの扇風機が天井でぶんぶん回る音も、がやがや騒ぐ学生たちの声でさほど目立たなかった。扇風機から吹きつける風で髪は顔にくっつき、紙ナプキンが舞い上がった。梁銘は如珍と祥浩のために、紙ナプキンを皿で押さえた。彼らは登山部の話で盛り上がった。扇風機は客のご飯を冷たくしたが、食堂にあふれる客の心を熱くした。

梁銘は夏休みにまた中横山脈横断に行ったこと、男五人で重い食料と装備を背負い、分厚い登山靴を履いて東の山裾から登り始め五泊六日かかったこと、夜は樹木の間にテントを張って毛布で体を包んで暖を取ったこと、飲み水が少なくなり湧き水を探したこと、夏の渓流は枯れていることが多く、長い間探し歩いてやっと小さな水流を見つけ、水筒をいっぱいにしてまた山を登り続けたこと、山のふもとに広がる平原は霞や雲が織り成す変化がさまざまな景色を生み出し、頂上では水平線と青々とした空が、視界一面に広がっていること、流れ出た汗は強烈な太陽の下彼らの精力を吸い尽くし、さらには食料が不足して足の力が少しずつ弱まってきたことなどを饒舌に語った。そして六日目の朝には、下りながら喧騒な市場や人混みの声が恋しくなり、遠くの道路を走る車の音でもいいから聴こえてこないかと期待するようになった。そして強烈な太陽が真上にきた正午近くになって、彼らはふもとまで下りてきた。アスファルトで舗装された路面に降り立った彼らはその上に寝転がり、太陽のことも忘れて服を布団にし、深々と眠ってしまった。それはまるで雲の上にいるような、今まで味わったことのない柔らかさだった。彼らは夕暮れ時にやっと目を覚まし、振り返って山を見上げた。あぁ、自分たちはあの山から帰ってきたのだ。この実感は生涯忘れることはないだろう。山々はまるで人生のようでもあり、その秘奥にほんの一時入り込めた気になった。彼らは道端に座り込み、この何日かにわたる勇敢な挑戦を振り返って誇らしげに山の峰を見上げ、微笑んだ。

梁銘の料理はすっかり冷め切っていた。如珍は早く食べなと促しながら感想を述べた。

「三日以上の登山になると女性を参加させないなんて、本当にわたしたち女性を蔑視しているわ」

梁銘は何か答えたが、祥浩には聞こえなかった。食堂では学生がひっきりなしに出入りしている。男の学生の一団がさっとドアを開けて出ようとしていた。その中に、彼女はふっとどこかで見覚えのある横顔が見えたような気がした。あの晩、彼女を踊りに誘ったあの人か。

あのダンスがうまくみんなの目を釘づけにしたあの人か。彼女はその深い輪郭と思いに耽る表情に見覚えがあった。あの晩、彼はあの薄暗い明かりの下で周りを無視し続け、人を一切寄せつけなかった。狂気に満ちているとも言えず、退廃的でもなかった。

横顔はあっという間に消えた。暗闇に光る稲妻のように一瞬すべてを明るくし、すぐさま真っ暗闇に逆戻りしたかのようだった。彼女はいったい何を見たのか確かめようもなかった。

梁銘は二、三口で目の前にある食べ物を平らげ、視線を祥浩のほうに戻した。ちょうど梁銘と目と目があった。はっと気がついた彼女は、あの横顔へ向いていた意識から引き戻された。梁銘の目の中に小さな疑問符が浮かんだ。彼は目をパチパチさせながら聞いてきた。

「どうした？ 登山部に参加するか？」

登山する装備、靴に耐寒服、リュック、そしてばかにならない長い休みを思案した。

「参加しない。サークルには参加しない。私は自由でいたいの」

きっぱりと言い切った祥浩に如珍は驚き、カン高い声でまくしたてた。

「新入生が何のサークルにも参加しないなんてありえないわ。どこか一つ選ばないと！」

「無理強いするなよ。彼女は彼女の好きなのを選ぶさ」

梁銘は眼鏡の端をツンと軽く押した。目の中の疑問符は柔和になっていた。その視線には慈愛も含まれていた。祥浩は顔を背け、この話題から遠ざかろうとした。慈愛は母親の記憶だった。母と同じ慈愛に満ちた温和な目は、彼女を少し耐えがたい気持ちにさせた。

外の日差しは眩しかった。彼らは食堂を後にした。梁銘の熱い登山談義からもやっと抜け出せた。まるで新しい一日の始まりかのようだった。彼らはわざわざ迂回して横門を抜け、活動センターの後ろへ回った。そこには広い緑の広場と花の通りと噴水があり、水面が陽光を受けてピカピカと光り輝いていた。そこから郵便局を通り、さらに何段か階段を上った。

別れ際に梁銘が二人に尋ねた。

「中秋節は実家に帰るの？」

「まだ学校が始まったばかりだから、今年は学校で過ごすわ」

「わたしも帰らないよ」

祥浩に続いて如珍も答えた。

「じゃあ、何人かに声をかけていっしょに淡海に月を見に行こうよ」

淡海ってどこ？　祥浩はまったく見当もつかなかった。彼女は黒々とした目で如珍と梁銘に尋ねた。梁銘は足を緩めた。何か思うところがあるようで、視線を祥浩の頭上の彼方にある淡海のほうに向け、指でその方向を指した。

「そこだよ。淡水に来てまずいちばん初めに行くべきところは淡海だよ」

「海も好きなの？」

今度は祥浩が梁銘に尋ねた。

「山と海のどっちも好きさ。でも、山のほうがもっと好きだ。山登りはいつだって辛くてたいへんだけど、そのぶん思い出も多い。だから山のほうがより好きになるんだ」

「じゃあ、あなたは山の子ね。私は海が好き、水が好き、私は水の子よ」

「それって紅楼夢の賈宝玉《かほうぎょく》が言う〝男人是泥巴做的　女人是水巴做的〟〈男は泥でできていて、女は水でできている〉ってこと？」

祥浩の言葉に梁銘が合わせた。如珍が横から口を挟んだ。

「わたしは山も好きだし水も好き。じゃあ、私って雌雄同体ってことかしら？　梁兄、あなたの喩えは不適当だわ。仁者、山に楽しむ。賈宝玉が男を貶めるために男は泥だと言ったのといっしょにしないで！」

「中国文学科だからって、既成の思考概念に縛られて文学を不可侵で神聖なものと見すぎだよ。ちょっとしたジョークを言ってもだめなのか？」

梁銘は笑いながら如珍に言った。大きく開いた口は天地いっぱいに開けられ、快活な笑い声が響きわたった。

「あなたのその不適当な言い方が、文学の美を台なしにするのよ！　世俗臭ぷんぷんだわ！」

祥浩は二人の掛け合いにほとんど気を止めなかった。彼女の心は既に海でいっぱいになり、静かに無限に広がっていった。

階段近くで彼女は二人に別れを告げた。如珍は阿良のところに行くと言い、横門の方へ歩いて行った。祥浩が銅像のほうへ向かって歩き始めようとしたところで梁銘に呼び止められた。ポケットからカセットテープを一つ取り出して渡された。

「結構好きないい曲なんだ。やっと店で在庫を見つけ、きみにあげようと思って毎日持ち歩いていたんだ」

祥浩はそのテープを受け取り、謝辞を述べた。微笑を浮かべた梁銘の大きな口が、風を受けて舞い上がるかのようだった。祥浩は銅像のほうへ歩いていった。彼女は梁銘に伝えるのを忘れていた。高校の時、合唱団に参加していたこと、五人グループのバンドを作ったこと、彼女は眠るのと同じくらい歌うのが好きだった。それは彼女にとって体の内から溢れる力であり、息をするのと同じくらいあたりまえに自然なことだった。彼女は教える必要はないとも思った。いつか、その日が来たら、彼が少し驚いてくれるかもしれない。

六

中秋の名月、夜間部は休講になる。いつも賑やかで昼間のように灯が点されている校内も、この夜は静寂に包まれていた。ビルの上を名月の暖かな光が照らしている。学生たちは男女を問わず月見の約束をし、女子寮の前は賑わいを見せていた。宿舎の前には多くの人影があふれ、だれもが待ち人を早く見つけたがっていた。そんな光景の反面、校舎の宮灯通りからは異常なほど人影が消えていた。宿舎に住む多くの学生は大学を離れ、それぞれのやり方で異郷での中秋節を過ごしに出かけているのだ。

梁銘は祥浩と如珍、それと友だちを何人か誘って、いっしょに淡海に行った。皆バイクに乗って行った。

山から降り、東北へ向かうと視界は徐々に広がってきて、海辺の道路に出た。釣り人があちこちの岩場で釣り糸を垂らしている。梁銘はツーリング中ずっと淡水のことを紹介し続けたが、バイクの音が彼の声を掻き消した。風も邪魔になった。体を近くに寄せてやっと聞こえる程度だった。だがこんなにも体を近づけ体温を感じても、祥浩には梁銘と親しくなる理由がどこにも見つからなかった。彼が夢中になってしゃべり続けるほど、逆にあほらしげにさえ感じられた。

　淡海の外海には既に多くのバイクや車が止められていた。月見をする人々がどんどん引き寄せられていた。彼らは砂浜に降りて、人混みを避け遠くへと歩いて行った。ビニールシートを何枚か敷き、それぞれ勝手に座ったり寝転がったりした。砲口は一人ビニールシートを避けて、浜の上に直に座った。短パンを穿いた彼の太ももは既に砂でいっぱいになっていたが、さらにそのゴツゴツした手で砂をかき集め、足にかけていた。そして、笑いながら「浜辺に来たのにビニールシートの上？　砂浜に来たら、砂を一身に纏わなければ来る必要なし」と口上を述べ、続けて運動靴を脱ぎ捨て、海辺へ向かって走り出した。

　彼らは皆、砲口に続けとばかり海へ入って行った。秋の夜の海辺は爽やかな涼しさに包まれ、海の水も冷たかった。しかし、水遊びに興じる人々の熱気は、そのひんやりとした冷たさをも暖めたようだ。砲口は足でばたばたと水を打ちつけ、だれかと一戦交えたがったが、誰も相手をする者は現れなかった。彼は独りずぶ濡れになりながらいつまでも海の中にいた。

　如珍は水際で遠くからそんな砲口を見ていた。傍にいた祥浩に話しかけた。

「彼って子供っぽいよね？」

「楽しみ方を知っているのよ」

「彼って賢いのよ。あの無骨で雑な感じは嫌いだけれど、結構やるのよ」

如珍はじっと彼を見ていた。物の価値を図っているかのように目を細め、じっと見つめていた。

如珍は無口になった。海のほうを振り向くと二、三歩歩き、ふくらはぎまで海水につけた。そして月光の下でりんりんと輝く遠い海を見つめた。

祥浩もついて行った。しばらく海を眺めていた二人は、いっしょに元の場所に戻った。それから海岸線に沿ってゆっくりと歩き始めた。如珍は両手を胸の前に組み、少しふざけた感じで言った。

「わたしね、好きな人、いっぱいいるの」

そう言うと、組んだ手をほどき、歩みを速めて走り出した。

「今夜、阿良は何で来ていないの?」

「彼はいい子だから。お家が台北だし、帰らないといけないの」

「連れてってくれないの?」

「まだ門もくぐってないのに、いきなり一家団欒はないでしょ?」

彼女はくるりと身を翻し、砲口のほうへ向かって走り出した。そして叫んだ。

「あなたたちといっしょにいるほうが楽しいし!」

如珍はだんだん走るスピードを速めた。砲口と影が重なると、二人の周りには水しぶきが上がった。高い影と低い影が二つ、海辺でいつまでも追いかけふざけ合っていた。

祥浩はついて行かなかった。砂浜に敷いたビニールシートに戻った。皆水遊びに出ていて、何足かの靴しかそこにはなかった。彼女は座って両手で足を抱えた。だれにも邪魔されずに海面を眺めた。海は完全に彼女ひとりのものになった。

何年か前、祥浩がまだ小さな女の子だった頃、祖父の膝の上に抱っこされていた。祖父は毛筆に墨汁をつけ、紙に彼女の名前を書き、彼女に字を教えてくれた。彼女の故郷には河があった、細く長く西の海へと流れゆく河だった。そして彼女がいちばん最初に習った字が「祥浩」の二文字だった。祖父は、「浩」という字には水の上に広がる日や月や星を乗せられるほど大きな人間になってほしいという願いが込められているんだと教えてくれた。次に母親の名前の「明月」の字とその意味も習った。あの故郷のあの河の上に月が出ていた夜、月明かりは川面を照らし、河を柔らかく暖かく包んでいた。祥浩は顔を上げて月を眺めた。母のことを思い出し、自分の行く末について考えた。あの海に向かって滔々と絶えず流れを注ぎ入れる河、その河の上に光る月光《つきあかり》に思いを馳せた。

目の前に広がる深遠広大で無限な大海。丸く清い月に照らし出された海。ごうごうと永劫に音を立て続ける波。空に舞う微かな風の音。砂浜では砕かれた貝殻が月光を反射し、きらびやかな光を辺りに撒き散らす。そしてこれらは砂浜にいるだれもを狂わせた。若者たちはロケット花火を上げ、水遊びに興じ、中には砂浜の上でバーベキューパーティーをする者まででいた。今頃お家では皆なにをしているのだろうか。祥浩にとっては初めて家の外で過ごす中秋節だった。今年は祥春がいるはずだから、母親はきっと寂しくはないだろう。彼女は今、巣を飛び立った鳥のように己の空を飛び回っていた。

梁銘がこちちのほうにやってきた。祥浩も彼の姿に気がついた。あの逞しい足、がっしりした体、角張った眼鏡。梁銘はやや上向きに彼女のほうを見つめていた。

その影は徐々に近づいてきた。

「面白くないのかい？　どうした一人で？」

「わたし、ずぶ濡れになりたくないから。ここでみんなを見ているのがちょうどいいの」

「高みの見物か！」

「そんなんじゃないの。ここでボーッと考えていただけよ」

「何を考えていたの」

「漠然と、目的もなくね」

「目的もないってわかっているだけですごい！　おれなんか自分が目的もないってこともわかっていなかったんだから」

梁銘は感慨深そうに言うと、彼女の横に腰かけた。ペアで並んだ二人の裸足が、月光が照らす砂浜に並んだ。二人はともにその足元を見つめ、月を見上げようともしなかった。海から吹く風が、ため息のようでもあり、なかったり……

梁銘が体をちょっとずらした。それは月明かりが祥浩の顔に優美な線を描くのを許さないような動きだった。

「これまでの人生、ずっと遊んできたんだ。ボケーッとただ受験のことだけを考えて勉強してきた。大学に入ってもこれといった目的もない。三年生になった今、やっと少し焦りを感じてきただけなんだ」

「わたしたちって、だれもが大学に入るのが勉強の最終目的と思っていたじゃない」

祥浩も同じような疑問を自分に投げかけた。

「それって間違いなんだよなあ。大学の学科っていっぱいあるし、学科を間違えただけで四年間を無駄にするようなものなんだ」

「あなたはどうするつもり？ 登山家になるの？ それとも土木エンジニア？」

梁銘は寝転んだ。両手を頭の後ろに組み、目はぼんやりと月を見つめていた。

「山の上でよく月を見た。遠かったり近かったり、高いのやら低いのやら、丸かったり欠けていたり、その姿はさまざまだよ。見る人によっても気持ちが違ってきたりする。でも、月はいつ見ても、なんだか特別な感情がこみ上げてくるなあ。今夜はきみといっしょに見られて幸せだよ」

「何を言ってるのよ。わたしの質問に答えていないじゃない」

「おれは勉強より登山が好きだ。しかし、登山は仕事にできない、だから、勉強を選ぶしかない。大学院に行くんだ」

「大学院の後は？」

「教師かな。学校、結構好きだし」

一匹の虫が二人の間を行ったり来たり飛び回った。彼女の髪に止まったり、梁銘の腕にぶつかったり、酔っぱらいが踊りを踊っているような、なんとも不器用な姿だった。彼女は手で払い除けようとしたが、その姿がある種の音楽的なリズムを持っているように思えた。仰向けになった梁銘は、無限の空に広がる月や星と、虫を払い除ける舞うような彼女の手しか見ていなかった。彼は軽くフォークソングを口ずさんだ。低く力強い歌声が夜をいっそう情緒的にした。祥浩も寝転んで月を見ようと思った。しかし、スペースの大半を梁銘が占拠してしまっているので、そうはできなかった。仕方なく彼の傍に座り、上から彼を見下ろしているしかなかった。ふっと砂浜に梁銘と二人だけでいるような錯覚に陥り、どこかへ逃げ出したくなった。しかし梁銘の歌声は途中で歌を遮る邪魔者を許さない雰囲気を持っていた。気がつくと、いつしか祥浩も自然に曲に合わせて軽く歌を口ずさんでいた。

「いい声をしてるね」

梁銘は一曲歌い終えると、感嘆したように言った。

歌の酔いから覚めた祥浩が声を少しずつ弱めると、再び梁銘の歌声だけとなった。月夜の砂浜での二人のデュエットがあまりにも息ぴったりだったため、祥浩は不安を覚えた。

浜辺の水遊びに興じていたみんながこちらに上がってきた。砲口は全身ずぶ濡れになり、如珍がその横にいた。彼女の半袖のTシャツと短パンからも水が滴っていた。濡れている者といない者が如珍を囲み、全員がこちらに帰ってきた。

如珍は月面散歩でもしているかのようだった。最初は砂地が歩きにくいせいなのかと思ったが、近づいて来てやっとその原因がわかった。如珍の淡黄色の眼鏡がなくなっていたのだ。

「眼鏡を落としたの？」

祥浩は傍に行って如珍を支えた。ずぶ濡れになった如珍の腕はひんやりと冷たかった。

「砲口のバカがわたしの眼鏡を払い落としてさ、波に攫われちゃったのよ」

如珍の怒りはまだ収まっていないらしい。手を上げて砲口を押し倒そうとした。砲口はさっと身をかわし、代わりに如珍が砂浜に尻餅をついて砂だらけとなった。梁銘がリュックからタオルとジャケットを取り出した。祥浩はそのタオルを受け取って如珍の砂を払い落とし、ジャケットを着せてあげたが、そのジャケットもあっという間に濡れた。

「こんなにふざけて、ちょっと子どもっぽすぎないか。バイクに乗って風に当たったら風邪をひくぞ！」

梁銘は何枚かのタオルを他の男たちにも投げてやった。

体を濡らした彼らは砂浜に座ったが、夜が更けるにつれみんな体を震わせ始めた。遠くからはまだ喧騒が聞こえてくる。祥浩には如珍の歯がカタカタと打ち合うのが聞こえた。砲口はシートのいちばん端に座って海を眺めていたが、一言も話さなかった。まるで悪さをして叱られた子どものように、どうやって正せばよいのかわからないかのようだった。

彼らが砂浜を離れる時、押し合いへし合いの祭りのような喧騒と雑踏はまだ止まず、砂浜ではたくさんの人が月見をしていた。ロケット花火もあちこちで海に向かって発射されていた。月明かりが澄み渡る夜だった。

翌日の朝、如珍は授業があったが、午後からの授業の祥浩と一緒に部屋にいた。祥浩は机で本を読んでいたが、正午近くになっても後ろで寝ていた如珍がなかなか起きてこないことに気づいた。こんなにも寝込むことは今までなかった。近づいて見てみると、如珍の頬は真っ赤に染まり、まるで桃の花のようだった。下段のベッドのせいで陰になりあまりはっきり見えなかったが、如珍は両目をうっすらと開け、その表情はボーッとしていてうつろだった。祥浩は一抹の不安を覚えた。

「如珍、どうしたの?」

祥浩は腰をかがめて顔を近づけた。

「これは夢?　それとも現実?　わたし、ずっとこうやって寝ていたい」

その目は細く、声も弱々しかった。その体はまったく動こうとしなかった。

「なんか変よ」

「熱があるみたい。昨日はやっぱヤバかったかなあ」

「あそこまでふざけなくてもね」

「でも、ずっと寝ながら昨日のことを思い返していたけど、あれほど美しい夜はなかったわ」

祥浩は額に手を当てた。ひどい熱だった。

「医者に行こう」

「行ったって診てくれるかどうかわからないわ」

「こういう時になんてことを言うの。すぐ阿良を呼んで来る」

祥浩はすぐに下の階に行って阿良に電話した。阿良は休み明けのふやけた声で電話に出たが、如珍が病気だと聞くとすぐに電話を切って飛んできた。

如珍は布団を頭までかぶっていた。阿良は部屋に入るなり布団を引っ張り上げた。生気のない小さな顔が枕の中に埋もれていた。両目を固く閉じ、苦しんでいる囚人のようだった。

「なんでこうなった？」

阿良は独り言のように繰り返しつぶやきながら、身を屈めた。手を回して如珍を抱き上げようとしたが、あまりにも力なく柔らかだったので、またぶつぶつつぶやくように言った。

「バイクに乗せては行けないな。タクシーを呼ばないと」

「呼ばなくていいの。わたしはバイクに乗れる！」

如珍は目を開け、力いっぱい布団の中から這い出ようとした。阿良は壊れやすい白い翡翠でも扱うかのように、ずっと大事そうに如珍を支えていた。

祥浩と阿良で如珍を外まで連れて行き、バイクの後部座席に抱き上げた。阿良はバイクに跨り、縄を幾重にも回して自分の体に如珍を括りつけ、最後は自分の腰のところできつく結んだ。それから振り返って如珍に言った。

「俺にしっかり抱きつけ！　滑り落ちるなよ！」

バイクは轟音を立てて走り去った。祥浩は立ち尽くしたまま、慌てて行くバイクの後ろ姿を見送った。結んだ縄が心配だった。万が一、弱り切った如珍が滑ったらどうしよう。よかれと思って括りつけた縄が、逆に恐ろしい凶器にならなければよいがと思った。

あの日、十階のレストランで如珍が語った愛の最高の境地は「世間に情とは何かと問えば、ただ生死を共にすと応える」というものだった。彼女はあの時、あまりにも抽象的な言葉だと思ったが、今、阿良が如珍に対して見せたあのかいがいしい心遣いに触れ、心の底に潜むなんとも名状し難い心情がこみ上げてきて、思わず顔を赤らめた。祥浩は男と女がこれほど肌を優しく合わせるのを見たことがなかった。女子高に通い、男子とのつき合いは言葉や知識を交わす程度のもので、肌と肌のつき合いなど考えたこともなかった。

彼女が授業に行く時間になっても、如珍はまだ帰ってこなかった。かろうじて必修科目である二時間の「国父思想」の授業をやり終えると、彼女は真っ先に横門近くにある阿良のマンションを訪れた。阿良の部屋は固く閉じられていて、ドアにはカリキュラムが張られていた。午後は授業がなかった。阿良はきっと如珍といっしょにいるのだ。祥浩は校内に戻り、宮灯通りを歩いて銅像前まで来た。宿舎はそう遠くないところにある。グラウンドでは体育の授業が行われ、銅像の下では五、六人の学生が座り込んで雑談にふけっていた。その正面には静かに観音山が鎮座している。変哲のない学校の一日は、如珍が病気だからって何も変化が起きていなかった。だれもがそれぞれ、自分の生活を持っているのだ。

アパートの門まで戻った。観音山を静かに眺め、階段口に佇む一人の人影が見えた。祥春だった。肩にリュックをかけ、手には地面に届くほど大きな袋を提げている。祥春の静けさは、間もなく沈む太陽の暮色を感じさせるものだった。白日の太陽には無限の生命力が感じられるが、沈みゆく太陽の暮色には何事も受け止める大地の慈愛が感じられた。

祥浩が名前を呼ぶと、兄が振り返った。

「どうしたの？」

「おまえのところは電話もないし、連絡がつかないからなあ。今日いちばんの列車に乗って会いに来たんだ」

重々しい袋に目をやった。

「お母さんから預かってきた冬服だよ。中秋も過ぎれば寒くなるってさ」

祥浩は上の部屋に連れて行こうとしたが、祥春は「男性禁止」の札を見てためらった。

「それ無視していいのよ。ただの格好だけ」

部屋のドアを開けると、中はがらんとしていた。如珍のベッドは布団がぐぢゃっと丸まっていて、出かけた時のまんまだった。祥浩はそれをきれいに畳み、ちょっと悲しげにルームメートが病気になったこと、男友だちが病院に連れて行って、二人ともまだ戻っていないことを祥春に告げた。彼女は昨日の夜、淡海に月見に出かけ、水遊びをしたことは言わなかった。どういう理由かわからないが、遊ぶことは二人の間では一種の「禁忌」になっていた。祥春の落ち着きと屈折。その屈折した心のもとを辿れば、祥浩にとって楽しいことすべてが遊びになると感じていた。

父母のことを尋ねたが、祥春は部屋の中に注意を向けていた。

「本棚がないね」

祥春はいつでもいちばん優しかった。一目で彼女に何が不足しているのかが分かった。

部屋にあまり長居はしなかった。彼はアパートに出入りする女学生の声に驚き、リビングや他の部屋から響いてくる音で話を中断した。この男性禁止という場所が、彼をひどく落ちつかない気分にさせていた。

祥浩は祥春と二人で大学に行き、この丘の上の校舎を案内した。祥春の肩はリュック一つだけとなったが、その温厚沈着な気質と顔に刻まれた経歴は、学内に入るといっそう老成した感じになり、老けて見えた。キャンパスの至るところに若く幼すぎるほどの顔があったからだ。そんな若者たちの顔は謂れのない自信に充ち、恐れを知らない無邪気で自由奔放な生活を満喫していた。

黄昏時になると急に寒くなってきた。道行く人々はだれもが清らかで明るい顔を見せていた。草も特別に青く、教室にはいつだって教室らしさはなく、どこかの観光名所、旅行スポットのように見えた。祥春は大学の中に入るのは初めてだった。彼は実にゆっくりと歩いた。周りを詳細に見回し、一木一草さえも見逃したくないかのようだった。祥浩にはわかっていた。これはかつて彼が夢見ていた場所、そして生活だった。しかし、その夢は彼の人生の中ではあっという間に潰えてしまったのだ。

彼女は再び、中秋の節句に帰省した祥春に、実家の様子はどうだったかと尋ねた。

「二卓出ていたよ」

あざ笑うかのように答えた。その視線は遠くの山の段々畑と、その収穫が近い青々とした稲穂に向けられていた。

「麻雀の音を聞きながら中秋節を過ごしたよ。なにも必要ないんだよ。どんな日でも、いつだって、あの人たちにとっては同じなのさ」

「あの人たち」とはどういう意味だろう。祥春が唾棄するのは父親だけのはずだったが、母親もどうしようもない添え者になったということだろうか。母親は麻雀にやってきた男たちのために食事を用意していた。それは選択の余地のないどうしようもないことだった。祥春が軍隊から帰ると、父はこれまで以上に仕事をしなくなった。たまに行く埠頭のほか、ほとんどの時間を家でぶらぶら過ごしていた。母親もあのコンテナ置き場の仕事を辞めた。よそに行って仕事をしたりもしたが、父が家に人を呼んで麻雀をしていたとき喧嘩になり、家の窓のガラスが何枚も割られた。しかし、警察は父から賄賂をもらっているので、母がいくら訴えても相手にしてもらえなかった。そのことがあってから、母は家族の安全のため、病弱で今にも死にそうな父のために仕事を辞めた。いつ来るかわからない呼び出し、今日にもジャン卓の上で死ぬかもしれない夫が逝くのを母はひたすら待ち続けていた。

「お母さんは？」

「あそこから逃げたいんだろうなあ。でも逃げられないだろうね」

祥春は段々畑に向けていた目を祥浩の顔に戻した。彼女をさらおうとでも思っているのか、鷹のような鋭い目でその一挙手一投足をじっと見つめた。

「おまえのことが心配でたまらないようだ。おれにおまえの面倒をみろとよく言ってた」

心配そうに見つめられて、彼女は気が重苦しくなった。

「もう子どもじゃあるまいし、ちゃんと自立し勉強もしてるよ。兄さんといっしょだよ」

彼女の頑固で偏屈な一面が現れた。祥春はこの話題を続けていられなくなった。祥浩は祥春が帰るついでにいっしょに麓の病院に寄り、阿良と如珍を探してほしいと頼んだ。如珍はきっとどこかの病院か診療所の病室で寝ているに違いないと思っていた。

暮れ行く夕日の中、二人は淡水の街を歩いて病院を探した。漢方薬局を除けば、西洋医療の病院はそう多くはない。主な通りも一本しかなかった。二人はその通りに沿って歩き二軒の小さな診療所を訪ねた。どちらも入院施設はなく、船の渡し場のほうへさらにしばらく歩いて、やっと一軒の旅館の横に立つちょっと大きめの病院を見つけた。如珍はここにいると直感した。受け付けで尋ねると、看護師は二階を指さした。祥浩は一歩一歩、二階へと上がった。祥春もそれに続いた。早朝から列車に揺られ、乗り換えてこの小さな街にやってきた祥春は、髪の毛も少し乱れ、シャツもズボンの上から少し出ていた。

二階には病室が四室しかなかった。如珍の病室はドアを大きく開けていた。如珍は真っ白なベッドの上に寝ていて、かけていた布団も真っ白で冷たく感じた。なんだかちっとも病気のようには見えなかったし、たいへんそうにも感じられなかった。病室には薬品の匂いが充満していた。阿良はベッド横の椅子に腰かけていた。手に濡らした綿棒を持ち、身を屈めてはその水分を如珍の乾き切った唇に軽く当てていた。如珍は目を閉じて寝ていた。

阿良は二人が入ってくる物音で、身を起こした。

如珍も目を開けた。もじゃもじゃとやや乱れた祥春の黒髪と、その下にある紳士的で落着いた彫りの深い細い顔が目に入った。

白い枕に埋もれた如珍の顔色はやや青白く、虚ろな目の焦点を一所懸命合わせようとしている。大きすぎる枕がいっそう顔を小さく見せ、短く切られた黒髪だけがほんの少し活発な如珍の面影を残していた。祥春は衰弱し切って頼りなく病床に伏している女の子の青白い小さな顔を真っ直ぐに見つめた。阿良が口を開いた。

「よくわかったな」

祥浩は阿良らに長兄の祥春を紹介した。如珍の病状を尋ねると阿良が答えた。

「高熱が出ている。医者は今晩、入院したほうがいいって言ってる」

「病院に来る人が少ないから、もちろん入院してほしいと言うわよ」

如珍は入院はしない、部屋に戻って熱冷ましの薬さえ飲めばそれで治ると言い張ったが、阿良は頑としてそれを許さなかった。如珍はそんな阿良を揶揄した。

「お金がありすぎるのね。これくらいの入院費は何とも思わないのね」

なるほど、阿良と如珍の間では、阿良が一切の入院費用を負担するということで話がついていたのだ　祥浩は如珍の世話に夜間来ると切り出したが、阿良は自分が夜通し如珍のそばにいて世話をすると譲らなかった。

祥浩と祥春は病院を出て、もと来た道を歩いて駅に向かった。祥春は口数が少なかった。彼は大学生と自分との間に距離を感じていた。病院での一幕には、かけ離れた場所からあの青白い女の子と、その子に一途な恋人の姿を見ているような感覚を覚えた。それは大学と言えば恋愛と言われたような思いだった。祥春は祥浩を疑惑と、そして確信を掴んだ目で見た。祥浩はそんな疑惑の表情を浮かべる祥春に向かって言った。

「ねえ、今度来たら本棚作ってね！　わたしは本を読む以外、やることがないの」

長兄《あに》はわざわざわたしのために母親が手渡した冬服を持ってきてくれたのだ。明日からはまたあの汗と木屑にまみれた職場に戻るのだ。あそこが長兄の生活なのだ。ずっと昔、運命の神様は早々とその手を引っ張って学校から遠ざけた。長兄は木工職人になると言い、手に職をつけることを選んだ。それは下の弟妹たちに勉強をさせるためでもあったのだ。

祥浩がこの台北という大都会と何らかの繋がりがあるとしたら、それはこの彼方の都会に住むこの長兄以外になかった。それは祥浩にとってほんの少しの慰めであり、この都会で息を吸い、互いに輝き呼応し合える数少ない相手だった。

列車がすっかり暗くなった淡水の仄かに河から吹いてくるそよ風の中に消えて行った。祥浩にはこの街での安堵を告げ、感謝の気持ちを伝えるほかに、祥春にしてあげられることはなにもなかった。長兄がこうしてやってくることは心の負担になったが、ただそれは受けたい負担でもあった。

祥春を駅まで送った帰り、祥浩はまた病院へ寄り道して如珍を見舞った。阿良がちょうど夕飯に出て行ったときだった。

如珍は甘い笑顔をつくって祥浩を自分の傍に座らせた。

「砲口に伝えて。彼のせいなんだから、わたしの見舞いに来ないといけないって言って」

そして、声を落とし、小さな声でつけ加えた。

「でも、阿良のいない時に来てって!」

「もしかしたら彼も熱を出して寝ているかもね!」

祥浩は如珍がふざけているかと思ったので、同じように軽くふざけて返した。その後、しばらく沈黙が続いた。如珍の両方の目からすーっと涙があふれた。如珍はその涙を布団の角で素早く拭きとった。

祥浩はティッシュを一枚抜き取って彼女に渡した。

如珍はそれを受け取り、手に握ると嗚咽に近い声を出した。

「わざとわたしの眼鏡を叩いて落としたのだと思うの」

――きっと阿良はまだ、如珍の鼻にかかっていたあの細い淡い黄色の眼鏡がもうどこにもないということに気づいていないのだ。

如珍が全快してから、また二人は何回かダンスパーティーに参加した。

多くの学科生は英語学科の新入生を誘うのが好きだった。電子学科、機械学科などは、皆そのような伝統があった。英語学科にいる少数の男子学生はもちろん排除された。それらの学科の学生は先輩であれ後輩であれ、自分で他の学科の女子学生を誘って参加でもしない限り、彼らの学科の女子学生が他学科の男子学生と踊るのを指をくわえて見ているしかなかった。新入生歓迎のダンスパーティーで、祥浩は自在に悠然と動き回った。初めての体験でじっくり観察し学習したことと、あの素晴らしく踊りの上手な男性と踊ったあの一曲でいくらか踊れるようになり、音楽のリズムさえ掴めば足が勝手に軽やかに動くようになっていたからだ。しかし、ジルバのように二人が体を密着させて踊るダンスは、まだ横で見ているしかなかった。彼女はまだ回るコツを掴んでいなかった。一度如珍が男性の役となり部屋で練習したが、如珍は祥浩より背が低く、高く上げた手で彼女に回り方を教えようとしても、祥浩は体を曲げなければ回れなかった。それはまるで狭い箱の中で、手足を伸ばせないまま回るようなものだった。如珍も男性のパートを完全に真似ることができなかった。如珍は梁銘に教えてもらおうと思ったが、梁銘はダンスをしなかった。彼はただ会場で皆が踊るのを見ているだけだった。砲口はダンスパーティーに参加しても音楽に合わせて適当に体を動かすだけで、まったく規則性がない。しかも女性を誘っていっしょに踊るのは鬱陶しいという性格だった。砲口は何時だって一人で踊り、一人を楽しんでいた。

如珍と祥浩は、ダンスパーティーではリズム感がある人の真似ばかりした。如珍はリズミカルな音楽に合わせて軽やかに踊っていたが、その動きは音楽と隔たりがあった。祥浩も音楽と一体になろうとしたが、いったん音楽を聴き、それから動きを考えるとどうしようもなくなった。祥浩は、自分の踊りがいかにどんくさく、会場にいるほとんどの人と同じようにただ音楽のリズムに酔っているだけだとわかっていた。彼女は思った。梁銘がダンスパーティーに参加しないのは冷静な判断だったのだ。ダンスパーティーの喧騒は彼のフォークソングとクラシックとはあまりにもかけ離れた存在だった。彼女は何度かダンスパーティーでダンスを踊らない梁銘のことを思った。それは自分のごまかしと浮ついた心を浮き彫りにさせた。場末の賑やかな音楽で浪費した時間は、一ページの読書で得られる心地よい満足に代えられたかもしれない。しかしこうした空虚感に襲われる一方、音楽によって激しく揺さぶられた時、彼女の心の中には同時にもう一人の自分が現れた。あの初めて彼女をダンスに誘った男の優美な姿、引き締まった身体の筋肉の動きと音楽とが結びついた力強い影がはっきりと姿を現すのだった。彼女はダンスパーティーの度に、彼はきっとあの光と音楽の下にいるはずだと思い、いつもその影を捜し求めていた。けれども、その男は現れなかった。いつも彼女の期待は幻に終わった。

　それでも彼女は、その幻を追って毎回招待を引き受け、ダンスパーティーへ赴いた。きっともう一度彼に会えると信じていた。

七

中間テストの期間、学内のすべての活動は停止する。学生活動センターの地下にあるさまざまな部室は、ふだんなら学生らが激しく議論を交わすなどの賑わいを見せ、サークルによっては夜間部の終業ベルが鳴るまで部室の明かりが煌々と灯されていたのに、中間試験の前夜は、埃が舞う廃墟のような静寂をたたえていた。他の追随を許さない学内新聞を発行する新聞部の部員でさえ、いつもは消えることのない部室の明かりを消していた。

祥浩はサークル活動には所属しなかった。サークル活動の賑わいを横目に大学に通うのが日課になっていた彼女に、この何日かの学内の異様な静けさは、逆にサークル活動の存在を強く意識させることになった。郵便局に手紙を出しに行くのに、彼女はわざわざサークルの部室がある学生活動センターの前を通ってみた。センター地下の部屋は、いったん部室の灯が消され、言いようのない暗さに飲み込まれている。大仰な看板が並ぶ各部室の前には、どこも「中間テスト中入るべからず」とか「部長逮捕すべからず」といった洒落を利かせたステッカーが張られていた。詩のサークルのドアには、「青春の炎を燃やし尽くすために、どうかお許しを。知識の糧のために長夜苦しき読書す」という詩の一節。いちばん奥にある角部屋が新聞サークルの部室で、そのドアには「勉強しないと、また落とされるわよ」と至ってシンプルな言葉が張られていた。祥浩は登山サークルの部室の前まで歩いた。ドアには高山の頂きを仰ぎ見て一列に並ぶリュックを背負った人々が描かれていて、その絵の横に小さく「さらに高い山がある。われわれが登っていくのを待っている…」と書かれていた。彼女はその絵の前に立ち、梁銘に思いを馳せた。ここにはこの日、初めて来た。なぜ誰もいない時を選んで来たのか、彼女自身にもわからなかった。

くるりと半周し、立ち去ろうとした時、新聞サークルの部室のほうから物音が聞こえた。祥浩は少し怯んだ。ドアノブを捻る音は静寂を破って暗い廊下にカチャリと響いた。どこにも彼女が身を隠せるような場所はなかった。祥浩はどのサークルにも属していないし、どこにも口実となるような扉のドアは開けられていなかった。どこか泥棒にでもなったような気分を祥浩は味わった。

ドアが開き、その男は出てきた。ドアを閉め、光が差し込む出口に向かって歩き出した。手には一冊の本。光を背に立っていた祥浩は、その男と暗闇の中で出会った。まるで薄暗いダンスパーティーのフロアで互いを見つけ、ダンスに誘うかのようだった。

彼がいきなり聞いてきた。

「何か探しているのか？」

「何か探しているように見えます？」

彼女は落ち着いて聞き返した。彼はふふっと笑った。そして、長方形のその顔に自信ありげな表情を浮かべた。男の鼻筋は高く通っていた。それがまた男の顔を特別に立体的に見せた。潤ったよく喋りそうな薄い口に、すらりと引き締まった細長い体。彼は体をやや斜めに構え、そこに立っていた。彼だ！あのダンスパーティーでみんなの視線を一点に集め、彼女をダンスに誘ったあの男だ！

祥浩はその男にテストなのにどうしてここに来ているのかと尋ねた。手に鍵を持ったその男は、テストでそれほど焦る必要はないし、部室に本を探しに来たのだと答えた。

「どこのサークルに入っているの？」

彼女は聞きたかった。いっしょにダンスをしたことを覚えているのかどうかと。しかし男は二人が以前会ったことがあるかどうかなど関心がないように思われた。男は出口に向かって歩き出した。彼女は後をついて行った。

「どこにも入っていない」

男はまたふふっと笑った。外の淡い日差しの下に出ると、男の顔がはっきりと見えた。その目は強い探求心と深く沈む心が混じって鈍く輝いていた。それは茫然としているようでもあり、周りをまったく気にしない人のようでもあった。

「気に入ったサークルがなかったら、新聞部を考えてみたら」

男は別れ際にそう言い残し、郵便局の前の小道の横門から学校を出て行った。彼女はしばらくその場に立ち尽くしていたが、やがて反対側の宮灯通りのほうに向かって歩き出した。二人はほんの短い出会いに対して社交辞令的なあいさつを交わしただけで、きちんとした別れも告げず、自然にまた別々の道を歩み始めた。それは大学内の若者がもう一人の若者と出会った時、だれもが同じように交わす儀礼的なあいさつで、祥浩に対する男の感覚も同様なものに思われた。

何歩か歩いてその場から少し離れると、彼女にとって特別なこの一瞬が、急に強くぎゅっと強く胸を締めつけてくるのを感じた。何の前触れもなくそれは起きた。彼女がずっと待ち望み、繰り返し見た幻が現実となって彼女の目の前に現れたのだ。二人を繋ぐものはもう光輝く光や若者がひしめくダンスパーティーだけではなくなった。そこはかつて彼女が足を踏み入れたいと思ったこともない空間で、静かで暗くて人っ子一人いない、そういう場所だった。強い潜在意識があの男との出会いをセットしてくれたのか。ダンスパーティーで男が見せた、注目を一瞬にして集めるあの華麗な動きは、ジャーナリズムの世界とはほど遠く、どう考えてもその二つに接点を見出すことなどできなかった。新聞をつくろうという人は自らを高く評価して大衆を高みから見下ろし、雄弁で厳格で俗に流されることのないような人間しかいないと思っていたからだ。

すっかり取り乱してしまった祥浩は、興奮して落ち着かなくなった。彼女は足早に自分のアパートに戻り、引き出しからハーモニカを取り出した。乱れた気持ちのはけ口がほしかった。そういう時はハーモニカがいちばんだった。如珍は必死に勉強していたので、祥浩は如珍の邪魔にならないようハーモニカをポケットに入れ、如珍の疑惑の視線を浴びながら部屋を再び出て行った。

彼女は大学構内にある銅像の下の階段に腰かけ、観音山に向かってハーモニカを吹いた。このハーモニカは数年前に新しい家ができて家族が引っ越しをした時、彼女が化粧箱の中から見つけたものだった。母は若い時に人からもらったものだと言った。そのハーモニカは箱のいちばん奥に大切に仕舞われていた。それを祥浩にくれた。それからというもの、そのハーモニカは彼女の一部になり、どこに行くにも肌身離さず持ち歩いた。また、なぜかそうするべきだという思いもあった。ハーモニカの低く切ない響きは眠っている情感を呼び覚まし、吹くたびに胸の奥がじんじんと乱れた。けれども、祥浩はその感覚が好きだった。小さい頃親と一緒に高雄に移り住んだこと、細い小路に面した狭い家、薄暗い部屋——それから一年、また一年と月日は過ぎ、わたしたち兄弟姉妹四人もさまざまな苦難を乗り越えて大きく成長してきた。過ぎ去ったこれらの日々は決して二度と帰っては来ない。ハーモニカの音は容赦なくそういう遠く切ない過去を思い出させた。

薄暗い部屋の中、祥浩は窓辺に伏して雨上がりの土から立ちのぼる湿った匂いを楽しんでいた。少しずつ濃くなっていくその匂い、そして少しずつ薄れゆく黄昏時の弱々しいひかり。その変化を感じているのが好きだった。

部屋の中からは常にガタゴトと物音が聞こえた。連日連夜の博打から久し振りに帰ってきた父が一人食卓につき食事をしている。母親と喧嘩した後なのか、顔色は冴えなく、取り込んだ一家六人の洗濯物の前に小さく座り込み、頭を低く下げてご飯をぱくついていた。誰もが父と目が合わないように避けている。兄弟は低い円卓を囲んで勉強していた。彼らは皆、父親が博打で金をすったことを知っていた。すっかり日が暮れて暗くなったが、だれもが押し黙り暗闇と闘っていた。だれもが、これからやってくる風雨や大波の前の一瞬の静けさと戦っているのだ。恐怖は沈黙の中で静かに膨らみ、やがて一本の長い鞭となって彼女を脅かした。

機嫌がよい時の父は、窓から柔らかく差し込んでくる陽光のように小さな家の中を明るく生き生きと照らした。父は母と仕事や同僚やどこかで仕入れてきた噂を面白おかしく話し、割れた鍋はどこに持って行けばよいのかといったウンチクを教えてくれた。幸せはもうすぐそこまでやって来ていると思われた。しかし何年か経ち、彼女は自分が最後の最後まで間違っていたことに気づいた。いったん斜むいた陽は、いつだって足早に去って行くのだ。

父は交通事故に遭った。その後の入院と療養生活はブラックホールでしかなかった。彼女は勉強の他に、あまり多くのことを話さなくなった。心の中で密かに家から逃げ出す計画を何度も練り続けた。生活のために奔走を続ける母は、耐え忍ぶようにというメッセージしかくれなかった。果敢に家出でもしたら、彼女の価値はまったくなくなってしまうということも伝えていた。最も深く苦しんでいる母が、それでもなお翼を広げて家を守っているというのに、彼女にそれ以外のどんな逃げ出す理由があったというのか。

祥春が徴兵から帰って来て半年後、突然母は仕事を辞めた。もう二度とコンテナ置き場へは行かないといい、一日中家の中にいて何かこまごましたものを洗い続け、身体の不調と体力の衰えを言い訳に仕事をしない父親と話し続けた。彼らはもう争わなくなった。父が怒りを爆発した時は、母は黙って何も話さなくなるか、家を出て行くようになった。母はこれ以上ないという沈着さと包容力、広い度量を見せた。あの頃からだった。父は注意を祥浩に向けだした。父は学校から帰るとなぜすぐに部屋にこもるのかとしつこく問い糾した。ベッドに横たわっている時などはしきりに「長い病気に親孝行なし」とぶつぶつ呟いた。子供たちはだれもが父と対立し、だれもが父親の前では何も話さなくなった。

祥浩は一時期、勉強をしなくなった。それは大学受験を間近に控えた頃だった。祥浩は自分が受験に失敗すればいいとまで考えた。少しずつ借金が増えている家のために、祥春と同じようにその重荷を背負おうと考えたのだ。約半年の間、彼女はすべてのことに関心を失っていた。台北から帰った祥春が模擬試験の成績表を見て問い詰めた。

「おれが自分の進学を犠牲にして賭けたんだ。そのおまえが夢を叶えなかったら、おれの思いはどうなる?」

その日、祥春は飲み干したばかりのコーラの缶を手でぐちゃぐちゃに握り潰し、唇をへの字に曲げて強く噛んだ。祥浩はこんなにも厳しい顔をした長兄を初めて見た。祥春は形の見えない鞭となって、目標を見失っていた彼女にきつい一発を食わし、目を覚まさせた。

今、わたしはここにいる。何十年という闇を与え続けた家からようやく抜け出して、今ここにいる——しかし、彼女にはもう一つ、やっと分かったこともあった。過去の闇は寄せては引く波のように、繰り返し止め処なく襲ってくる。それは波が岸へやってくるのと同じように当然のことだったのだ。

彼女はそこで悶々としたまま静かにハーモニカを吹き続けた。銅像の前の車道を、ときたま車やバイクが通り過ぎて行く。一瞬の轟音とともにバイクはまた遠ざかって行った。柔和なハーモニカの音色に気を止める人はだれもいなかった。彼らは道を急ぐただの通りすがりでしかなかった。激しい轟音が何もかも消し去ってしまうその場所は、しかし、出口のない哀しみを密かに吐き出すには最良の場所となった。

八

試験が終わったその日、如珍は祥浩の机の上に一通のメモを残した。
「登山部に行ってるよ。試験が終わったから梁さんたちと打ち上げをやるの。ヒマだったらお出でよ」

祥浩は午前中に早々と試験が終わっていた。最後の試験は英語の口答試験だった。外人の教授が教壇に座り、学生は順番にその前に行って彼と会話をするというものだった。教授は家庭のこと、教科書以外ではどんな本を読むのか、どういうスポーツが好きなのか、いちばん好きな作家はだれかなどを聞いてきた。それらはどれも英語の会話能力を問うもので、祥浩はものの三分でこの中間テストの最後の試験を終えたのだった。彼女はそれから図書館に行ってしばらく本を読み、何冊かの本を借りて午後の時間を潰そうと考えていた。如珍のメモを見て、以前なら学生活動センターに行く興味など沸くはずもなかったが、なぜかその日は何度も何度もそのメモを読み返した。心の中には名状しがたい期待が高まり、借りて来たばかりの本を閉じると、祥浩は学生活動センターへ急いだ。

午後になると、学生活動センターにはもういつもの活気が戻っていた。廊下には何枚もののポスター用紙が敷かれ、それぞれのサークルに所属する学生たちがしゃがんだり座ったりしながら手描きポスターの制作に熱中していた。上の階からは和楽部が練習する音が聞こえ、そのリズミカルな韻律がいっそうポスターを描く学生たちを囃し立てた。絵の具の匂いが通路いっぱいに充満し、床には色彩豊かで豪華絢爛な〝傑作〟が満ちあふれていた。考古学サークルの部室の前では石拓作りのデモをやっていた。多くの学生が小さな石碑のレプリカを囲み、先輩が石拓をとるのを見ている。墨の香りもこの絢爛な空間の彩りの一部なのだ。祥浩は、すべての廊下を見終える前に登山部の前に着いてしまった。梁銘はちょうど七、八人の部員と話をしているところだった。梁銘は出口のほうを向いていて、二人の目と目が合った。祥浩はその視線から逃がれられず、そのまま彼のほうに向かって歩き出した。他の部員も梁銘の視線の先を追っていっせいに振り返り、彼女の姿を認めた。

机の上にはお菓子やジュースが乱雑に広げられていた。西瓜やピリッとした辛味の効いた牛筋のつまみもあった。壁という壁にメモ紙がごちゃごちゃにテープで止められていた。如珍はその机の隅に、片手は頬を突き、片手にはビールを持ったまま突っ伏していた。

梁銘はみんなに祥浩をもうすぐ入部する部員だと紹介した。祥浩は如珍の傍に行って座った。如珍はボーッと彼女を見上げた。あの淡黄色の眼鏡が波にさらわれてから如珍はコンタクトに変えていた。すっと伸びた鼻筋は遮るものがなくなり、彼女の澄んだ目はますます生き生きと輝いて見えた。しかし、今は眠くて死にそうな怠け犬のように臥せっていて、瞼は半分も開いてなかった。如珍は当初、遊びに来たのだと言っていた。

「初めてだね。よく来てくれた。誘っても誘っても来なかったのに」

梁銘は顔を思い切り綻ばせた。内心の喜びを少しも隠すことなく、彼女のために食べ物や飲み物を近くに寄せてくれた。他の部員も彼女にあいさつした。その部室には常に何人かが入っては出て行き、またたれかが入ってきた。祥浩は彼らがただ梁銘にあいさつに来たのだということに気づいた。強いて言えば、梁銘のアドバイスを求めてやって来るのだった。

梁銘は彼らがこの冬休みに「大覇尖山」に登る計画を立てていることを教えてくれた。彼らが行く前に、梁銘は登山部の先輩に講習会を開いてもらうこと、ルートを練ったりしなければならないこと、その前に新入部員のために先行登山会を行い、新入部員に登山の知識を教え技術の訓練をしなければならないということだった。

新入部員たちは梁銘が手に広げた資料を囲んだ。それは山の地形図のコピーで、一枚ごとに異なる海抜高度で線が引かれ、山の地形が描かれたものだった。

「どうしたの」

祥浩は如珍に尋ねた。二人はまるでこの部屋には男などいないかのように話し始めた。

「わからない。楽しいと思って来たのに、来てみたらそうでもなかった」

「だれかが来てないせいなの」

「そんなにツッコミ入れないでよ」

「顔色が悪いわよ。帰って寝たほうがいいわ」

「もうちょっといてから帰る」

梁銘はまだみんなと話していた。祥浩はそろりと静かにその部屋を出ていった。廊下の突き当たりまで歩くと、視線は自然にその隅にある新聞部のほうに注がれた。大開きになっているドアの中に、人影が微かに見えた。彼女には如珍の気持ちがよくわかった。どれほど理解できるかはわからないが、それは針を落としてしまったとき、どうしても拾い上げたいという感覚に似ていた。祥浩は床に這い蹲ってポスターを描いている人々の間を通り、新聞部の部室に入って行った。

髪の毛を乱し、フケと脂が浮いた上級生の男が、長方形の机のいちばんいい場所に座っていた。それだけで簡単に彼の地位が伺えた。その男の厳しい顔には、ほんの少しの柔らかな微笑みも見られなかった。その傍にはもう一人、やせ細った男が座っていた。頭を下げ、タバコを吸いながら本を読んでいた。他に二、三人の女性が談笑していた。その中の一人が真新しい原稿用紙の上をゴキブリが這うのを見つけ、突然カン高い叫び声を上げた。

もう一人の男と他の三人の女性は、すかさず異口同音に声を上げた女性のほうを睨んだ。

「ゴキブリくらいで何叫んでるのよ！」

彼女が中に入っていくと、それらの声がぴたっと止んだ。タバコの煙も薄らぎ、むすっとした男は不審の目を彼女に向けた。三人の女が、ほぼ同時に尋ねた。

「何か用?」

彼女たちも同様に、不審の目で彼女を見ていた。

ここは不審と疑惑の目で物事を見がちなサークルだった。祥浩の背中に寒気が走った。背後から何者かに攻撃でもされるかと思った。彼女は思わず背中に手をまわし、何もないことを確認してやっと口を開いた。入部したい、今からでも入れるのかと聞いた。

どの顔も怪訝そうな表情を浮かべた。その中の女の一人が答えた。

「新聞部は入学時期しか新入部員を受け入れてないの。テストもあるのよ」

真ん中に居座った男は顎を少し動かして、祥浩に椅子に座るよう促した。感情を押し殺した目で彼女を値踏みした後、厳しい口調で尋ねた。

「どうして新聞部に入りたいの?」

目の前にいるこの顎に青髭が生えたハリネズミのような男、なんて嫌な感じなのだろう。こんなに多いサークルの中で、どうしてわたしはここに入って来たのか。どうしてこのサークルでなければならなかったのか。もともと参加するつもりなどなかったのに——

祥浩は自分の凛とした声が聞こえた。口を突いて出たのも、思いもかけない言葉だった。

「学校新聞を作ることがきっと特別な経験となるかと…、面白いかと思ったからです」

「経歴書を出し、二日以内に作品を一つ出して下さい。あなたが出した経歴書と作品を見て検討するから。面接はその後です」

「どんな作品でしょうか？」

「なんでもいい。詩、小説、随筆、自伝、なんでも。あなたの文章がみたいだけだから」

その男は顎を天井に向け、目は下を見、刃物のような光で彼女を睨みつけていた。

祥浩はその人を見下した、だれよりも偉そうな態度におもむろに牙をむいた。さっきゴキブリが這ったばかりの原稿用紙をちらっと見て、言葉を投げ返した。

「二日もいらないわ。今すぐ書いてみせます」

「うわあ、きつッ」

先ほどギャアッと大きな悲鳴をあげた女はそう言いながら、引き出しから原稿用紙を何枚か取り出し彼女に渡した。新しい入部員希望者の邪魔になってはいけないと思ったのか、その後は部屋中に奇妙な静けさが訪れた。祥浩は無言の重圧を極力無視することにした。この部屋に入った唯一つの答えがほしかったからだ。彼女は原稿用紙に五行だけ書いた。

光と影が交差するところ
あまたの真理が波となって寄せくる
大地は流れ去る影のごとく砕け
欠片は至る処に散り散りになりぬ
独り舞う彩りは見果てぬ幻

その男はじっとその五行を見つめた。しばらくして傍でタバコを吸う男に渡した。原稿はまた次の男に渡され、それから三人の女の手に回された。やがて顎髭の男は自己紹介を始めた。男は自分が今回の大学新聞の主筆兼総編集長だと説明し、胡湘という名前の女性を指差して副主筆だと紹介した。彼と副主筆、そしてタバコを吸うしゃくれた顎の副総編集長が低い声で意見を交換した。彼女は切るも煮るも目の前の相手次第という立場に晒されることになった。一刻も早くこの苛立たしい場を離れたくなった。その中の一人が彼女に詩について尋ねてきた。彼女は立ち上がり、説明すればそれはもはや詩ではないと返した。彼女はこらえきれずにドアに向かった。主筆がやっと口を開いた。

「明日からあなたをどこかのチームに配置する。会議の通知はきみの学科のポストに入れておく」

彼女は踵をくるりと返して主筆の前に戻り、その場でサークルに提出するための経歴書をすべてきちんと書き直した。

新聞部の部室を出て、あの日、あの男と出会った、あの場所に彼女は立った。心は異様な感覚に襲われていた。ポスターを制作中のサークル部員は床に座って顔料が乾くのを待っていた。大きな試験が終わった後、時間は重心を失ったようにゆっくりゆっくりと進んだ。顔料が乾き切ってもなかなか夕方にならない。学生たちは、床に座って適当なおしゃべりをしながら時間が過ぎ去っていくのを待っているようだった。彼女はある部室に入り、出てきただけだった。だが、ごく短いこの一時は、後に計れない永遠の意味を持つことになった。

祥浩は登山部に戻った。如珍はまだ同じ場所にいた。彼女は心ここにあらずの体で、他の部員たちと漫然と話していた。本棚の前に立っていた梁銘は、猟犬のように微細な変化に気づき、ふっと顔を上げた。その目は祥浩の嬉しそうな顔を捉えた。祥浩は梁銘の傍まで行った。彼女の身長は梁銘の眼鏡ほどの高さしかなかったので、顔を見上げて目を見つめた。その眼には小さな疑惑が光っていた。彼女は低い声で伝えた。

「さっき、新聞部に入部してきた」

少しの沈黙の後、梁銘はどうにか笑みを浮かべ、手にしていた部員の資料を全部机に投げ出して言った。

「外に出て少し散歩しよう！」

梁銘と祥浩はいっしょに登山部の部室を出た。顔料の匂いが充満した廊下を渡って外に出てきた。芝生の庭は日差しでぽかぽかと暖かかった。あちらこちらにはおしゃべりや日向ぼっこを楽しむ学生たちがたむろしていた。二人も木陰に座った。

「新聞部は選ばれたものが入るところ。才能がいるサークルだね。どうして大学新聞を作ろうと思ったの」

「わからない」

「最初から決めていたわけじゃないの」

祥浩はその質問には答えられなかった。あの日、あの人に会った。彼女の潜在意識が彼女を引っ張り、あそこに行かせたのだ。そのあと主筆の高飛車な態度が彼女の反発心を呼び起こし、その場で挑戦状を叩きつけた。実力を見せつけたかっただけだった。

「偶然よ。部室へ行って詩を書いただけなの。ただそれだけ」

二人は膝を並べて木陰に座っていた。梁銘は腕を伸ばし、手を祥浩の膝の上にある手の上に添えた。そして軽く触りながら言った。才能を新聞で発揮すれば大学のみんなのためになる。喜ばしいことだ、……

梁銘が話し終わらないうちに祥浩は立ち上がった。梁銘の手が滑り落ちた。二人の周りには濃い草いきれが充満していた。祥浩は振り返らなかった。梁銘の動きを背中で計りながら前に歩き出した。梁銘は手持ち無沙汰となった手をポケットに入れ、彼女と肩を並べて歩き出した。ほんの少しの沈黙の後、梁銘は自分に言い聞かせるように呟いた。

「きみの考えを尊重するよ」

二人は緑の濃い花咲く学内を歩いた。彼女は梁銘が新聞部に入ったことを言っているのか彼を断ったことを言っているのかわからなかった。それを確かめようともしなかった。彼女にはまだ心の準備ができていなかった。答えを知りたくなかった。このままでいいのだ。彼女には夕日に似たこの淡い温かな感じがよかったのだ。そのほうが長く続けられるからだ。

もうもうと霧雨が煙り、気温は一気に寒くなった。初冬になると丘の上に吹く風は肌をひんやり冷たくした。学生たちはこちらの教室からあちらの教室へ移動するとき、傘を斜めに差して吹きつける細雨を遮った。中には情緒を楽しむかのように雨に打たれ、濡れた髪のままで教室に赴く学生もいた。

この時期は、講演を知らせる何枚ものポスターが雨でぐちゃぐちゃになった。講演者の名前さえも読めなくなってしまったものもある。祥浩は、今まさにある大きなポスターの前に立っていた。そのポスターは透明のフィルムで丁寧に包まれ、ずぶ濡れになったフィルムの中でダンスをする男女が抱き合っていた。女性はつま先立ちで全身を支え、右手に高々と上げた手を仰ぎ見るポーズで、男性は跪いて女性の膝を抱えるポーズを取っていた。彼らのレオタードは雨粒によって大きく強調され、躍動する筋肉は雨粒の中で今にも踊り出さんばかりだ。それはモダンダンス公演のポスターだった。場所は台北市の国立劇場の大ホール。この現代女性の台頭を意識した躍動感溢れるポスターは彼女の興味を引いた。入場料がいくらか気になったが、ポスターの左下の隅っこに四桁に近い値段を見つけてがっかりした。

こんなに派手に学内で宣伝をしているこのモダンダンスでさえ、わたしは気軽に観にいけないのか——彼女は自分の偏屈さと惨めさをひしひしと実感させられた。一銭でもお金を使う時、彼女はジャン卓にしがみついて徐々に老いゆく父の姿を思い出した。わたしは両親の尊厳と生命とを削って生きているのだ。

思い詰めた祥浩は学生活動センターの花壇に行って座り込んだ。だれもいない花壇の緑や花々の中で独りになると、目に涙がいっぱいあふれてきた。一羽の青い鳥が雨の中でずぶ濡れになりながら飛んできた。その鳥はコンクリートの塀の上に降り立ち、小さな嘴をパクパクさせながら彼女に向かってしきりに囀り始めた。それはまるで彼女といっしょに過ごし、彼女を慰めるためにやってきたかのようだった。小鳥の頭にちょこんとついた藍色の王冠が飛び跳ねるのを見ているうちに、彼女の心はいつしか慰められていった。青い鳥が彼女の悲哀を運び去ってくれたのだ。

雨はいつしか止み、木々の間から木漏れ日が差してきた。青い鳥は数回羽をばたつかせて雨粒を落とし、日差しの中へ飛んで行った。温かな陽光は顔についた水滴をも乾かしてくれた。祥浩は時計をちらっと見て、もう授業が始まる時間だと知った。青い鳥はもう飛び去り、日差しは葉っぱについた雨粒をキラキラと輝かせていた。そしてこれらすべての変化は少しも彼女の胸の中に膨らんだ思いを揺るがすことはなかった。あのダンスを観るために、絶対にチケットを手に入れてやると決心をした。

授業の前に、クラスの代表が学科のポストから束となった手紙を取ってきてみんなに配った。彼女宛のものもあった。故郷の同級生は皆祥浩のアパートの住所を知っているのに、だれが手紙をクラスのポストに投函するのだろうと訝った。手紙に書かれた字は、どの字も丸文字だったり、わざと長く書くなど見慣れないものだった。口の字などは風船のように丸くて、どこかへ勝手に飛んで行きそうに思えた。差出人は書いていなかった。封を切って開けると、原稿用紙にも同じような飛んだ字で次のように認められていた。

「わたしたちのチームに組まれたよ。もうすぐいっしょに仕事をするよ。会ってお話しする機会があるとうれしいな」

その下にはサインがあり、会う時間と場所は新聞部の部室でいいかと記されていた。召集礼状だ！　サークルの一員になったのだ。みんなのために何かをするのだ。新聞部に入ったのは、すべてを見下し睨みつけている顎髭の主筆に反発したためだった。頭の中にいるあの幻のダンスとリズムのためだった。もしかしたら、わたしは音楽関係のサークルに入るべきだったのかもしれない。あるいは初志を貫徹しどこにも入らないことを貫くべきだったのかもしれない。しかし、もう遅い。変えることはできないのだ。わたしは新聞部に入ったのだ。正式にサークルの一員となり、みんなといっしょにチームを組んで何かをしなければならなくなった。が、よくよく考えてみれば、今までだってわたしは確かにだれかと接している時だけ、自分が本当に大学生となったと実感していた。一人で本の世界に埋もれているだけなら、大学に入ろうが入るまいが、いつどこにいてもできることだったのだ。

その日の正午、彼女はその召集に赴いた。学生が最も激しく部室に出入りする時間帯だった。通学している学生は部室を休息場所として利用していた。寮に住む学生たちも偶にはここで他の部員たちといっしょに昼食をとった。新聞部の部室は喧騒を極めていた。だれかが大きな声で演説していた。彼女はその内容を聞き分ける前に、一瞬であのダンス会場でいっしょに踊り、人のいない部室の前の廊下で出会った細面の男の顔を騒然とする部室の中に認めた。彼は熱弁を振るっている男を、笑っているのかいないのか判然としない目で見上げていた。その薄くてやや開き気味の唇は、討論に加わろうとしているようでもあり、その目は何とも愉快そうな面持ちをみせながら潤っていた。

その時、新聞部の部員たちは部室がひっくり返るほどの激しい論争をしていた。主筆は彼女が来たのを見て椅子から立ち上がった。ダンス会場で深い印象を残したあの面長の顔の男も、主筆が立ち上がった理由に気づいて椅子から飛び上がった。彼はやや興奮した声で彼女に問いかけてきた。

「きみが祥浩さん！」

彼女はその高揚した声から、彼が手紙をくれた晉思だと分かった。主筆は部員たちに改めて祥浩を紹介した。短くそっけないあいさつが交わされた。男どもは皆、祥浩が晉思のチームに所属するのだとわかると、晉思に揶揄をこめた曖昧な視線を投げかけた。女性たちは丁寧に歓迎の意を表してくれた。

晉思はそれらを無視し、彼女を自分の隣に座らせると、いきなりまくしたて始めた。

「今頃急に入ってくる人だから、きっときみだと思ったよ。だから一所懸命主筆にきみがこっちのチームに入るように働きかけたんだ。あの日廊下で会ったじゃない。おれあの時、新聞部に入るよう勧めたよね」

祥浩は「だから来た」と言いたかったが、あまりにも周りがうるさくて何も言えなかった。彼の傍に座り、その滑らかな筋肉を持った腕が間近に見えるだけで、なんとも言いようのない緊迫感が走った。彼女は慌てて顔を上げ、激しい議論を続ける人たちを見上げた。

「無視しとけ。教師評価制度における学生倫理について議論しているんだ。それって絶対に行われる政策だから議論しても無駄というものだ。大学が外国で長年行われてきたこういう評価制度を導入して、学期末ごとに教師の点数をつけるんだって。これはもう教学関係は利益の伴う商業行為に変わっているわけだし、もっと言えば、師を尊ぶという伝統の道を重んじるのは、もはや時代の潮流に合わないと言うことなんだ。なんで教師を評価してはいけない！　我々は皆高い学費を払って勉強しに大学に入ってきているんだよ」

耳ざとく晉思の話を聞きつけた女性部員が、鋭く激しい反論をぶちまけてきた。「教師を商品として評価するなんて！　学生全員の学力向上のためとは言ってるけど、教師が保身のためにアンケートに手を加え、それなりの基準に達すれば良しとせざるを得ないじゃないですか。それって学生の本当の思想の啓発にはならないし、学生に対して厳正な教えを問い、点数に厳しく、要求が多い教師ほど、思わしくない結果になるということじゃないですか。この制度は学生と教師の間の現実的な利害関係をいたずらに増やし、逆に真摯に学び、理解し、向上して行くという学生と教師の和をどんどん失くしていくだけだわ」

「それって経営学部や文学部の偏った見方だね」

タバコを銜えた副編が口を挟んだ。

「学校の管理だけから言えば、どちらかというと商業ベースに傾いているな。だから、おれたちはもっとたくさんの人を招いて座談会でも企画しないと。問題を大きくすれば、大学新聞はもっと注目されると思うよ」

副主筆の胡湘も落ち着いた声で反論した。

「本当にマイナス批評を載せたら、大学新聞だって学校当局から発禁処分を食らうわ」

主筆兼総編集長は落ち着き払って、沈黙を通していた。討論に加わろうとする声があちこちから起きると、晉思は机に置いていた自分の本を取り、いっしょにこの喧騒から逃げようと祥浩に目配せを送った。

二人は部室から薄暗い廊下を通って屋外の明るい草原に出た。それまで二人は何も話をしなかった。晉思は何か思いに耽っていた。眉間に皺を寄せ俯きがちに歩くその姿は、あの意気揚々とダンスしている彼とはまるで別人のようだった。彼女は何を考えているかと聞いたが、その問いかけは一縷の風のように彼の前を吹きぬけた。晉思は顔を彼女のほうに向けたが、その目の奥には険しく厳しい何かが重く垂れ込めていた。

時間は午後一時を回っていた。辺りは陽光が動くのさえ見えるほどにしんと静まり返っている。ため息が聞こえた。祥浩は再び尋ねた。

「どうしたの」

二回目の問いかけに、彼は無理やり笑顔を作り、何かを決心したように語り始めた。

「よく聞いてね、激しい議論になるかもしれないから。慣れていなかったら気にとめなくてもいい。おれはいろいろなサークルに参加しているんだ。こんなにまじめで厳格なサークルは初めてだな」

「どうして新聞部にいるの」

「面白いからかな。ちょっと違った経験もしてみたかったし」

「まじめと厳格の何が悪いの」

「個人の好みかな。まじめと気軽さは、それぞれ必要とは思わない？」

「場合によるわね」

二人はいつの間にか宮灯通りに出た。銅像のほうに向かって歩いていた。驚いた祥浩が、思わず素っ頓狂な声をあげた」

「あなたもこっちのほうに住んでいるの？」

晉思はちょっと微笑んだ。やっとにこやかな表情を見せた。

「ということは、きみはグラウンドの向こうのあの辺りに住んでいるんだね」

祥浩は自分の迂闊さに恥ずかしくなったが、すぐに思い直した——よかったじゃない。ふつうの友人としてそんなに気にかける必要なんてなかったのよ。それなのに、どうしてわたしは今、こんなに恥ずかしさを感じているの？ものすごく気にしている人だから？始まりは単なる一回のダンスパーティーでの出会いだったにも関わらず、行方を決めたのはわたしの無意識だった。今二人は肩を並べて歩いている。心の中に現れては消えたダンスをするあの幻は、今、わたしの目の前にいる。

しかし、その男は彼女になんの魔力も見せつけてくれなかった。それどころか、なんとも平々凡々な、その辺りにいる通りすがりの若者と同じだった。

「なんとなくいっしょに、自然にこっちに向かって歩いただけだよ」。晉思は答えた。

道路の窪みに雨の跡の小さな水溜りが出来ていた。彼の運動靴がずぼっと嵌まり、飛沫が脛まで跳ね上がった。彼はいきなり地面を力いっぱい蹴り、跳ね上がった飛沫を飛び越えた。その動きがあまりにも華麗で、祥浩にはダンスのステップのように感じられた。思わず、賞讃の言葉が口をついて出た。

「どうしてそんなにダンスがうまいの」

返事は一言もなかった。

緑の濃いツツジがこんもりと植えられたところまでやってくると、彼は急に立ち止まった。驚声銅像の広場に座ってちょっと話さないかと聞かれた。反対する理由は何もなかった。二人はいっしょに水が流れるように銅像の前まで来て、階段を何段か上がった。そこには幅広い劇場のような半円形の階段があり、その真ん中に銅像が聳えていた。学校の創立者の銅像だった。校舎の前に立ち、観音山と淡水河を望むその銅像は、生涯を教育に投じたその高邁な志と精神を子孫代々に伝えるために建てられたものだった。教育と思想の開放を理念に掲げる大学には、構内を囲むフェンスがなかった。実際のところ、この銅像も大学の前というべきか後ろというべきなのか、説明しにくかった。ただ観音山に面し、百三十二段もの階段が傍に綿々と続く勇壮な景観は、それだけで大学の景観を代表する象徴となった。鷲声氏は日夜ここに立ち、人々の心の道標となっている。

段上には誰もいなかった。二人は観音山に向かって座った。山々は雨に洗われフレッシュな青い光を発している。薄っすらと浮かぶ雲は山々の輪廓を溶かし、幻想的な光景をつくっていた。二人は雨あがりの美景に出合い、涼やかな十一月の空に出合い、その美しさに酔った。晋思は彼らの大学新聞の制作がいかに熱く進められているのかを語った。期末試験期間では学生新聞のために学業を犠牲にしたくないというものが大多数を占める一方、毎学期そのせいで何科目か落とす学生も、何人か現われるということだった。眉を顰めながら主筆の座に座っている電子機械学科のあの学生は、すでに大学五年目になる覚悟をしているが、それでもなかなかその座から降りようとはしなかった。

祥浩は聞いた。

「あなたは？ 学校新聞のためにどれだけ献身するつもりなの？」

「おれにそんな質問するなよ。主筆には新聞しかないだろうが、おれにはたくさんの選択肢がある。たった一つのもののために自分を見失ったりはしないね」

「とても悪い見本ね、わたしにとっては」

「だれもが違う生き方をする。よい見本か悪い見本かおれにわかるわけがないさ」

「まだ教えてくれてないわ。どうしてそんなにダンスが上手なのか」

「好きだから」

この言葉だ。それは雨上がりの澄んだ空気の中でこだました。彼女がこの後何度も思い出したこの言葉。階段に座り、ずっと前からの友人のように話をし――いや、出会ってからの時間なんてどうでもよいのだ。時間の長短なんて、今の二人には大して意味がなかった。これからもっと長い時間が二人を待っているのだから。

晋思のチームの活動はすでに進行していた。学生活動センターが行う一連の文芸イベントの特集を組むのが仕事の内容だと、彼が説明してくれた。

「われわれの作業は準備段階に入っている。関係者にインタビューをしなければならない」

「わたしにも何か仕事をちょうだい。何か手伝えるはずよ」

「うん、わかった」

軽く返事を返すと、じっと彼女のことを見てから、また観音山のほうに向き直った。祥浩は彼が踊る姿を思い出した。それはおぼろげな幻だった。生身の人間が傍にいるというのに、彼女はまたその幻の中に思いを馳せていた。

チャイムが鳴った。晋思は授業がある、部室に来なくてもいい、また連絡すると言い残して去って行った。小さくなっていく彼の背中をいつまでも見送っていると、彼女には待つことが病魔のように少しずつ自分の中に増殖し、無限大に広がっていくように感じられた。

九

気温が徐々に寒くなってきた。海沿いの小さな街の港は北からの風雨にじかに吹き曝された。そのため、小さな街の冬はいつも内陸の盆地の台北市内よりも湿度が高く、気温も三度ほど低かった。綿々と降り続く冬の雨の日は、朝晩の冷たい霧が骨身にまで染み入る。校内の学生たちもすっかり冬服に衣替えし寒さを凌いでいる。寮に住む新入生のだれもが、この小さな街の冬は初体験だった。丘の上に吹き荒む風雨は暖かな故郷の灯火を偲ばせ、みんなの望郷の念をいっそう募らせた。新入生としてここにやってきた当初は、よく一度も家を離れたことのない女学生の某女が一人寂しく布団を被って泣いていたという話を耳にした。学内にある学生寮は女子寮しかない。自彊館《じきょう》には新入生、松濤館は二回生以上の学生が入ることになっていた。自彊館は八人一部屋で、四つの二段ベッドがぎゅうぎゅう詰めに据えつけられていた。八人の女子はそれぞれ異なった生活環境、生活習慣から入寮してくる。だれかが眠りにつきたい時に、だれかはどうしても音楽を聴きたくなった。だれかと話したくても勉強の邪魔になるのではと気になる人は、だれかの邪魔をしたくないし、だれかに邪魔をされたくもなかった。そのためだれもが図書館やサークル活動に逃げた。だれもが学生活動に精を出し、寮の寝室は常に人一人いない状況となった。八人が共に暮らす賑やかさは、お互いそれぞれのプライバシーを守るために余計に寂しさが目立つ場所となった。

学外に住んでいると、より多くの自由時間が得られる。門限を気にしなくてもよいしルームメートに気を遣わなくてもよい。出入りする客のチェックも受けなくてよかった。学生たちは拘束のない環境の下で、自らの意思で自由に活動することを学び、自らを律して生活することを学習した。愛情の激流に流され、親に黙って好きになった男性と同棲を始める女子もいた。プライベートをより重視する人は、自由な時間と秘密の空間を求め、独り学ぶ生活を充実させることもできた。しかし、学内であれ学外であれ一種の集団であることに変わりはない。集団である以上、どこにいても忍耐と包容力が必要なことは変わりなかった。

祥浩が住んでいる階にはさまざまな年次の学生が住んでいた。十二人の女子学生は六部屋にそれぞれにわかれて暮らしていた。部屋のドアさえ閉じれば同じ階の住人でも無視することはできたが、それぞれの部屋から聞こえてくる談笑の声や音楽の音から逃れるすべはない。逃げ場のないこの雰囲気の中で、彼女はふっと家族への思いを募らせることがあった。祥浩は望郷の念など自分には起きることはないと思っていた。しかし、その感情は同じ階のどこかの部屋から漏れ聴こえてくる流行り歌に共鳴するように頭をもたげ、流行の風邪と同じ症状を彼女にもたらした。その頃、学生寮は黒い服を身につけた歌手の蘇芮が歌う〝私と共においで〟が席巻していた。同じ曲が繰り返し繰り返し流された。

「私は変わらないステップを踏み、きみに合わせてここへやってきた。目標も見えずに走り続ける時を、どうかわたしといっしょにおいで、いっしょにおいで……何も言わずに、それはきみが想像できない世界だよ……春雨がしとしとやさしくきみの髪に降りしきる頃……どうかわたしといっしょにおいで……」

だれもがその歌声に浸っていた。歌が伝える抒情に酔っていた。その歌の抒情が学生の生活となり調味料となり、消すことのできない歳月を埋める一ページとなった。祥浩も毎日、この歌の抒情の世界にどっぷり浸かっていた。抒情の念に苛まされて茫然自失と何かを待っているような日々だった。それは聴く人すべてに甘い期待を抱かせるような歌声だった。

冷たい風雨が斜めに吹きつけるある日、如珍は傘を差したまま狭い階段を上がってきた。肩をぶつけて開けたと形容したほうがよいほどに強くドアを開けた。顔は凍えてやや赤く染まっていた。手に大きな袋を持っていた。傘はドアの外に置き去りにした。

「何をやったかわかる?」

彼女はその袋を開け、新しい服を取り出した。

「新しい服を買ったの?」

「それはただの目的。これからわたし、お昼を悩まなくてよくなったの。山を下りたところにあるレストランでバイトするの。食事つきで時間給が出るの」

祥浩が驚いたのは如珍の服だけではなかった。それだけじゃないでしょ、そうでしょう?

と彼女は疑問を投げかけた。如珍は服を脱ぎ捨てた。下に現れた白い綿のクルーネックの下着はまるで肌の一部のようにぴったりと体に貼りついていた。如珍は新しい服を手にし、頭から被って身につけた。そして真っ直ぐに目の前の姿見を見つめ、ためつすがめつ一心不乱に服を調えた。オレンジ色の綿シャツは彼女の花のような顔によく映えた。バイトは借金を返し自由に生きるためだった。阿良だ！ 彼女は阿良に金を頼っていたから二人の関係はややこしくなってしまったのだ。彼女はもう阿良から金銭的援助は受けたくなかったのだ。

如珍は繰り返し言い続けた。外の雨もずっと降り続けた。

「毎日、日中の熱い太陽と雨風の中、百三十二段もの階段を上り下りしないといけないのよ」

「お嬢さま！ 自立して自給自足をするための苦しさは慣れればいいのよ。運動と思えばいいの！」

自分がやりたいことを満たすためには、だれでもいくらかの金が必要だ。如珍はレストランでのバイトを選んだ。彼女はその日にもらったバイト代と、将来もらえるはずの金を先払いしてもらったのだ。身に着けた半袖シャツは、彼女が自立した証を祝うためのものであった。祥浩が呟いた。

「バイトはもう募集していないのかなあ。わたしもやりたいな」

如珍は、まだ半袖を着ている祥浩の露わな首と、そこからすっと伸びた細い両腕をなめまわすように見た。そして、この服きれい？ と聞いたが、祥浩の答えが本当にほしいわけではなかった。すぐに祥浩が手にしていた本に目を移し、続けた。

「あなたはバイトの必要はなさそうね。わたしみたいにたくさんの服なんて必要ないわ。ファッションに凝るのは自分の体に自信がないからよ」

「バイトが必要なのはわたしのほうよ。服なんて買えないの」

祥浩はいきなり箪笥を開け、母親が用意し祥春に持たせた冬服を一枚一枚出してみせた。それらは如珍の服飾に対するこだわりに比べればあまりにも貧相なものだった。その中から濃い赤のコートを一枚手にとって身に着けてみたが、素朴なデザインが小学生の制服でも着ているのかと錯覚させられるほど、まったく個性のないものだった。何気なく両手をポケットに入れてみた。中にはお守りが入っていた。如珍が目ざとくそれを見つけた。

「何、それ?」

それは予期せぬものだった。祥浩は母が用意してくれた冬服を一枚一枚よくチェックして整理したわけではなかった。

「母はけっこう信心深いから、これでわたしの安全を願掛けしたんじゃない。きっとお寺に祈願に行って来たんだわ」

祥浩がお守りをくるくるまわしていると、袋の中に赤い紙が挟まっていることに気づいた。紙には毛筆で丁寧に「外出安全、暇有れば帰宅請う」と書かれていた。母の筆跡で、少し震えのある字体だった。

如珍は彼女に近寄ってそれを読んだ。如珍は祥浩が家に帰りたがらないことは知っていた。二人は家に帰りたくない者同士だったのだ。如珍は初めて祥浩に立ち入った質問をした。

「実家にはだれとだれがいるの?」

祥浩は説明した。麻雀の音が絶えないジャン卓、職業不定の両親、徴兵に服役したばかりの次兄、そして高校生の弟がいるが、麻雀の音から逃れるためにほとんど家にいないこと。最後に台北で内装の仕事をしている長兄がいると話した。

「あの日にあったの長兄《あに》よ」

「もの静かな人ね」

「たぶんね」

祥浩は長兄の祥春を人にどう紹介すればよいかわからなかった。彼女の心の中では、祥春はいつも家族のために自分を犠牲にし、家族が平穏に暮らせるようにしてくれている人だった。彼の内面の世界は繊細で複雑で、彼女にさえその世界は計り知れないほど深く沈み込んでいるように思われた。彼女はだれであろうと実直な祥春を貶める者を許し難かった。

「長兄はとてもいい意味で静かなの」

祥浩は祥春の名誉のために、長兄は弟妹のために自分の学業を犠牲にしたこと、もの静かなその性格は、早くから社会に出て働き始めたため、落ち着いて見えるのだと弁明した。

「あまり似ていないね」

「よく似ているわよ。あの日は病気だったから、あの時のイメージはあてにならないわ」

それでも如珍は頑として言い張った。

「同じように細くて背が高いところ以外、似ていなかったわ。顔は絶対一人がお父さん似で、一人がお母さん似よ」

「絶対違うわよ。もう一度会えば分かるわ。わたしたち、どっちも母親似よ」

二人がだれに似ているか議論していたその時、阿良がやってきてベルを鳴らした。如珍はスカートに履き替え、ベッドに座ってその裾を捲し上げストッキングを穿いた。阿良はドアのところに立ったまま、如珍がストッキングを穿くのをじっと見ていた。男性が他の女性の前でなんの躊躇いもなく自分の彼女がストッキングを穿くのを見ていることに、祥浩は少なからず大きな違和感を覚えた。大学に入学したばかりの日、彼女の買い物につき合ってくれた阿良には感謝していて、ちょっとは友情も感じていたので、阿良のこの礼儀知らずの行為をどうにか許せたが、それでもいらいらが募り、自分の机に座って押し黙った。如珍は不穏な空気を察知し、場をなごませようと話題を探した。

「ストッキング一足を安いって思わないでね。破れやすいんだから。阿良が吸うタバコよりも高くつくんだから」

阿良はそんなことはどうでもよいといった感じに散漫な声で応えた。

「何百足穿こうと問題ないさ。そんな小銭、心配することか?」

如珍は阿良を金持ちの横暴だと罵った。阿良の金銭感覚は彼女を神経質にさせていた。バイトを始めたことを伝え、自分の力で何百足でもストッキングが買えるし、卒業できると言い放った。阿良がレストランのバイトには行かせないと言うと、ついに如珍は怒り出した。

「冗談じゃない。私の行動をいちいち管理する気！」

喧嘩だ！ 徐々に阿良の声も高くなっていった。

「英語の勉強に精を出しＴＯＥＦＬを受け、将来いっしょに留学することだけを考えていればいいんだ」

如珍はそんな阿良の手を取ってその胸板に押しつけ、吐き捨てるように返した。

「その考えは諦めて！ わたしが勉強しているのは中国文学！ 英語はとっくに諦めているの。食事はいっしょに行ける。でも、留学のお供がほしいなら他の人に当たることね」

如珍は阿良と二人で部屋を出て行った。買ったばかりのあの自立を象徴するオレンジ色の洋服を着て出かけて行った。

部屋の中に残った祥浩の心の中に不安が広がった。勉強のために上京し、心の中では強く自立を誓ったはずだったが、一学期の半分も過ぎたというのに自分は何一つしっかりしていない。彼女は、ただいるだけのこの部屋に、一時もいられなくなった。傘を差してでも、あえて風雨の中に飛び込んで何かをしなければいけないのだ。新聞でも買ってみれば求職欄で何か仕事のチャンスが見つかるかもしれない、横門を出て山を降り街を一周すれば、どこかに求人の張り紙が張っているのかもしれない。

「何も言うな。それはどうにも予測できない世界なのだ……春雨がしとしとやさしく髪に降り注ぎ、きみはクリスタルのネックレスを持ってわたしについていておいで……」

その歌声は心の中でくるくると繰り返しリフレインされ、迷い、定まることのない魂をどこかへ連れて行った。しかし、歌はそこがどこなのか、最後まで教えてはくれなかった。

梁銘が住んでいるアパートを過ぎ、ちらっと彼の部屋を見上げた。がらんとしたベランダに灰色がかった古ぼけた窓。誰もいないようだ。彼女は何か見えることを望んでいるわけではなかった。が、見上げた瞬間、風雨の中で空虚な思いに襲われ茫然自失となった。陰々とした寒気が彼女を襲った。その寒気は皮膚をすり抜け骨まで凍みるほどであった。

一〇

祥浩が山を上へ下へと往来し始めたのは、風吹き荒む寒雨の季節になった頃のことだった。どんよりとした毎日、丘の上は風がよく吹き通るお陰で、流れる空気がじめじめしたカビ臭さを連れ去って行ってくれた。ときたま晴れ間が覗き白い雲が流れると、観音山の輪郭がいっそうくっきり見えた。晴れ間が見える頃、祥浩は頭の上に白雲をお供に下山した。克難坂の階段を降りると、小さな淡水の街の一角がパーッと広がって見える。河の水面に写りこむ家屋が互いに映え、老朽化した瓦には分厚い苔が一面に生えて日差しに照らされ、真緑に輝いていた。陽光の下だと、古びた家屋も沈着で厳かな美しさを醸し出す。

祥浩は冬の日差しが自分の境遇とぴったり合うと思った。湿気が多くじめじめと陰湿なこの時期に、彼女は家庭教師の仕事を二軒見つけた。麓の街に住む二人の中学生に英語を教える仕事で、親は教育を重視する事業者だったが、自分で教える時間も十分な知識もなかった。子供たちも十分な自制心を身につけられず、自発的に勉強することができなかった。そのおかげで彼女はこの何年来学んできた英語力でその事業者らからいくらかの報酬をもらい、勉強をしたがらない彼らの子供の教育を引き受けることになった。この二つの家庭教師の仕事のため、祥浩は平日の夜間に三回、週末一回、街へ下りた。二つの家は、一軒は紅毛城近くの道路に面した店で、勉強部屋は二階にあったが、絶え間なく車が行き交う音が薄い窓を通して襲いかかってくる。中学二年の女の子は当然のようにそれを勉強ができない言い訳にしていた。

もう一軒は朽ちた菜っ葉や魚介類の生臭い匂いが幽霊のように鼻膜を襲う旧市場の、渡し船近くの小路を入った先にあった。楼閣にいる中学三年の男の子は、女性教師を目の前にして少し勉強する気になったようだった。しかし、高校受験を半年先に控えているにも拘らず、まだ動詞が英文で如何に重要なのかも、単語一つひとつの性質もまったく理解していなかった。彼女はこの受験生はなかなか教えがいがあると思った。

祥浩が家庭教師の仕事を探し経済的な自立を目指したのは、どれほど俗世から抜け出て独立し偉大な事業をやり遂げようとしても、まず腹ごしらえをしなくては始まらないと痛感したからだった。また三晩と週末一度の仕事の時間以外は自分のやりたいことができると思えば、それほど食べるために自己の日々を犠牲にしなくてもよかった。

「わたしも家庭教師がしたかったな。そうすれば台所で煙に巻かれることもないし…。でも、わたしは英語も数学もできないから…」

如珍はそう言った数日後、レストランの注文とレジ打ち係りになった。それは如珍が懸命に店長に頼み込んだ仕事で、以前その仕事をしていた商学部の先輩はレストランを辞め、大学院受験に備えようとしていた。しかし、真相はだれもわからなかった。もしかしたらそれは如珍が口八丁手八丁で先輩にあることないことを吹聴し辞めさせたのかもしれなかった。

レジ係りになった如珍は、日々に刺激と新鮮味を感じ始めた。彼女のセンスの良い洋服とすっきりした顔は、食事に来る男子学生たちの注目の的になったからだ。すっかり自信をつけた如珍は、どや顔をして祥浩に言った。

「家庭教師なんかよりいいよ、小さな部屋に籠ってどうにもならない毛むくじゃらに教えるなんて青春を抹殺する仕事よ」

祥浩の持っている若さと美貌は、大衆の前に出てこそその価値は高まる、美しさは時に武器となり、人々が注目する焦点となり、生活上の一つの楽しみにもなる、という理屈だった。如珍は強弁した。

「一般に生活のほとんどはつまらなさすぎ、無味乾燥の生活には麗しい顔から引き出す生活への想像が必要なのだ。朽ちて枯れた人生の調味料になる」

如珍がどれほど言い張っても、祥浩は家庭教師のほうが遥かにレストランや図書館でのバイトの報酬を超えることをちゃんと計算していた。しかも、英語は彼女の得意とする科目だった。自分が得意とする能力を使わない手はないのだ。彼女は週四回山を降りた。歩くにしてもバスに乗るにしても、彼女は自立することの自由さを感じた。

その日、彼女は小脇に本を抱えて授業に向かった。向かい風が顔をヒリヒリ痛くした。

バスケットのコートでは何チームかのチアリーダーが鮮やかな服に身を包み、ダンスやパフォーマンスを練習していた。手にしたポンポンは空を煌びやかに染めあげる。彼女たちは二回生で、学内チアリーディング選抜大会のために練習していたのだ。賑やかで華やかな世界は、しかし祥浩にはまったく関係のない世界だった。体育の授業でグラウンドを使う以外、彼女の生活の中には教室、図書館、寝室、家庭教師しかなかった。実家はあってもないようなもので、まったく実家に帰りたいという思いは湧かなかった。祥浩を実家から追い出す陰湿で暗いあの一角には、人生の旅人に二度と立ち寄りたくないと思わせるものがあった。

テニスコートを曲がって文学部に向かおうとした時、晋思が坂を上がって来るのに気がついた。二人は互いの目から視線が離れないようにじっと見続けた。晋思はあたかも最初からそこで待っていたかのように目に余裕を湛えていた。

「偶然ね、ここで会うなんて、授業終わったの?」

晋思は祥浩をずっと見つめたまま、目をそらさなかった。祥浩は何か話さなければと思った。そうでもしなければ、晋思の視線から逃れられないと思った。

「偶然じゃないさ。時間割を調べたんだ。この三叉路できみを待ちうけ、逮捕しようと思ってね」

晋思は祥浩をテニスコートの横にあるポスター街に連れて行った。そこには二列にぎっしり、ありとあらゆるポスターが張ってあった。

「見てみな。きみは記事を書く約束をしたのに、文芸週間が始まってもまったく姿を見せないじゃないか」

夢からさっと目覚めた気分だった。彼女は焦るあまり英語で「ごめんなさい」と言ってしまった。第二言語を使ったのは、言葉では説明しきれない気まずさから逃れるためであった。晉思もすでに用意していたかのような笑顔を見せ、どうするのかと聞いてきた。

祥浩はなんとか落ち着きを取り戻した。二人でゆっくりポスターを見ながら歩いた。祥浩は時々彼女の顔に視線を移すその目にあらがうことができなくなって言った。

「最近、家庭教師のバイトを二つ始めたの。こんな大事なことを忘れてしまうなんて、生活のリズムがちょっと乱れたせいかな」

祥浩は自分の声がうわつき、どこか遠いところからふわふわ漂ってきたかのように感じた。ほんとうは文芸週間がいつなのかすっかり忘れていた。時間は馬に乗り、気づく間もなく彼女の傍をすり抜けて行っていたのだ。

どこで家庭教師をしているのか、週何回山を降りるのか、毎日あの死にそうになる坂を上り下りするのか、と聞かれた。始業のベルが構内に響き渡った。二人はずらりと列に並んだポスターの前に立ち、最後のベルが尾を引いて鳴り響く中、今夜も山を下り七時から九時まで家庭教師があること、紅毛城近くからバスに乗って山を上り、帰って来るのは夜十時近くになっていること、週三回はこんな夜を過ごしていること、土曜日の午後家庭教師に行くの

はとても楽しいこと、雨が降っていなければ陽光を浴びて小さな街が光に包まれて輝き、生活に煌めきを足してくれることなどを彼に教えた。彼女が手にしている本が一年生の国文の教科書だとわかると、すかさず晉思は祥浩に提案した。

「授業サボれないか。一緒にイベント会場の準備の現場に行ってみないか」

その目には、有無をいわせない強い意思表示が見えた。さらに語気強く、彼女を促した。

「国文なんて、自分でちょっと勉強すればいいんだ。さあ、行こう」

何が背中を押しているのか、祥浩にはわからなかった。もう少し彼と一緒にいたかっただけなのかもしれなかった。あらがう術もなく彼女は晉思について学生活動センターまでいっしょに行った。センター内はすでに何ブースもの空間に仕切られていた。いちばん外側は華道部の展示で、一列にずらりと並べられた長机の上に白いテーブルクロスがかけられていた。長机の後ろはまた何個かのスペースにわけられ、それぞれに切手収集部、写真部、篆刻部、山福部などの作品が展示されている。イーゼルスタンドが一つひとつのブースを立体的に隔てていた。会場作りをしている学生があちこちに集まり談笑に興じていた。

晉思は彼らの間をすり抜け見ながら仕事をしている学生たちとあいさつを交わした。彼女にはそれぞれのサークルが予定している展示を紹介してくれた。がらんとしているスペースは、彼の頭の中ではすでに一つひとつ色鮮やかに彩られていて、複雑に入り組んだ情報や絵コンテを彼女に伝えようとした。センターを離れる時には、彼女は階段に座り込んで起き上がれないほどになっていた。祥浩には晉思が振る手一つ、相手を見つめる視線一つがどれも抗しがたいものになっていたからだ。しかし、晉思は祥浩のことを見てはいなかった。話していても、彼の視線は常に遠く、遠くへと注がれていた。

彼女はその目から晉思が話しながら何を思い、考えているのか知ろうとした。しかし二人の目は、いつも見つめ合う前にどこかへ逃げていた。二人はセンターの後ろに廻った。そこの草原には伝統的な人形劇の舞台が組まれていた。劇団の老監督は一生を人形劇に捧げ、伝統的な人形劇を守っていた。多くの劇団が蛍光色に輝く幕に改良され、古い伝統が消えつつある中、老先生の人形劇団は世の流れや権力に従わず伝統に拘り、守り続ける唯一の地方劇団となっていた。それればかりか、メディアの力もあるが、この何十年もの間忘れ去られていた地方劇が復活され、大学で堂々と学術研究されるようになっていた。

その人形劇の舞台は鮮やかに彩色され、真ん中には横長の小さな長方形の穴が開けられて、穴の上から背景となる布が垂らされていた。人形を操る人はこの穴から手を出して伝統的な忠孝節を演じるのだ。悠々たる長き人生のいくつかのターニングポイントが、この小さな穴から演じられた。祥浩は振り返って晉思を見た。晉思は緑濃い木々の間に立ち、なんともう一つの舞台に思いを馳せていた。

「それは何の舞台?」

「総幹事は文芸週間のオープニングイベントを開催するために建てたものだと言っている。

夜にフェスティバルが開催される。楽団の演奏もある」

「終わったら壊すの？」

「わからない。文芸週間はおれたちのチームの担当だから、総幹事に聞いてみたらいい」

彼女は自分がこれまで怠けていたことを謝まり、改めて自分は何をしたらいいか尋ねた。

「心ここにあらずだね。何を考えている？」

「あの舞台」

祥浩は舞台の下まで歩き、顔を上げてあの人生のすべてを表現する長方形に開けた穴を見上げた。

「わたし、小さい時、時々観たんだ。もうあの頃からテレビの人形劇がこういう伝統的なものを飲み込もうとしていたのね。あなたも観てた？　こういう人形劇ってお祭りの時にしか観られなかったの。記憶ない？」

「だからずっとその舞台を見ているのか。懐かしいんだね。明らかにおれたちは違う文化の人間だな。おれは観なかったね。台湾語がわからないし――。でも、知ってるよ。同級生たちが皆テレビの人形劇を観てたってことはね」

二人の子ども時代はそれほど違っていたのだ。使う言葉も違っていたのだ。

「じゃあ、どんな子ども時代だったの？」

二人は沈黙した。晉思はふふっと笑った。何か言いたそうに見えた。だが、両手を後ろに組み、舞台のセットを見つめたまま何も話さなかった。祥浩は孤独で寂しく、とてつもなく長かった自分の子ども時代の日々を思い出した。親は遠く離れ、河がのんびり村を流れ過ぎて行く。村長の家で人形劇を観た夏の日の午後、静かな村、静かな河、静かな子ども時代、親のいない日々――祥浩はこれらの日々を晉思にどう表現して伝えればよいのかわからなかった。黙っているしかなかった。晉思の視線が彼女の顔を掠めたが、彼女は気づかなかった風を装った。

「鳥が鳴いている」

彼女は口を開いた。二羽の鳥が羽を広げ、空の上を旋回していた。

二人はふらふらと部室へやってきた。午後のこの時間、部室棟はひんやりとしていて人気もなかった。新聞部のドアは開け放たれていたが、中から大きな議論の声は聞こえなかった。誰ひとりいなかった。晉思はバサッと一重ねの原稿用紙を彼女に渡し、締め切りも言い渡した。文芸週間の終了と共に原稿を提出しなければならないと言われた。彼女は一部のイベントの実況記事を任された。ものの数分で話題が一転した。晉思は自分の実家は台北で、週末はいつも帰ること、台北以外、他の市や町、村に住んだことがないこと、祖母までが台北の人であることなどを彼女に教えた。そして祥浩に高雄はどんなところなのか聞いてきた。そこは太陽と熱の化身で、台北に比べると広々とし遮るものがないところで、そこにいると、日々は当たり前のように過ぎていくが、台北のコンクリートジャングルに身を置くと、あまりにも自分が小さく感じられ、ごみごみとした人混みの中にいると自分ひとりぐらい、いてもいなくてもどうでも良い気になるといったことを晉思に語った。

「いくらか的を得た言い方だね。いちばんよい首都に住んで、おれは特に素晴らしい日々を過ごしていると思ったことなどないし」

「台北に住んでいるというだけで、小さい時から台北でのさまざまなイベントに参加できるその権利だけで、その文化、経済、政治の中心の雰囲気に浸れるだけで、わたしにとってはそれだけでなんともすばらしいことなのに――」

「それはきみの想像だけだよ。繁華街は人を堕落させもする。合理的なシステムは人を落胆させもする。彩色溢れる素晴らしいものに常に触れている人は、常にさらに多くの刺激を得ないと、あっという間に日々は平淡で無味乾燥なものになるんだ」

祥浩は晉思がそういう風な物の見方をしているとは知らなかった。完全にわかっていなかった。今、彼女は彼がどうしていつも他人を侮蔑するような目をするのか、ほんの少しだけ朧げに理解できた気がした。

「ダンスを踊っていると楽しいの?」

「あれは鬱憤晴らしだ。ライフスタイルさ。真剣じゃないよ、ちょっとした遊びさ」

晉思は大きな謎だ。祥浩は一歩一歩その謎に深く嵌まり込んでいった。彼の傍に座っているのが好きだった。彼の体温を感じ、彼の早くもなく遅くもない話し声を聞いていると、彼の踊る姿が目に浮かぶようだった。

「ダンスを観に行かない？」

あの日、ポスターで見たモダンダンス公演のことを彼に教えた。開演の日はもうすぐだった。彼女はもう切符を買っていたが、一枚しかない。その高い切符を買うためにバイトをすることを決意したことも彼に告白した。

「行かない」

それが晉思の答えだった。一に予算がない、二に自分が楽しく踊るのはいいが、他人が踊るのは興味がない、と言うのが晉思の挙げた理由だった。

授業終了のベルが一段と高く響き渡ってきた。新聞部の主筆が何冊もの大きな本を脇に抱えて入ってきた。重々しい顔には少しの笑みもなかった。彼らに記事の進み具合を聞いてきた。晉思は「進んでる」とだけ答えた。祥浩は壁に張られたスケジュール表を見て笑みを浮かべ、こみ上がる笑いを隠した。

晉思と祥浩の二人が部室を出た時、陽は傾いていた。晉思は彼女に聞いた。

「山を下りるの？ 送って行こうか？」

「まだ早いから、送ってくれなくてもいいわ」

「じゃあ、迎えに行くよ。遅い時間にあんなに遠くまで歩いたり、あんなにたくさん階段を上らなきゃいけないなんて！」

彼女は断った。あまりにも突然の好意に、彼女の心の準備が追いつかなかった。彼はあっさりと彼女に別れを告げ、駐車場に向かった。その背中を見て彼女は後悔した。呼び止めて送ってほしいと言いたかった。しかし、何もできず、ただ去っていくその背中をいつまでもじっと見つめ続けるだけだった。彼も一度も振り返らなかった。

結局、祥浩は一人でモダンダンスの公演に行った。静まり返った中、太鼓が幕の後ろからドドドドーンとリズムを奏で、ダンスを促し、時代を促し、女が伝統の殻を脱ぎ捨てて男の前に現れるのを促した。一音一音、緊迫感を増す太鼓の響きは、座席の椅子をも揺さぶるほどだ。レオタードに身を包んだ男女のダンサーたちが幕の後ろから次々と踊り出てきた。筋肉の一筋一筋がレオタードからはみ出たようなダンサーたちは、音楽の起伏に合わせて飛んだり跳ねたり思いのままにステップを踏む。やがて女は男の身体を踏み台に、絶え間なくその身体の上で躍動し、男もまた絶え間なく踏み台から抜け出して女と交わった。肢体は男と女の抒情的、観念的な概念の化身で、身体を通して愛の葛藤と永遠なる融合を表現したもの。太鼓は現代的な電子音の音楽と共にステージの上に物語空間を自在に現出させ、伝統に縛られた女性が男尊社会の束縛にもがき、抜け出す様を描いていた。

舞台がはねて客席を見渡すと、女性の観客が男性よりも多かった。視覚の満足は心の鬱憤の捌け口となる。水の流れのように滑らかに絡み合う肢体は男女の和解を訴えているようでもあったが、権利や身分がどうであれ、単なる和合を表現していただけであったのかもしれない。いずれにしても、しなやかなダンスは男女の間の厳粛なテーマを単なる宣伝手段に利用したにすぎなかった。祥浩は大金をはたいて観に来たことを後悔した。晋思は言った。自分が楽しむためだけに踊ると。ほんとうにそうだ。晋思は正しかった。彼女は華麗な絨毯を敷きしゃれたインテリアに囲まれた音楽ホールに座って観ていたが、過度に大義を意識し不自然ささえ感じられたダンスは、踊りの門外漢として愚弄されたと感じざるを得なかった。

祥浩は毎日のように文芸週間のイベント会場に行って取材した。入場者の混み具合や活動内容などを観察し、家庭教師を終えて帰ってから夜を徹して原稿を書いた。超多忙になった彼女の変化は、親しい友だちの間ですぐ噂になった。校内で彼女に会った砲口は、丁重にまだ忙しい？と聞いてきた。学内で会う砲口はいつも男子といっしょだった。女子とはいつも一定の距離を保っていた。唯一、如珍のようにふざけて笑ったり罵ったりできる女子といる時だけ、彼はふつうに振る舞うことができた。その砲口が自分のほうから声をかけてきた。彼女は自分も砲口に大事に思われていると思うと、胸が熱くなった。クラスメートも新聞部に所属した祥浩を文学の星と崇めるようになったが、英文学科には文才溢れる学生が多く、実際は世界的な文学観から新聞部の文学的レベルを見下し、嘲っていた。一方、あの高みに鎮座する電子機器学科の主筆は英文学科の学生から寄せられた文学評論を、未熟な理論に基づいた原稿だと言っては次々につき返した。けれども、祥浩には学科と新聞部の不和も、主筆も関係なかった。彼女は単に晋思のグループの仲間としていっしょに記事を書いているだけだった。

会場では梁銘にも会った。登山部は文芸週間に参加していなかった。しかし、彼は一カ月ほど前に二度も観音山へ登るイベントを催していたので、この頃はちょっと活動を休んでいたのだ。梁銘は切手収集部のブースに座っていた。祥浩の姿を認めると、まるでそこで待ち合わせていたかのように腰を上げた。

「久しぶり！」

過ぎ去ってしまった時間は無常だ。時間は流れるように過ぎ、芝生の広場で彼の手をかわしたことも、今は淡い記憶の彼方に去ってしまっていた。彼女も、お久しぶり！とややぎこちない口調で答えた。

梁銘は彼女といっしょに展示ブースを見て回った。彼女はもう何度も見ていたが、毎日来るのは隅々までもっと詳細に見ようと思ったからだ。祥浩はいくつかの生け花が入れ替わっていることに気づき、華道部の展示の前で立ち止った。梁銘は花に興味がないのか、傍に立ち辛抱強く彼女を待っていた。そして、活動センターの中心にある壇上を指差し、展示が終わると、文芸週間のフィナーレとしてそこでフォークソングの歌唱コンクールが行われることを教えてくれた。

「うん、知ってるよ。フォークソングの歌唱大会があること。でも、その記事は私の担当じゃないわ」

梁銘は相変わらず落ち着き払った口調で続けた。

「フォークソング大会の取材をしてくれとは言っていないよ。おれはむしろきみに賞金がけっこう高いってことを教えたかったんだ。おれも名乗り出ようかと思ったけど、よく考えてみたらきっとうまい人は山ほど出るだろうと思って止めたのさ。でも、その夜はいっしょに聴きに来ないか」

賞金が高い！　祥浩にはその言葉以外はほとんど耳に入ってこなかった。彼女は顔をあげてコンクールの準備が進められる壇上を見た。そこでは真紅の垂れ幕に金色のフォークソングコンクール大会の文字がキラキラ輝き、彼女に手招きをしているように感じられた。彼女は梁銘に賞金のことを詳しく尋ねた。なんとも満足の行く数字が得られ、彼女は満面の笑みを浮かべた。なんとも天真爛漫で子どもっぽい笑顔だった。

外の天気は少しずつ翳りを見せ始め、センター前で石拓をデモしていた考古学サークルは風雨の来襲を避けるために、道具の片づけを始めていた。梁銘は祥浩の天真爛漫な笑顔を見て、二人が共にフォークソングファンであることを喜んだ。空模様をちょっと眺めると、黒雲が立ち込め外が一段と暗くなってきていた。

「こういう天気っていちばん思考に向いているんだ。驚声路にあるスケート場に連れていってあげる。あそこにフォークソングの世界があるんだ」

梁銘は行く気満々だった。彼女も午後は授業がなかったので、ついて行くしかなかった。

梁銘は雨に備えて地下にある部室に傘を取りに行った。二人で慌しく部室に行き、慌しく出てきた。彼らが登山部の部室からセンターの門へ向かう時、晉思もちょうど新聞部の部室から出てきた。彼らを隔てる距離はほんの数歩しかなかった。外は思っていた通り小雨が降り始めていた。梁銘は黒い傘を差した。相合い傘になった二人は雨に濡れないようぴったり寄り添ってテニス場の横の道を通り過ぎて行った。二人の腕は互いの声がよく聞こえるように顔を近づける度に何度も親しげに触れた。晉思の髪の毛は雨の中で少しずつ絡まり重くなっていた。彼は授業に急ぐために濡れた教科書を手にセンターの前に立っていた。そこで相合い傘の二つの影が左の鷺声路のほうへ曲がっていくのをじっと見つめていた。交差点にさしかかり、坂を吹き上げる風で祥浩の左肩が雨で濡れると、その水滴を梁銘が払った。晉思は視線を戻し、坂を上って風雨の中へと消えていった。

祥浩と梁銘の二人はリンクの脇の木の下の階段に座った。スケートリンクの上では雨にも関わらず何人かが滑っていた。雨は降ったり止んだりし、階段は木の葉の間から滴り落ちる雨で少し濡れていた。梁銘は興奮気味にリンクを指差して言った。

「このコンクリート広場の上に二、三千人が押し合いへし合いしながら蠢いている様子、想像できる? 観客があふれて道路までいっぱいになったんだよ。おれたちが今座っているここもフォークソングに熱狂した大勢のファンが座っていたんだよ」

暗澹とした空とシトシト降り続く小雨は、時間を数年前までの大学の風景に巻き戻した。

民国六十五（一九七六）年の冬、今日と同じように小雨が降る寒い季節だった。学生活動センターにおいて当時人気絶頂の司会者による西洋フォークソング歌唱大会が行われた。海外から帰国したばかりの一人のOBは、コカコーラの瓶を片手に中国人が西洋の歌を歌うのはどうかと聞いた。この頃、大学生は西洋の映画を観、西洋の歌謡曲を歌うのが主流の文化だった。あのコカコーラを手にした若者は司会者と不愉快極まる西洋歌曲論争を繰り広げた。このことが後に我々の歌とは何なのかという運動の始まりとなった。古臭い民謡の他に、現代の我々の歌とは何なのか？　どうあるべきなのか？　この李という若者はその冬以降、積極的に「我々の歌」の創作に精を出した。そこに大学にいた外国帰りの何人かが加わり、本土意識の台頭や才能ある若者の後押しを受けて民国六十六（一九七七）年三月から、当時の芸能文化の名声をほしいままにした。彼らはフォークソングで国民に理想を訴え、このスケートリンクで「中華民族歌謡の夜」と銘打った野外コンサートを開催したのだった。

その晩参加した聴衆は三千人にも上り、コンサートは四時間にわたって行われた。このスケートリンクを中心に学内でも若者たちが学園フォークソングに熱狂し、同じ日に開催されたどんな催しよりも遥かに盛大なイベントとなった。その夜に歌われた歌のほとんどは先人によって書かれたものだったが、コンサートのあと学園フォークソングは爆発的に広がり、すべての大学を巻き込んで広まった。さらに「金韻奨」が催されるようになり、多くの若者たちは自ら進んでフォークソングの創作や歌唱に熱を入れ始めた。

「おれたちが中学生の時に聞いていたフォークソングがこの頃に生まれたものなんだ。でも、短かったね。ものの何年間でこの学園フォークソングは終焉に向かったからね」

梁銘は感慨深く口を走らせた。その昂揚を鎮めるように傘のしずくが二人の肩に滴った。

フォークソングの流行を引き起こしたあの若者は、その後も民族色豊かな歌を次々と発表した。しかし、やっと流行り始めて一年が経った頃、その若者は海で溺れている人を助けようとして自分が溺れ亡くなってしまった。彼の作品を発表するコンサートが、追悼記念コンサートになってしまった。彼に続けとばかりに多くの作品が創られたが、そのほとんどが若い学生であったため、彼らによって創作された歌は学園フォークソングと呼ばれるようになった。そして、これらの若者が学校を離れ、留学したり就職したりすると共に、学園フォークソングは大きな波の余波だけが揺れ動いているかのように静かに引いていった。しかし、それはあの時代の大学生を象徴する学生運動のようでもあり、明確な社会理念となった。

「学園フォークソングがなくなって惜しいというわけじゃないんだ。残念なのはおれたちの後に続く大学生のほとんどが社会理念も持たず、依拠できる文化がないということなんだ。これからの世代はどんな風も起こさないんだろうなあ」

梁銘は感慨深げにスケート場を眺めた。スケート場にいた人々は、雨のため一人また一人と去って行った。がらんとした空虚な空間とコンクリートのリンクだけが残った。木の葉を叩く雨粒が大きくなり、傘に滴り落ちる雨滴はトントンと澄んだ音を鳴らした。小さな傘一つではもう吹きつけてくる風雨を遮れなくなっていたが、梁銘はまだフォークソングの運命に思いを馳せていた。二人の服はどちらも半分以上がずぶ濡れになっていた。祥浩は少し寒さを覚えて梁銘に体を近づけた。梁銘は片手で彼女の肩を抱いた。

「ありがとう、聞いてくれて。君には興味のないことかもしれないが、おれにとってフォークソングはなくてはならないものなんだ。フォークソングを聴いていたあの頃、おれの家は争い事ばかりしていた。父と父の兄弟は財産争いを繰り返すばかりで、大家族のみんながめちゃめちゃにいがみ合っていた。だれもおれのことなんて関心ないんだと思ったら自殺したくなった。その時、聴いたのがこれなんだ。その時聴いた歌はおれにとってなくてはならない成長の証なんだ」

あぁ、だれでも成長の過程では辛く苦しい経験をしているのだ。思いに耽る梁銘を目の前にし、祥浩も自分の来し方に思いを馳せた。しかし、すぐに心の奥底にしまい込んだ。梁銘には彼女の苦労は理解しがたいことのように思われた。立ち上がると、彼女の肩から梁銘の手が滑り落ちた。二人はずぶ濡れになったお互いの不様な姿に気づき、宿舎のアパートへ向かった。梁銘は祥浩をアパートの階段の入り口まで送りやっと帰っていった。祥浩は梁銘が帰ったのを見届けると急いで階段を上り、傘を手にすると服も着替えずに下に降りた。出かけると、どうせまた濡れるのだ。

祥浩は学生活動センターへと急いだ。彼女はフォークソング大会に参加したかった。もう応募は締め切られた後だったが、一人ぐらい追加で参加できる余地はあるはずだ。彼女は総幹事に直談判し、自分が参加できるよう説得しようと心に決めていた。

二

文芸週間のフィナーレの夜の式典が始まった。最後の夜は優秀な展示の選出と表彰が行われた。学生活動センターは人、人、人でごったがえしていたが、センター幹事の中から厳格かつ神聖に選ばれた男女一組が司会を務め、フィナーレの式典を威風堂々、威厳を保って粛々と進行していった。だが、会場に詰めかけた何千人もの学生たちの真のお目当ては、表彰されたサークルや学生に拍手を送ることではなかった。英文学科と国際貿易学科による合同英語劇と、その後のフォークソングコンクールだった。

学生による自己評価と自己淘汰が繰り返され、最後まで勇気を持ってこの日のフォークソングコンクールに参加できたのは十数人だった。祥浩が締め切り後に名のりを上げたのは、実に勇気のある行動だった。コンクールの数日前から彼女は梁銘からもらったテープを繰り返し繰り返し聴いた。その中から齊豫《チーユー》が歌う「オリーブツリー」を選んだ。彼女にとって齊豫の歌を選ぶことは、選曲と音程への挑戦だった。この女性歌手は第二回金韻奨でその音域の広さ、音韻の豊かさ、音程の自由度で最も優れた歌唱力のある歌手としてその実力が認められ名を馳せた歌手だった。そんな彼女の歌を歌いこなすのは極めて挑戦的なことだった。

コンクールまで残り二日となったこの日、彼女は練習の仕上げとして朝早く起き、横門を出て小路を上り山へ上った。肺活量を鍛えるのと山で歌の練習をするためだった。彼女は辺りがほのぼの明るくなってくる頃から燦々と照りつく朝日に変わるまで歌い続け、それから一時間目の準備をしに部屋に戻ってきた。夜遅く家庭教師から帰った後も、だれ一人いないグラウンドでステージを想定しながら歌う練習をした。彼女は小さい頃父親が家の近くの道端で歌を歌っていたのを思い出した。自分の歌に酔いしれながら歌う父の歌を聴きに来た近所の子どもたちは、頭を優しく撫でながら歌う慈愛に満ちた父の一面を見ていた。祥浩たち姉弟は父親と母親が言い争う歪んだ一面ばかり見ていた。父親に対しては恐れと尊敬の入り混じった複雑な感情を抱いていた。父親が近所の子どもに歌を歌って聴かせているところは、家の隅に隠れて見ていることしかできなかった。そう、ただ眺めていることしかできなかった。永遠にずっと見ていることしかできないと思っていた。そんな彼女は今、大勢の若者に聞かせるために自分から舞台に上がって歌を歌おうとしていた。高校の時、彼女も小さなバンドをつくって活動していた。人前で歌う経験もあった。場にも馴れていた。祥浩は父親が歌う時のあの優しそうな顔を思い出す度に、人々に歌を聴いてもらえる喜びが歌を歌う喜びにまさることを教えられているような気がした。

コンクールは若々しい喧噪と笑いに包まれていた。如珍と阿良は祥浩の応援にやって来た。如珍は花束を手にし、たとえ祥浩が入賞できなかったとしても花束だけでも祝福しようと思っていた。コンクールは学生を日頃の勉強の重圧から解放し、朴訥な人も少しロマンチックな気分にさせてくれた。多くのカップルは手を繋ぎ肩を寄せ合って歌に耳を傾けた。阿良も自然に手を如珍の腰にまわした。壇上から一曲一曲聴こえる歌声の中、如珍はなんとも頼りなげに女っぽく阿良の肩に寄りかかっていた。祥浩は順番を待ちながら、常に会場の四方八方に目を配り、だれかを探していた。しかし、彼は探しても探してもどこにもいなかった。コンクールが終わればその数日後に彼女は原稿を晉思に渡さなくてはならなかった。けれども晉思はこの二、三日まったく姿を見せていなかった。彼女は部室でもイベント会場でも彼に会うことができなかった。

昨日、部室で主筆からもうすぐ終わる文芸週間の記事の進み具合について聞かれた時、彼女は晉思の所在を主筆に尋ねてみた。激しく人が出入するこの部室では、だれもが違った仕事を分担しているため、主筆以外は他のだれがどんなことをしているか、大学に来ているのか来ていないのか、だれもまったく気にも留めてなかった。祥浩はこの聴衆の人混みの中に晉思がいることを期待した。だが、ついには晉思の姿は発見できなかった。このフィナーレの夜に彼が来ないわけがない。彼女がステージに上がる準備のために舞台裏へ入ろうとした時、梁銘や砲口や小臣が人混みをかきわけて彼女の元にやってきた。如珍は祥浩を見つけ、彼女を舞台まで送るのを口実に阿良のもとを離れた。梁銘は硬直した不自然な身振りで絶えず額に薄くかかる髪をかきあげながら言った。

「さっき出場リストを見て、きみが歌うのを知って走って来たんだ。…ん…いい結果を祈る…そう、伝えたかった」

祥浩がステージに上がるために身につけた長袖のボルドーのワンピース姿を見て、すっかり浮き足立ち、慌てふためいていた。

祥浩は彼らと別れて舞台裏へ入って行き、舞台に上がる順番をじっと待った。これはわたしの時間なのだ。賞金はそのほんの少しの誘因であり、梁銘のフォークソングへの思い入れの深さに対して歌って聴かせてあげたかったのかもしれなかった。何か自分でも分からないものを期待していたのかもしれなかったし、単なる気晴らしだけだったのかもしれなかった。

ステージに上がってマイクを受け取った時には、彼女は喜びと無限の自信に満ち溢れていた。父親のように歌への慈愛と柔らかな優しさに包まれていた。ステージの上の照明は明るく強烈なため、ステージの下にいる人々はうす暗いなかでゆらゆら揺れる波のようにしか見えなかった。彼女はステージの上を上手から下手、下手から上手へと移動しながら歌った。ステージの下のうす暗い人々が背景となって彼女を引き立てた。彼女は今、ステージに立つ主人公であり、注目の的だった。彼女が歌うと、ステージの光は音符へと変わり、歩きながら仰ぎ見る光は次々に流麗な音符を奏でた。ステージの上に立った祥浩は、何もかも一切がどうでもよくなった。彼女は家から遠く離れ、家に帰らなかった。この光に満ちたステージは彼女があてどなく彷徨い続け、漂流の果てにたどり着いた最後の安楽の場所だった。彼女が抑えてきた感情はすべて歌詞の中に融解して溢れ出した。彼女は舞台を降りたくなかった。永遠に降りたくなかった。彼女は知らなかった。ステージの下から仰ぎ見る彼女の上向いた顔と光りの交叉がどれほど美しいか、少しも知らなかった。彼女の美声は会場いっぱいに響き渡り、すべては静寂の彼方へと押しやられた。ステージの下で厳粛な表情で聴いていた梁銘はそっと眼鏡の曇りを拭き取った。

〝私がどこから来たのか聞かないでくれ、私の故郷は遠く彼方にあるわ。どうして彷徨うのか、遠く彷徨っているのか、……〟

聴衆のだれもが家を離れ、人生に対して夢見心地な大学生で、まだ子どもだった。

〝空を飛ぶ小鳥のために、山間を流れる小川のために、広がる草原のために、遠く彷徨う、さまよう、そして、そして、夢の中のあの……オリーブツリーのために、……私がどこから来たのか聞かないでおくれ、私の故郷は遠く彼方にあるわ。……〟

――如珍は海辺にある重苦しくうす暗い故郷の家を思い出した。彼女は砲口のほうをチラッと見た。砲口はステージの上の祥浩を、身動き一つしないでじっと見つめていた。

身を屈めてお辞儀をした瞬間、大歓声と拍手が巻き起こった。祥浩は舞台から離れたくなかった。もう一曲、あと一曲と、彼女は音符の中で彷徨っていた。彼女はすっかりからっぽになり、魂の抜殻となった。熱烈な歓声と拍手が落ち着きを取り戻す前に、彼女はマイクを司会に返し、如珍たちが待つ聴衆の中に戻った。如珍たちは再びこれでもかという拍手で彼女を迎え入れ、周りの人々をもう一度騒がせた。梁銘は如珍が持っていた花束を手に取り、やってきた祥浩を両手で抱き止めて花束を押しつけた。そして彼は顎で彼女の髪を撫でた。祥浩の心はまだステージの上にあったため、梁銘のこの突然の動作にまったく反応できなかった。続いて如珍がきて彼女を抱きしめ、砲口や他の仲間たちもやってきて肩を叩いたり、握手をした。すっかり感極まった梁銘が声をかけた。

「こんなに歌がうまいとは知らなかった！」

その唇が微かに彼女の髪の毛に触れていたが、気づかないふりをした。あまりにも会場が盛り上がり、彼女自身もどうやってそこから抜け出せばよいかわからなかったし、楽曲とコンサート会場独特の雰囲気に酔っていたため、何もかもがもうどうでもよくなっていた。

晉思は二階でずっと学生でいっぱいになった欄干に寄りかかり立っていた。彼は欄干に寄りかかった手を絶えず変え、姿勢をあれこれ変えていた。その場所からは会場全体が良く見渡せた。祥浩がステージに上がった時から彼は一時も彼女から目を離さなかった。彼女の歌声は遠くから寄せてくる大波のように彼の心の中を直撃し、沈痛な厳しい顔にさせた。友人が耳元で何か言ったが、彼はまったく聞こうとしなかった。祥浩がステージから降り聴衆の中に入っても、彼の目はまるでスポットライトのように彼女を照らし続けた。友人に囲まれ、あの男の腕に包まれたのを見た、あれはあの日、傘を差していた男だ。彼は体を少し傾けて友人が何を話しているか聞こうとしたが、すぐに振り返った。梁銘の腕の中でキラキラ光る長髪が気になって仕方がなかった。

歌われた楽曲はフォークソングだけではなかった。洋楽の男女デュエットや男性がギターを弾き女性が歌う楽曲もあった。中国語の歌もフォークソングだけではなかった、あの一時代を築き上げたフォークソング歌手らによって広められたポップスも選曲されていた。

「フォークソングは死んだ。流れはもはや戻ってこない。新しく取って変えられるものもない。フォークソングコンクールでさえ、主催側は厳格に要求できないのだ。社会の趨勢はもはや人為では変えがたく、フォークソング愛好者は時代遅れの化石でしかないのだ。その上、フォークソングコンクールの前に英語劇なんかを入れている。西洋化を避けるために作り上げた潮流や創作、自分たちの歌で自分たちの文化の根源を求めていたあの理想はとっくに遠くへ行ってしまったなあ」

梁銘はコンクールが幕を下ろした時に、軽く嘆いた。だが、祥浩は彼の言葉は少しも気にならなかった。歌はただ聴いていて気持ちよければよかった。ポップスだっていいじゃないの。彼女がフォークソングを選んだのは、梁銘のフォークソングに対する馬鹿がつくほどの情熱に対して、彼女にテープをプレゼントしてくれたことに対して、そして、あの語り明かした夜に対しての返礼だった。祥浩が顔を上げて梁銘を見上げると、梁銘も彼女を見下ろした。二人の目と目が合った瞬間、彼女は体を移動し、視線を逸らした。彼女が探している眼差しではなかったからだ。

一等賞に選ばれた出場者はステージに上がるようにというアナウンスの声が聞こえた。仰々しい大音量でスピーカーから祥浩の名前が轟いた瞬間、彼女は花束を梁銘に投げ返し、足早にステージへ上がって行った。万雷の拍手喝采の渦の中に埋もれそうになった。ステージに上がると「オリーブツリー」の最後の二小節の演奏が始まり、彼女は重い優勝トロフィーを手にしたまま再びマイクに向かった。彼女は歌いながらもう一度、広い会場内を一階から二階へと見渡したが、黒くうごめく聴衆の中からあの彷徨うような暗い影を宿した目を見つけ出すことはできなかった。

喉にずっと何か引っかかっているように、晋思は絶えず喉を震わせながら、祥浩がステージを降りてあの友人たちの一群に帰っていくのを見ていた。梁銘が再び花束を彼女に渡して抱きしめた瞬間、彼は傍の人という人の厚い壁を押し退け、階段を降りて活動センターを出て行った。夜風が冷たく、センターのほうからは絶えず激昂した聴衆の絶叫や興奮した司会者が早口でまくしたてる甲高い声が聞こえてくる。静夜にひっそりと佇むキャンパスの美しい空間はすべての音をノイズに変えてこだまし、壁という壁にぶつかってあられもない顔を夜陰に晒していた。彼はバイクを横門に止めていたが、横門までの小路は険しく困難を極めた。センターから聴衆が少しずつ退き始めていた。最高の歌も聴いた後の、やるせなく綿々と続く金曜日の夜、彼はバイクで近くを二周ばかりぐるぐる回った後、山を下って一本の細い道へと入って行った。そこは花や蝶が猥雑に入り乱れ、華美と野心と堕落が一体となった場所だった。彼のバイクはそこの中に消え、跡形もなく夜の底に飲み込まれて行った。

祥浩はかなり高額の賞金を手に入れたばかりでなく、友人たちの尊敬も勝ち取った。その夜、梁銘らは学校横門傍の鍋屋で彼女のために祝賀会を催した。彼女は落胆し横門から独り寂しく去っていった男がいることを露ほども知らなかった。コンクールでの梁銘の祥浩に対する態度を見て、だれもが彼らは交際中のカップルだと思った。如珍、阿良、砲口、小臣、阿傑らはビールを代わる代わる頼んで彼らのために祝杯を上げ、祥浩の席も梁銘の横に準備した。鍋の熱気がむんむん立ちこめみんなが楽しく談笑する中、彼女は何度か自分と梁銘の関係の誤解を解こうとした。しかし梁銘から一度も愛を告白されたことがないのに、何を説明する必要があるのかわからなかった。如珍も異様に静かだった。阿良も砲口もそこにいたからだ。阿良とこの人たちは交友がなかったが、如珍との繋がりで梁銘と話はしていた。だが、砲口とは明らかに言葉使いや教養、慣習が合わなく、阿良は砲口と一度も口を利いてはいなかった。

砲口は茶碗の中にたくさん唐辛子を入れ、これこそが「香りを食う辛さを飲む」人生そのものの楽しみだとおどけた。梁銘は茶碗に少し葱を入れただけだった。如珍は食べ物をさっと口に入れ、砲口の食いっぷりに吹き出しそうになるのをごまかした。砲口と傍の小臣は酒を酌み交わしながら、ふざけて結婚の盃を交わすまねごとを始め、手と手を交差させて互いの口を近づけビールを飲んだ。如珍は二人の動作がどうにも気にかかってスープを持つ手を狂わせてしまった。熱々のスープを茶碗ではなく自分の左手にかけてしまった如珍は、とっさにその手を右手で覆ってわあわあ大声で叫んでしまった。ふざけていた二人も絡めた手をほどき、立ち上がってテーブルの上を片づけ始めた。阿良はウェットティッシュを取って真っ赤になった如珍の手の上に被せ、梁銘は店主に火傷薬をお願いした。如珍はあまりの痛さに阿良の肩にうつ伏せになり、痛みを抑えるように低い声で唸りを上げた。祥浩は如珍の目から溢れ出す涙を拭き、如珍はせんない悲哀にくれた目で彼女を見返した。涙は肉体の痛みだけでなく、心の奥から溢れているものだった。梁銘が薬を持って帰ってきた。

「やはり山を下りて病院へ行ったほうがいい」

砲口が言うと、如珍はさらに大声を上げて泣き出した。

あとで、手をガーゼに包まれた如珍になぜあんなに泣いたのか尋ねると、絶望からだと言われた。砲口が自分と阿良のことを認めたのなら、もうそれ以上何も言ってはくるまい。だから、砲口と小臣は盃を交わしたのだ。

「あれはわざとよ。わざと私に見せつけたの」

如珍は自分の感情を抑えることができなかった。

「愛しているなら、なぜ言わないの？ どうして阿良から離れられないの？」

祥浩の声もだんだん弱々しくなっていった。刀を持たない晉思の両手だって、すでに彼女の心をずたずたに刺していたのだ。

如珍は額を壁に押し当て、もう一方の手で拳を握り、白く冷たい壁を打ちつけた。彼女のせいで壁は激しく振動し、崩れるのではないかと感じるほど心配した。祥浩はすばやく止めに入った。

「両手ともだめにする気なの？」

「阿良は悪くないの。私のせいなの。どうして砲口なんかに手を出したんだろう」

椅子の上で体を丸めた如珍は、手のひらの中に顔を埋めた。彼女は海に浮き沈みする一枚の枯葉のような切ない苦しみに満ちてた。

「でも、まだ結婚してるわけじゃないし、だれにも選ぶ権利はあるはずよ。たとえ結婚したって、生涯守り抜くなんてだれが保障できるって言うの」

「聞いて！」

祥浩は両手を胸の前に組んで部屋の中を行ったり来たりした。彼女も如珍を慰めることで自分の心の痛みを和らげたかった。

「うわついた愛は背信行為よ。愛を貫くことは美徳よ。本気のその人でなきゃ。その人が必要なら、我慢強く待たなきゃ。でも、相手にわからせないといけないけどね」

「あなたは人を愛したことあるの？　恋人がいるの？　そんなことを言う資格あるの？　あなたと梁銘が本気だとはわたし思わないわ。梁兄が言ったことがあるの。とてもつらいって。わたしからあなたには好きな人がいないって聞いてるから、希望を捨てられずにいるだけよ」

深夜の街中から、男の声で「ちまき～」と売り歩く声が聞こえてきた――毎晩決まった時間に聴こえてくる呼び込みの声。彼は昼間はどこかに勤めているのかもしれない。深夜こうして売り子になるのは家族や子どものために少しでも収入を増やすためかもしれない。愛情はついには生活の負担へとなる。辛くて深夜に唸りをあげて叫ぶ声になるかもしれない。

何が本当の愛なのか、祥浩は何も返答することができなかった。彼女にはまだ早かったのかもしれない。沈黙が何にも勝るように、彼女は窓辺に伏せて外で粽《ちまき》を売るあの男の姿を見てみようとしたが、遠ざかる声しか聞こえてこなかった。だれかその粽を買ったのだろうかと案ずる彼女の顔に、寂寥たる風が吹き荒んだ。

「深兄は何も言ってないわ。わたしに何がわかるっていうの？」

「愛、人を無口にする、だわ。わたしが砲口に何も言えないように……、だって彼の本心がちっともわからないから」

「傷つくのが怖いの……？」

「そう、傷つくのが怖いの……」

如珍の赤く腫れ上がった掌に薬を塗り、手首についた古傷も火傷といっしょに真っ白なガーゼでくるくると包んであげた。この弱々しい傷だらけの小さな手は、だれでも守ってやりたい気にさせる。祥浩は、もうだれかのために自分を痛めないでと呟いた。如珍は体を震わせてベッドに倒れこんだ。この夜、彼女はもうこれ以上は出ないというほどに涙した。

二日目の朝、如珍はまたいつものような天真爛漫な顔に戻っていた。

祥浩は新聞部に行って原稿を提出した。いつも厳粛な顔を見せる主筆は珍しく笑顔を浮かべていた。部員たちが金を出し合って大きなケーキを二つ買い、祥浩の文武両道を祝った。午後一時、ケーキはみんなに喜びをもたらした。高揚した部員たちはさらにあの晩の歌唱コンクールの選曲の合理性について議論を始めた。西洋のフォークソングは学園フォークソングの意義を失わせたと言う者、西洋のフォークソングもフォークソングに違いない、それは主催側も明確に定めていないと主張する者、フォークソングはもう死にかけていて、あまり拘るとコンクールが成り立たなくなる、などの発言があった。主筆は権威のある重々しい口調で告げた。

「フォークソングの興りはこの学校のあの活動センターから始まったのだ。今年のあのセンターの舞台は、それが没落したことを証明したのだ」

「それが流れさ。どの学校とかいう問題じゃない」

ドアのほうから声がした。晉思だった。ドアにもたれかかり、いつからそこにいたのかだれも知らなかった。主筆が晉思に尋ねた。

「きみたちのグループでこの議題を記事にしないか？　われわれのフォークソングの栄冠がここにいるんだ。どう思う？」

晉思は逆に主筆に聞き返した。

いっせいにみんなの視線が祥浩に向いた。彼女は一掃されてしまった二つのケーキの残骸を見つめた。晉思はあの夜来たんだ。絶対来ていたんだ。心が躍った。喜びのあまり彼女はまったくその問題には気にもかけず、いいかげんな言葉を返した。

「新入りがルール違反をしたから、皆さんにお金使わせることになってしまったわね」

「もちろん、それは違うわ」

副主筆の胡湘がおもむろに彼女を慰めた。

「あなたの歌がこれ以上ないほどうまかったのはだれもが認めるところだけれど、わたしたちが議論しているのはどうして学園フォークソングが下火になり、もう流行らなくなってしまったかってことよ。どのようにして栄冠に輝いたかなんてことじゃないわ」

記事にするべきかどうかの議論は午後の静けさを破り、静まり返るべきはずの一時を喧噪に変えた。祥浩はドアのほうにいる晉思が気になった。晉思は無表情でみんなの討論に耳を傾けているだけで、時々その目を外に泳がせた。

彼らの討論はフォークソングについてであり、だれが賞を取ったかではなかった。それでもまだ口にお祝いのケーキの香りが残っている時分になり、フォークソングコンクールへの批判を聴かなければならなかった。祥浩にとってそれはあたかも屠殺を待つ羊の気分のようだった。彼女は体をひっきりなしに体を動かし、収まりのよい姿勢を探し続けた。ついには頭を下げて原稿に目をやった。もうみんなの議論を聞きたくなかった。その時、急に晉思の声がした。

「プランは悪くないが、今回の内容はもうとっくに決まっているし、何かを足すってことはだれかの案を犠牲にするっていうことか？　これは文芸週間のイベントだから、担当はおれのグループになりそうだけど、おれのところはもうできない。絶対にやらないよ」

彼はドアから離れ、主筆と真っ向勝負するかのようにその真正面に座った。主筆は落ち着いた冷静な目でみんなの意見を求めた。

「やらない理由はかんたんだよ。一位がおれのところにいる。どう議論したって彼女に不公平だ。おれが自分勝手だというなら言ってもかまわん。もうスペースに空きがないし、来学期にやればいいじゃないか」

晉思は折れなかった。少しの隙も与えなかった。彼は彼女を守っている。だれかがやればそれは祥浩に対する批判になると脅迫しているのだ。主筆は語気強く続けた。

「祥浩が栄冠を手にしたことは疑う余地がないんだ。それはだれもが認めていることだ！」

どのような弁明も晉思には妥協できなかった。晉思はこれ以上言い争いたくはなかった。

彼は黙って主筆を見つめた。主筆も黙って彼を見た。全員が押し黙り、暗雲がじわじわと立ちこめてきた。

祥浩がその重い沈黙を打ち破った。

「私のことはいいのよ。みんながやるべきだと思うならやればいいのよ」

その瞬間、晉思は彼女をチラッと見た。深い森を抜けて明るい空を見つけたかのように、部室に入ってから初めて彼女のほうを見た。晉思はほんの一瞬で目を離し、立ち上がった。

「議論を続ければいいさ。おれはもう言いたいことを言った」

主筆にそう言い残すと、彼は少しも後ろを振り向かずに出て行ってしまった。胡湘が後を追いかけて行き、何かを言って慰めていた。

祥浩は何か大切なものを落とし、ぽっかり胸に穴が空いたような気分になった。心は元々彼らの議題にはなかったし、彼女は自分も胡湘のようにみんなのために彼を追いかけ、晉思に謝りたいと思った。けれども多くの部員を前にして彼女は何もできなかった。頭を垂れ、晉思に今日、手渡していたはずの原稿用紙を、熱いものでいっぱいになった目で追った。彼を傷つけた。原稿の文字がわなわなと震え出した。彼女は何とか唇の端を上げて笑みを作った。きっとなんとか償える。きっとなんとかなる。彼女はそう思った。

その日、彼女はまた山を下りて家庭教師に行った。夜の十時に部屋に戻ると、母親と祥春が如珍と話をしていた。

窓辺を向いた美しい母が、顔をやや横に傾げて彼女のほうに振り向いた。祥浩はまるで自分がそこに座って窓の外の景色を見ていたかのような錯覚を覚えた。彼女は母親の近くに行って床に跪き、母が膝の上においた手を取って自分の顔をその中に埋めた。そのまま彼女は母親の膝の上に伏せ、震えながらしくしく泣き出した。鼻をスカートで押さえ、なんとか音が出ないようにしていた。母は凛としたまま、もう片方の手でずっと彼女の髪を撫でていた。愛情に満たされた時間は、髪を撫でる手のように滑らかに流れていった。

「どうして電話一本かけて来ないの？　元気よ、とだけでも知らせなきゃ」

本来ならば怒りを抑えた言葉のはずが、娘の涙を拭きながら発すると限りない慈愛に満ち満ちて聞こえた。

一度家を出ると自分で将来を探さなきゃという気になったし、重く沈んだプレッシャーをずっと感じていたから、わたしはそこから抜け出したかったのだと彼女は母に弁解した。母親の顔から慈愛の色が消え、その表情が暗く陰った。母は高雄からの道中ずっと抱き続けてきた怒りをついに抑え切れなくなった。彼女の話を途中で遮り、立ち上がりざま怒鳴った。

「あなたは親なんてもういらないと言うのか！」

怒鳴るなり、机の上に置いてあったポシェットを取って、ちらっと祥春を見た。祥春は椅子にもられかかり、妹と同じく押し黙った。

如珍が間に入って引き止めたが、母親を留まらせたのは、机の上に置いてあったフォークソングコンクールの優勝トロフィーだった。そして家庭教師で疲れきった祥浩の顔を見たからだった。母は顔を緩め、座っていた椅子を娘に譲った。ここで一体どんなことをしているか言わないということは、もう親はいらないということかと詰め寄り、最後に冬休みは必ず家に帰ってきなさいと宣告した。

冷たい季節、母親が伸ばして来た手がいちばんの慰めとなった。

一二

冬休みを迎え、彼女は南台湾の晴れやかな陽光の下へと帰ってきた。家は春節を迎える準備の真っ最中だった。この時期、南部に降り注ぐ日射しは明るかったが、吹く風は冷ややかになっていた。台所の裏門を出たところにあるレンガ作りの釜では、餅米を蒸し砂糖を入れて作る年糕《ニェンガオ》の甘い香りが漂っていた。これは生計をたてる母親の新しい方法だった。

母は人に頼んで裏門のところにこの大きな蒸篭がおける釜を作ってもらった。釜の横から伸びる煙突は大人の背丈よりも高かった。ふだんは何人かの小売商に塩味のもち糕（もち菓子）を作り売っていたが、年末は塩味を減らして春節用に大量に年糕を作った。家に帰ったその日から、彼女は母親が毎日台所でもち米を水に漬け、柔らかくしたもち米を近所の雑貨店に持ち込んで粉に轢《ひ》いてもらい、轢いたもち米の汁を布袋に入れ、重石で濃い糯汁《もちじる》にして固め、固まったものを細く削り、砂糖を加え型に入れて行くことを繰り返すのを見ていた。蒸篭に入れて蒸されるまでに既に一日の大半を費やしていた。母親は台所で曲げた腰を揉みながら絶えず出たり入ったりしていた。麻雀に使われていた机は買い手を待つ年糕の置き場所となった。祥浩と弟の祥雲は、芋を半分に切って字を彫った。祥浩は「春」、祥雲は「福」

の字を彫った。二人はどっちがうまく彫れるか競争し、何個か作った。そして、食紅をつけ年糕の上に芋判を押した。字が入ると一段と正月気分が濃厚となった。祥浩はこのような日が来ることを考えもしなかった。彼らが正月気分を人々に分け与えるような仕事を始めることができるなんて、どうして創造できただろう。彼女はなぜ年糕の作り方を知っていたのかと母親に質問した。母は小さい頃村人が作っていたのを見たことがあったから、それを思い出しながら見よう見まねでやってみたらできたのだと答えた。

母親は本当に天才だった。家事、手芸全般、彼女の手にかかればなんでも自然に形になった。彼女は傍で炭の具合をみたり、道具類を洗うことしか出来なかった。父親は冬に入るとよく風邪を引いた。今も上の階で寝そべり、みんなが下の階でいそいそ仕事に励む音を聞いているしかなかった。祥浩は静かに二階に上がって薬を飲むように注意したが、父は手渡された水を床に撒いて怒鳴った。

「年糕を売って来い！　おれのことはかまうな！」

祥浩が片づけるのを鋭い目で見つめ、さらに悪態をついた。

「帰ることを知ってたか！　大学へ行ったらもう親がいることを忘れたのかと思ったわい」

祥浩が身を翻して下の階に戻ろうとすると、また呼び止められた。

「アパートに女一人住んでいて、親が心配しないとでも思っているのか！」

「これからはちょくちょく電話する」

父親は激しく咳き込んだ。背中を擦ってやりたかったが、怒気を含んだ険しい顔色が彼女を怯ませた。いつからだろう、祥浩は物心がつくころには既に父に怯えていた。

彼女は父親の痩せ細った手を布団に入れなおした。

「汽車賃を節約したかったの。バイトで少しでも稼いで学費の足しにしてるの……」

「おまえらは金儲けのことばかり言うが、おまえらの金なんて、おれは見たことないぞ！」

父は祥浩の言い分が単なるごまかしだとでも言わんばかりの口振りで言い返した。実際のところ、祥浩にも自分が言っていることがほんとうなのか嘘なのかわからなかった。けれども、謝罪をしようという気持ちは少しも湧かなかったかわりに、反発する言葉はすらすらと口をついて出てきた。

「家庭教師の仕事を増やして家に金を入れろというの！　学費を自分でなんとかしているだけでどれだけ家のためになっているか少しは考えてよ！」

怒り狂った父親はベッドからさっと起き上がり、先ほど布団に入れたその手で彼女に一発平手打ちを食らわせた。

「何を勉強しているというんじゃ？　親に反抗するためか！」

祥浩は二階から飛んで下りた。母でさえ祥浩が外へ走り去ろうとするのを抑えることができなかった。ドアのところでやっと彼女の手を捕まえた。母の強い力は少しも緩まず、彼女はどうにも動けなくなった。

母親は哀願に近い目で彼女を見つめた。それはその手の力とはあまりにも対照的だった。

「謝って来なさい！」

母親は譲ろうとしなかった。父親のところに戻って彼女は、父が真っ白い顔で布団に体を沈めているのを見た。その痛々しい病身に彼女は同情した。同時に祥春と同じ感覚を覚えた。父の前では何も言うことができなかった。彼女はただそこに立ち尽くして責められるのを待った。しかし、父親は目を閉じたままだった。喉仏がちょっと動いたように見えた。唾を飲み込んだようだ。言葉を飲み込んだのだ。沈黙は最も厳しい叱責となった。

その時、電話のベルが鳴った。短くジリンと響くベルの音は炎天下の日傘に思えた。そのベルの音が彼女を炎天の熱から救った。電話にいちばん近かった彼女がその電話を取った。公衆電話のビーという音の後、雑踏の音に交じって晉思の声が聞こえて来た。その声は少し浮ついて聞こえた。

「出て来られないか。今、高雄の駅にいるんだ」

「高雄に？　いったいなにしに来たの？」

あまりにも突然だったため、祥浩は待ちわびていた心と驚きに興奮する心をどうにか平常にコントロールし、低く抑えた声で聞いた。晉思は少し間をおき、答えた。

「ついでだよ。ついでにきみに電話してみただけだ」

高雄にどれくらい滞在するか言わなかったが、もう一度聞かれた。

「出てこれないか」

父が聞き耳を立ててじっと自分を見つめているように感じられた。その目でさえ彼女が何を話しているのか聞いているようだった。母は箪笥のところでずっとなにかもそもそ探していた。祥浩は短く答えた。

「今、都合が悪い」

電話の向こうでは、さらに彼女の近況を聞くなど話しを続けたかったようだった。けれども彼女のところは嵐の真っ只中で、打たれた頬はまだ熱いままなのだ。出て行きたかった。晉思を連れて海に行きたかった。晉思に自分が受けた理不尽さを訴えたかった。ただ彼を見ているだけでもよかった。

「ごめん」

祥浩の口から出たのは、しかし淡々としたこの一言だけだった。

電話の向こうから丁寧に新年おめでとうという声が聞こえ、そして切れた。

父も母もなにも話さなかった。電話を取った彼女はますます罪悪感に苛まれた。彼女はこのままだとあまりのストレスから、もう一度きっと嵐を呼び起こしてしまいかねないと感じた。祥浩は病気の父に謝り、頬を撫でながら言った。

「もう私も子どもじゃないの。叩くのってだめなんじゃない」

そして祥浩は階を下りた。今度は本気だった。敵に囲まれた兵士が必死に馬を蹴って逃げるように、あっという間に彼女は道路に出てやってきたバスに飛び乗った。母親が追いかけてもどうにもならないほどだった。高雄駅まで二〇分ほどかかる。晉思はまだそこにいるのだろうか。生きることは配慮と矛盾に満ちている。さっきの電話では直接行くと言えなかったのに、今は駅に向かっている。どうしてさっきは行くと言わなかったのか。言えば彼がまだいるかどうか心配せずにすんだのに。親の目から逃がれたかったからだ。あのこわばった場にこれ以上枝葉を伸ばしたくなかった。けれども、今のように一言も言わずに家を飛び出せば、きっと結果は同じように難しく重いものになるに違いないのだ。

駅前の日差しはいくぶん弱まっていた。ふだんのこの時分はバス停と駅構内の通路という通路はカーキー色や白いシャツの放課後の学生で埋め尽くされているが、冬休みの今、駅前は空と同じ灰色で冷ややかだった。

祥浩は正面の入り口から入り、駅の構内の広場を何周もぐるぐる回って探したが、晉思の姿はついに見つけられなかった。ただの通りすがりと言っていたが、どこに行こうとしていたのか。祥浩は駅を出て右へ曲がった。そこは有名な書店街で、もしかしたら晉思は急ぎの用ではなく、本屋で暇をつぶしているのかもしれないと期待した。彼女は一軒一軒回って探した。高雄中学のフェンスまでやって来てやっと諦めた。今度は自分がどこに行けばよいのかわからなくなった。

文芸週間の原稿を晉思に渡してからは、学期末になっても祥浩ほとんど彼に会う機会がなかった。一度だけ、新聞が発行されたその日、二人は皆に混じって新聞部の部室で今回発行された新聞についての議論に加わっていた。けれども晉思は他のサークルの期末コンパに参加するため議論の途中で抜け出して帰ってしまった。そのため二人は一言も言葉を交わすことなく冬休み休暇に入っていた。彼はどんな用事で台北から高雄へ来たのか。どこに行くにしても目的地はあったはずだ。彼女は途方に暮れながら駅前の大通りをとぼとぼと歩いた。終点もなく、目的もない。それでも祥浩は、この不慣れな都市で彷徨う晉思の姿を、人混みの中や行き交う車の中から見つけ出せるのではと思っていた。

暮色が迫り、彼女は楽器屋のウインドウの前に立ち止った。ウインドウの中には二胡、琵琶などの楽器や楽譜が置かれていた。ウインドウの後ろにはギターが列に並べられ展示されていた。その左には何面かの琴が置かれ、先生が琴を教えていた。右手の奥では、若い男の先生が高いカウンターチェアーに座ってギターを教えていた。その手は弦の上をすばやく移動していた。ガラス越しでも学生の拙い練習音と、流れるように巧みな先生の音の違いがわかった。立ち止ったまま一〇分ほどがあっという間に過ぎた。行き場を失った彼女の行くべき場所はもしかしたらここだったのだ！

祥浩はその若い先生と契約を交わした。ギターを抱える毎日が始まった。母親は年越しの年糕作りを終え、塩味のもち糕を売っていた。大きな蒸篭は毎日休むことなく蒸気を上げ続けた。高校生の祥雲はよくバスケットボールを抱えて近くの中学校に行っていた。彼女は釜の前に座って火の番をした。

父親の病気は年を越した後少しよくなり、気持ちもいくらか明るくなっていた。気分が乗る時などは家にやってきた仕入業者と談笑をした。朗らかで明るい笑顔の父が戻った。父が談笑しながら巧みに材料の仕入れの値引交渉をまとめると、苦労が報われた母親の顔はあっという間に笑顔に変わった。母親はかつて生計さえ立てば、食っていけると話した。だが、祥浩はただ〝食べる〟だけの生活ではない、何かもっと違う他の生活があるはずだと信じていた。

正月になると、祥春が帰ってきた。彼は灰汁に漬けたような一束の札を母親に渡した。彼女にはそれがどれほどの金額なのかわからなかったが、母親の顔が祥春に会った嬉しさから申し訳なさへと変わり、虚ろになった瞬間を垣間見てしまった。貧困は人を卑しくする。彼女は困窮から抜け出したかった。

マメができ、手が赤く腫れ裂けそうになった。それでもテープを巻いてギターの練習を続けると、その後は痛みさえ消えるほどになった。母親は仕事中に時々顔をあげ、静かに祥浩が奏でるギターを見、静かに彼女が歌うのを聴いた。また、時々彼女が吹くハーモニカの音に耳をそばだてた。母親は祥浩の音楽からしばしの休息を得ているようだった。手を穏やかにスカートの上に置き、時の流れをゆっくり噛みしめているようにも見えた。母の顔は、かつての青春をうっとりしながら偲んでいるようだった。

後にも先にも、祥浩は、この時の母以上にこれほどおだやかな寛容に満ち、高貴な品位のある顔を見たことがなかった。そこには、生活に追われ苦しめられている中年の女性はいなかった。母の苦難に満ちた生活の中には、きっとどこか静かで安寧な秘密の場所があるはずだ。それは何者をも寄せつけない母親の穏やかで慈愛に満ちた表情から窺い知ることができた。そこは神秘で決して侵してはならない場所のようだ。彼女が母親に与えられる慰みは、ギターの音や歌声しかなかった。

祥浩はふと、わたしは自分のこの才能を使って、母親にもっとよい安定した生活を与えるべきではないかと思った。

一三

二学期が始まって間もない頃、大学の近くの学生街は相変わらずダンスミュージックと煌びやかな光りに溢れていた。如珍はにこやかな顔にミニスカートとハイヒールを着けダンスに勤しんでいた。踊り手はダンスミュージックにつられ気分が高揚し、曲の起伏に揺さぶられ、リズムに浸る陶酔に自我を見失って抜け出せなくなった。

祥浩はもっとずっとうまく踊れるようになりたかったが、晉思の踊りを見てからは、他人の動きはどれもが軽快な運動のようにしか見えず、いいかげんで個性的な芸をまったく感じられなくなっていた。新聞部は他のどのサークルとも合同パーティーをしないので、彼女と晉思はあれ以来ダンスパーティーで会うことがなかった。知り合ってから一度もどんなパーティーにも誘われたこともなかった。彼女は晉思から踊りを習いたかったが、あえて要求もしたくなかった。他のパーティーに参加し晉思と共に踊る想像をし、もう一度またいつか晉思といっしょに踊れることを夢見ていた。

学期の始めは、学生たちは会えばだれもが冬休みをどう過ごしたか報告しあった。如珍は分厚い束になった写真帖を一冊一冊開いて祥浩に見せながら、止めどなく写真の説明を語り続けた。それらは冬休みに彼女と梁銘ら登山部の部員が三泊四日の登山をした時の写真だった。寒空の下、写真に写っただれもが分厚い服を身につけ、梯子のような登山リュックを背負い、足には厚底の登山靴を履いて山を踏破した足跡をカメラに記録したものだった。山の上ではだれもがにこやかで朗らかだった。梁銘も相変わらず兄貴の気概を見せていた。下山する時、梁銘は山の中腹にある管理小屋に一人残り一冬過ごしたらしい。如珍と梁銘は傷を癒していたのだ。山風に悲恋で負った傷を晒し、乾かそうとしているのではないかと言った。祥浩は特に気にしていない風を装い、最後の写真を指差しサラリと聞いた。長く続く砂浜でカメラに向かって歩いてくる、中年風の体型でちょっと幼げな顔をした男がいた。

「だれ？」

「義兄さん」

如珍の口調も冷静で、淡々と何事もなかったかのように話した。

「正月に姉といっしょに帰ってきたんだ。わたしが家を出てから初めて会った。もうこの人のことは考えたくないのに、やってきた。わたしを誘って海辺に行ったの。わたしは彼に言ったわ。何も言うことないのって。彼はわたしのことをただ見ているだけだった。それから最近どう？元気って聞いてきたわ。わたしがどうしていようともう関係ないのにね。砂浜に沿って遠く北のほうまで離れたのに、追ってきたの。だから、カメラでこの写真を撮ったの。それから家に帰ったわ。もう戻れないし、もうわたしの記憶の中にこの人はいらないわ」

「じゃあ、なんで撮ったの？」

「わからない。もう海辺から上がろうと思った時、思わず撮ってしまったの」

「傷はまだ手にあるのに、忘れられるわけないじゃない」

「そうなの。わたしたちはただつまらない幻想を見ていただけ、考えたくないと思えば思うほど痛くなるわ」

如珍はアルバムを本棚の下段に押し入れた。そこはすでにアルバムでいっぱいだった。記録はいったんしまいこむと、新しい一ページもまたすぐに新たなコレクションとなった。

祥浩の生活にリズムが出てきた。家庭教師は続けていたが、彼女は新しいチャレンジを始めようとしていた。彼女は音楽サークルに入った。ギターを習いたかったからだ。彼女は自分を磨いて世界に飛び出そうと考えた。活動センターで「オリーブツリー」を歌ったその瞬間から、彼女はなんとなく自分にはステージが似合うと感じていた。歌いたい。歌い続けて歌で人に感動を与えたい。冬休みで帰郷中に懸命になってギターを習い、あの若い先生に褒められた時、母親が思いに耽りながら静かに彼女のギターと歌声に聴き入ってくれた時、彼女は自分にはこのような選択肢があることを悟った。

大きなレストランでのショーはほとんどの場合ピアノと歌だったが、ピアノは彼女にとって夢のまた夢だった。小さなギターを抱え、こじんまりとしたレストランで歌うことは、どちらかといえば現実的な夢だった。それだって高収入のアルバイトになるのだ。フォークソングを聴かせてくれるレストランは少なくなっていて、彼女が歌える場所は限られていた。それらの店がフォークソングにとって替わり、新しいショーを始める前に、彼女は練習して早くデビューをしなければならなかった。

日中は授業や読書の他、彼女はずっと音楽部の部室でギターの練習をしていた。夜はもちろん家庭教師に行った。彼女は新聞部にかかずらっている時間がなかったし、晉思は今学期を持って退部していて行方がわからなくなっていた。二回ほど新聞編集に携わると、ほとんどの人が自分はもう老いぼれだと嘲り、他のサークルに出入りするようになった。少し聡明な者は、総じて絶対に新聞編集の仕事が彼らの単位不合格の原因にならないよう敬遠した。あの主筆の椅子に座っている電気機械学科の学生は別格だった。それでも何年も居座り続けた主筆の座を譲り、五年目となる大学の単位を取ろうと孤独な準備へ入っていた。

晉思はもう新聞部にはいなかった。そのサークルに足を踏み入れるたびに彼女は落胆し、部室へ行くことも負担になってきていた。彼女はイベントや討論に加わらないので、常に排除されがちであったし、特集の企画を提案することもなければ、彼女でなければならないという仕事もなかった。新たに編集業務を引き受けた胡湘は彼女にシンポジウムの計画を依頼したが、連絡を密にして企画する時間がないことを理由に断った。それ以来胡湘は彼女の編集能力に興味を持つことはなくなった。彼女のほうもすべてを楽器に打ち込んでいった。晉思がいない新聞部に、祥浩が情熱を傾ける理由はもはやまったくなかった。

それでも、完全には退部しなかった。そこにかつて晉思の声と影があったからだ。彼女は晉思が座った椅子に座り、彼のぬくもりを感じようとした。晉思のクラスに行ってカリキュラムを見、彼の行動を知りたかったが、気になればなるほど臆病になった。彼女はいつも彼の学科棟までやってきては、またそそくさと足早に去っていくのだった。

ある日、胡湘がこれまで編集に携わってきた先輩たちへの尊敬と敬意を示すために、OBとの親睦会を計画した。やっとこの疲れきった彼女の日常に僅かな希望の光りが点った。

親睦会は丘を降りた格調高い閑静なお茶屋で行われた。夕方に集まり晩御飯を共にする形式だったが、祥浩は遅れてやってきた。その晩は小雨が降り続いていた。彼女が玄関で傘を預けようとしていた時、横目にふと晉思と胡湘の姿を捉えた。晉思の服は少し濡れていてチェック柄の長袖の袖口が雨に当たり、胡湘はその濡れた袖口を捲しあげていた。晉思は満足そうな微笑を浮かべ胡湘の動きをじっと見つめていた。お茶屋の薄暗い光りの下に、柔和な美しい二人のシルエットが浮かび上がっていた。祥浩は胡湘が柔和な美しい顔をしていることにハッと気づいた。晉思のために袖を捲る姿にそれは余すところなく露呈されていた。彼女は踵を返してそのまま雨の中を戻ろうと思ったが、間に合わなかった。中から「祥浩が来た！」という声が起こると、いっせいにみんなの視線が彼女に集まった。彼女は中に入っていかざるを得なくなった。

新旧多くの部員が一堂に集まった。会はたいへんな盛り上がりを見せ、だれもがいそいそとあいさつを交わし、席を探して座ろうとしていた。旧い先輩たちは祥浩本人をもちろん知らなかったが、その名前はフォークソングコンクールとその美しい顔でよく知られていた。そのため先輩たちにも一目置かれた。彼女はすぐさま四回生の熱心な先輩たちに囲まれ、彼らと同席になった。晉思は胡湘といっしょに座っていて､その間は二テーブルも空いていた。薄暗い光りと喧騒の中で再会した二人は、同時に手を上げ、他の人にするのと同じようにあいさつを交わした。祥浩は彼の中にいる自分の存在の小ささを感じ、晉思にとって彼女は単なるサークル仲間の一人でしかないことを改めて思い知らされた思いだった。

胡湘は高らかに晉思が冬休みに高雄に遊びに来たこと、地元の人間として如何に彼女が彼を案内したかを喧伝して、晉思と高雄にできた新しいビルのことで話に花を咲かせていた。祥浩は四回生と彼女の歌の話題で盛り上がった。祥浩は必要とするものが手に入れられなくても、少なくとも歌なら自分が好きなものを選ぶことができると話した。今ギターを習っていて、いつかギターを持って地の果て世界の果てへ、老いさらばえるまでさすらい歌うというロマンを持っていると語った。それはすぐさまある先輩から揶揄された。

「そんなの寂しすぎるよ。おれらに歌ってくれたらすぐにでも拍手してあげるのに」

おいしそうな料理が次々運ばれてきた。祥浩に歌えと奨めた先輩は店長にギターを借りるとナプキンでギターの上の埃を拭き、カウンターの高椅子を照明の明るい壁際の場所に移して調音をはじめた。調音し終えると、彼は静かにテーブルに戻り、祥浩に弾き語りができないかと聞いた。できなければ自分が伴奏すると言った。

祥浩は指ダコができた親指を撫でながらきっぱり言うと、食器を置いてギターを抱え高椅子に座った。料理を堪能していた部員たちも彼女の演奏を待ち侘びて囃し立てた。

「できます！」

祥浩はこの海辺の水郷で晉思を連れていっしょに港や街を見て回り、港の思い出を語る機会を失ったことを心の奥深くでずっと考え続けていた。胡湘はお嬢様育ちで、胡湘が知っている港街と祥浩が知っているそれが同じであるはずはなかった。彼女は小さい頃よく埠頭に行っていた。外地から港の仕事を求めてやってきた人々が、日夜埠頭でうごめいていた。汗水が烈火の埠頭に溶け、雨となり海となった。それがほんとうの港街なのだ。彼女が初めて港街に移り住んだ時、唯一の四階建てデパートが高雄のランドマークだった。その他多くの平屋に住んでいる人々が高雄にいる人々の姿であり、田舎からこの港街に移り住み出稼ぎに来ている多くの人々の姿であった。彼らは高さがまちまちの建物や小路、横丁に身を寄せ合い、互いの故郷への思いを背負い、だれかれ隔てなく互いに労わり慰めあって生きていた。高層ビルは決して港街高雄の精神を表すものではなかった。それは単なる金銭による侵略の文明が残した遺物でしかないのだ。

彼女は弦をつま弾きながら歌い出した。

「今夜もまた雨がしとしと、異郷の都会で……」

小さい時、同じ港に住む隣家のラジオから絶えず聞こえて来たこの悲哀な調べは、祥浩の子供の頃の思い出の歌となっていた。

彼女は歌いながら晉思を目で追った。晉思は椅子に深く腰掛け、同卓の部員とぼそぼそと談笑を続けていた。晉思はどうしてわたしの歌を卑下し、軽んじるのか。祥浩は自分の心が涙しているのを感じ、さっとギターのコードを換えて「オリーブツリー」を歌った。さまよう歌声、さまよえる心、果てしなく高く遠くへ広がる歌声――彼女はもう晉思を追いかけようとはしなかった。彼のその冷淡さが耐えられなかった。

何曲か歌い終えると、彼女はギターをだれかに渡し、みんなに別れを告げた。自分には家庭教師の仕事があると言い残して……。

雨滴は少しずつ大きくなり、深々と惑いを深める夜を打った。何人かの男子部員のだれが祥浩を送っていくか議論になった。祥浩が断わろうとした時、晉思がすっと立ち上がった。

「おれが彼女のチーム長だ。おれが送るのがスジだ！」

晉思はドアのところで自分の傘を受け取り、祥浩の傘も広げてくれた。胡湘は出てきて祥浩に告げた。

「家庭教師が終わったら、また戻ってきて」

「遅くなるから、みんな待たないでね」

祥浩は答えた。胡湘は晉思のほうへ振り向くと、憂いをたっぷり含んだ目で真っ直ぐ見つめながら言った。

「送ったら戻ってくるのよ」

祥浩は胡湘がみせた不安は気にも止めず歩き出した。その後ろに晉思が続いた。二人はそれぞれ自分の傘を差し歩いた。

狭い小路を出て、二本の傘は平行になった。

「送ってくれなくてもいいのに。この道、わたしはいつも雨だろうと風だろうとずっと一人で歩いてきたの。もうすっかり慣れているわ」

晉思は優しげな笑みを浮かべ、斜めに傘を傾げた祥浩をずっと見つめていた。彼女が振り返ると、晉思と目が合った。やっと彼は視線を前に戻した。

「冬休みに高雄へ胡湘を訪ねて行ったんだ。楽しかったでしょ！」

「なんでおれが胡湘を訪ねて行ったってわかるんだ？」

「胡湘がさっき言ってたじゃない、あなたが訪ねて来たって！」

「きみが出て来なかったからさ」

「行ったわ。でも、もうどこかへ行ってしまった後だったけど…」

晉思は皮肉っぽい口調で返した
「誤解があったようだなあ。電話で出てこれると言ってくれれば、胡湘のところを訪ねたりしなかったのに」

晉思の言葉に、祥浩は心の中で小さく抗議の声を発した。

――あなたはちっとも待てないというの！　わたしがいなかったらだれか代わりがいないといけないの！――だが、さきほど胡湘が雨に濡れた晉思の洋服の袖口を折る、あのやさしい親密な動作を思い出し言葉を飲んだ。彼女は到底胡湘には勝てないと思った。どうして代わりに胡湘が選ばれなければいけないのかを追求する権利は彼女にはなかった。

古い街並みを通って渡し船近くの小路を入り、市場を抜け出た時、二人のズボンはすでにずぶ濡れになっていた。晉思が口を開いた。

「雨風の中、丘を降りたり上ったりたいへんだね。これからはおれが迎えに来てあげる」

「いい天気のときが多いわ」

「あとでまた迎えに来る」

晉思は祥浩の返答を許さず勝手に宣言した。二人は家庭教師をする学生の家の階下で立ち止った。祥浩が階上に上りながら下を見下ろすと、立ち尽くしたまま自分の姿を追っている晉思の姿が目に入った。彼は本気で言ったのだろうか？

家庭教師の二時間は気もそぞろだった。晉思はほんとうに傘を差したままそこで待っていた。雨はずっと降り続いていた。彼のズボンの裾はすっかり濡れていた。懇親会に戻って、もう一度来たのかと聞いたら、戻ってない、渡し船の乗り場で水面に降る雨を見ていた、対岸の山の家々から漏れる光を見ていた、と答えた。あまりにも淡々とした冷ややかな言い方だったので、ほんとうにそうしていたのか疑いさえした。

「どうして懇親会に戻らないで、雨なんか見に行っていたの？」

晉思が何か言ったが、そのため息のような声は風の音にかき消され、彼女にははっきり聞こえなかった。ただ晉思の視線が彼女の顔を通り過ぎて、再びずっと遠くの虚ろな冷たい雨の中に戻っていったことはわかった。

「きみを待つためさ」

彼女にもはっきりと聞こえた。彼女の皮膚という皮膚が一気に潤い、赤らんだ。二人が市場へ抜ける狭い通りを出た時、雨はどしゃ降りとなった。二人は腕までずぶ濡れになった。海風がさらに雨を斜めに吹きつけ、二人はほぼずぶ濡れになった。

「この雨じゃ山へは上れない。傘も使いものにならんな」

「雨が止むまでどこか店でも探して……」

「こんな濡れネズミで店に入っても、気持ち悪いだけだよ」

二人の傘は強風で弓なりになり、骨組みを露わにして壊れる寸前だった。晉思は彼女を連れて駅の近くの小路に入って行った。住宅が林立しているところだった。彼は祥浩を自分の住む部屋に連れて行こうとしていた。

四階建てのアパートの三階に晉思は住んでいた。数戸の部屋に仕切られた典型的な学生アパートだった。祥浩は部屋に入ると急に寒気が襲ってきた。唇が紫色になり体が震え始めた。

彼女は両腕できつく胸を抱えた。晉思はクローゼットから少し皺になったロングシャツとパジャマを引っ張り出し、熱いシャワーで体を温めてくるよう促した。共同のシャワールームの籠には女性用シャンプーが置かれていて、男女共同の学生アパートらしかった。ここは晉思が住む場所で、晉思がシャワーを使っている場所だと考えると、祥浩の中に得も言われぬ感覚が芽生え、恥ずかしさがこみあげてきた。パジャマを着ると、シャワーを浴びてほてった体に、ビロードのパジャマの柔らかい生地が張りついた。パジャマの下には何もつけていなかった。こんなパジャマの着方は今まで一度も経験がなかったので、祥浩はなんとなくそわそわし、気持ちが落ち着かなくなった。パジャマが大分大きめだったので、彼女は晉思に両手でしっかりと腰を抱かれているように、腰紐をきつく締めた。そして、ずぶ濡れになった服を抱えて晉思の部屋に戻った。

ドアは開いたままだった。晉思はジャージに着替え机に向かって何か書いていた。彼も別のシャワールームでシャワーをすませていた。二人の体から石鹸の匂いが漂い、石鹸の仄かな芳ばしい香りが部屋中に充満した。

「どうしてこんなすごい雨になったのかなあ」

祥浩は濡れた服を抱えたまま立っていた。部屋の中には服を干せる場所がどこにもなかった。唯一の椅子も晉思が座っていた。シングルベッドの上には整然と毛布と枕が畳んで置かれていた。薄茶色の絨毯には二人が部屋に入ってきた時につけた濡れた足跡が残っていた。

壁には大きなポスターが張られていた。男性がピカピカに光る床の上で力強く踊っているデザインだった。その部屋はきれいにリメークされていた。この雨でなければ、彼女がここに来ることなどありえなかった。晉思は机に向かって何か書きものをしていた。ジャージの丸襟から伸びた首は滑らかでがっしりとしていた。彼女はその首に近づき、軽く唇を当てて暖かさをわけてあげたかったが、ただ部屋の隅に突っ立って、濡れた服を抱えたまま途方にくれていた。

晉思はゆっくりと頭を上げた。目が彼女の茶色のパジャマの上を泳いだ。立ち上がると手に持っていた彼女の濡れた服を取り、一枚一枚ベッドボードの上に干した。自分のコットンの下着を晉思に見られた時、彼女は赤裸々な体を晒されているような激しい羞恥心に見舞われた。両腕で大きなパジャマの胸元を抱き、ベッドの縁に座った。

窓の外の雨は止む気配もなく降り続いていた。雨が窓ガラスをとんとんと打ちつける音が寒さをいっそう募らせた。彼女はさらに強く、腕を回してパジャマの上から体を強く抱きしめた。晉思が抱きついてきたら、羊のようにじっとその胸に寄り添って体を埋め、雨が上がるまでそのままいつまでも、じっと彼の温もりを感じていたいと思った。

晉思は来なかった。晉思は椅子に戻り、片手は椅子の背に、片手はペンをくるくると回しながら祥浩を見ていた、その目は火のように燃え上がり、冷たく凛とした夜を赤く照らしていた。だが、彼はその熱を壁際の本棚に向けて発散させていた。彼の耳にも、止もうとしない雨音が聞こえていた。

「今晩、ここに泊まるしかないなあ」

彼はドライヤーを祥浩に渡し、椅子に座って髪の毛を乾かすのをじっと見つめていた。立ち上がると、ドライヤーを彼女から受け取り、まだ濡れている髪の毛を乾かそうと指先を頭に滑らせた。髪の先をかきあげて熱風に当てようとした時、突然、頭を滑らせていた手が胸まで達し、手首を彼女の首に擦りつけた。一瞬、祥浩の全身がピクンと跳ねた。その手がもうすぐ彼女の虚ろなパジャマの中を模索するのではないかと妄想した。彼女は頭を下げて軽くその手にキスをしたかったが、晉思のほうがすぐに手を離した。彼はドライヤーを止め本棚の最上段の籠に仕舞った。彼は本棚のところに立ったまま再び彼女を見つめた。顔を上げられず、俯いたまま下を見ていた祥浩は、耳元で軽く「ごめん」という晉思の声を聞いた。彼は続けて言った。

「安心してここに寝てていいよ。明日送って行く。今夜、おれは隣の友だちのところで寝るから」

ドアが閉まった音を聞いて、祥浩はベッドの上に倒れこんだ。枕に顔を埋め、これまでの自分勝手な思い込みに嫌悪し、絶望感に打ちのめされた。すぐにでも山を上りたかった。伸ばした手がベッドボードの濡れた服に触れた。とたんに冷たさが背中までつんと走った。晉思のパジャマまでが冷たく感じられた。ドライヤーで服を乾かそうと籠に手をやると、籠の横に無造作に置かれた一束の写真が目に入った。一枚目は晋思が胡湘の肩を抱き海辺に立っている写真だった。右側に長い堤防が続いていた。それは淡海で唯一海に向かって延びた堤防だった。二人とも半袖で、夏に撮ったものだった。嫉妬と好奇心にかられ、彼女は次々と写真をめくった。新聞部の集合写真に、二人が肩や腰に手を回して抱き合う写真があった。そうだったのだ。二人は新聞部で出会い、とっくにみんなに認められた仲だったのだ。

祥浩は写真を元に戻した。雨音は狂気に満ちた狩人となり、彼女にあった情熱をすべて狩り取っていってしまった。机の上には晋思が先ほど書いていた紙が置かれていた。ペンも横たわっていた。彼女はペンをどかして、その紙に目を落とした。

篠突く夜雨は／流浪する我が心の如し／漂流者に居場所なく／夜の雨の後／君の暖かな羽に朝日が昇る／而して我は今風塵に晒され足跡は困憊の裡／只君を見つめていることしか／君の純粋で幼き顔を見ているしか／夢が砕け散り、風と共に逝くまで

彼は詩人だったのだ！　深淵でロマンチックな夢を見ているのだ！　だが、もう何事も起きないだろう。祥浩の心の中の情熱はたった今、死んだばかりだった。さっき晋思が彼女に抱きついたのはほんの一瞬の気の迷いだったのだ。彼には胡湘がいる。胡湘のために、わたしを避けて彼は他の部屋に行った。胡湘への純真な愛を通すために――

祥浩はその詩の最後の一文字「逝く」を「起きる」に変えた。そして彼女はその文字を書

き換えたことも忘れてしまったように、疲れきった体をそのまま机に伏せ、寝てしまった。

次の日、太陽は眩しく燦燦と輝いていた。一夜の風雨が空を一新し、ガラスを透して射し込んでくる明るい光りに彼女は起こされた。パジャマを着替えた。服はまだ湿っていたが、この日差しの中を山に上るのだ。服が少々濡れていても構うことはなかった。部屋に戻りさえすればすぐにでも乾いた服に着替えられるのだ。

祥浩はパジャマをきれいに畳み、整然とリメークされていたベッドの上に置き、帰らぬ路を行く壮士の気持ちでそこを去った。

一四

この学期に起きたことは、驚かされ、不安にさせられることばかりだった。生活は彼女が考えていたほど単純ではなかった。新入生として入ってきたばかりの時のように、すべてを驚嘆し感嘆しながら物事を見るわけにも行かなくなったからなのかもしれない。新しいものが使い古した道具のように隅っこに押しやられ無視されるようになってくると、ふだん気にもならないことが逆に目につくようになってくる。

祥浩は完全に新聞部を退部した。胡湘は彼女がフォークソングレストランで歌う目的のため、家庭教師と授業以外の時間をすべてギターの練習につぎ込んでいることを知っていた。校内で偶然会ったとき、失踪という形を取って部活を去った部員が理想のために努力するその志を褒めたが、陰では祥浩は個人的な利益を優先し団体の栄誉と使命を投げ出したのだと嘲笑していた。彼女は新聞部の責任者として、どうしてもその能力を突然失うことに耐えられなかったのだ。祥浩は彼女の目から冷たさを感じたが、祥浩も彼女を受け入れがたく思う理由を理解していた。彼女は胡湘に女性としての敗北と無知を感じていた。祥浩は自分が愛情を受け入れる準備を整えたと思った時には、既に目の前のこの女性が自分より先にその味を試していた。例え胡湘が他人の前で彼女の自己中心的で自分勝手さを吹聴したとしても、祥浩はもう胡湘となんら係わり合いを持ちたくなかった。

今、祥浩は心底から一人立ちしたいと考えていた。毎週日曜日、彼女は列車に乗り台北市内に行った。足早な人々でごった返す台北駅からバスに乗り換え、いろいろなフォークソングレストランに行って歌を聴いた。彼女はプロの歌手の歌唱力や歌唱法を知りたかったし、自分に店長と談判する資格があるかどうか試したかった。彼女は台北市内の大学に通う昔の同級生にこれらのレストランの分布を調べてもらった。大学近辺のフォークソングレストランは日に日に減り、代わりに恋人と二人で映画も観られ飲み物も飲めるＭＴＶボックスという個室レストランが増えていた。彼女が選択できる店はどんどん少なくなっていた。何週間にもわたって続けた調査の結果、彼女は純粋なフォークソングレストランはもうなくなっていることにも気がついた。何年か前に流行った学園フォークソングがこれらのフォークソングレストランでさえ歌われることはほとんどなくなっていた。歌手らは流行のポップスか、かつてフォークソング歌手が歌った名曲か、西洋の古いラブソングを歌っていた。また、レストランに来ている客からフォークソング以外の今の流行歌をお願いされることもあった。梁兄が言ったようにフォークソングの時代は過ぎ去っていたのだ。この時代の若者はもう自分たちで自分たちの歌を作らなかった。いつか、フォークソングレストランという看板も取り外されてしまうだろう、何か想像もつかないような新しいものに代わるかもしれない。いずれにしろ彼女が手に入れたいのは今なのだ。今すぐにステージに上がれる店なのだ。

毎回違うフォークソングレストランからの帰りに、彼女は祥春のところに寄り二人で夕食してから自分の街に帰った。祥春はまだあの狭い小路の古い二階建てに住んでいたが、仕事の現場は変わっていた。彼の仕事は転々と彷徨う仕事だった。現場から現場へと移り、一つ仕事を終えれば次がどこに行くのかわからないという仕事だった。祥春の信用と丁寧な仕事振りは口コミで広がっていたので、彼の下には次々と仕事が舞い込み、常に二、三カ月先まで予定が入っていた。仕事の現場で、祥春は飛び散る木屑と鼻を衝くシンナーの匂いに耐えながら懸命に働き、顧客の要求に応えようとしていた。彼の師匠も彼が獲得した顧客の信頼を評価し給料を上げたが、彼はお金をほとんど使わない生活をしていた。現場から次の現場へ移るまでのわずかな休暇を、彼は日差しが十分に射し込むこの部屋に寝そべり読書をして過ごした。それが祥春にとってのいちばんの楽しみだった。もう少し羽を伸ばすべきだと思った。特にいっしょに遊んだ友人もなく、身寄りもまったくないこの知らない都会で、いつも仕事と孤独な読書だけに明け暮れる日々を過ごしていたら、ついには輝きを失った暗い星となり、暗澹たる宇宙に飲み込まれてしまうだろうと心配した。

祥春は炊事をしなかった。台所の唯一の使い道はポットの置き場だった。長兄らはいつも住居の近くで夕食をとった。祥春はちょうど一つの現場を終えたばかりで、次の現場が始まるまで一時の余裕ができたときだった。この数日の仕事の間隙が、何週間にも亘って台北にやってくる妹に注意を向けさせた。祥春は、夜でも車が目まぐるしく往来しそのヘッドライトの反射がガラスを乱雑に輝かせるステーキハウスに妹を連れて行き、壁際に席をとった。祥浩はベルメットのカーテンがかけられ、窓辺に一列に緑が植えられたレストランでステーキを食べるのは初めてだった。祥春はいつも彼女にとても優しかった。彼女は何度も台北に来た秘密を言わざるを得なかった。

「フォークソングレストランで歌おうと思っているの。今、歌わせてくれるレストランを探しているところ」

祥春の目が彼女の顔にぴたりと止まった。祥浩の顔が地図にでもなったかのように長兄は細かくこの地図を読んでいた。長い時間が流れた。彼はナイフとフォークを置き、身を正してから厳しい語気で問い質した。彼女も思わず体を起こした。

「身の安全については考えたか?」

「その心配はないよ。フォークソングレストランって単純だし、客のほとんどは学生よ」

「学生だからって安全じゃない。考え方が甘いんだ。おまえがふつうの顔をしているんだったら、おれはそんなに心配しない。でも、おまえのその顔は災いを呼ぶ。母さんがおれにおまえをよく見ておけと言ったわけはそういうことなんだ。おまえになにかの過ちがあってほしくないんだ」

「台北の街角で、ちょっと顔がいいからってどうなると言うの。曲がり角を曲がればいくらでも出会うような顔だわ」

「それは違う。明かりが当たるところに座り、決まった時間、決まった場所で知らない人々の前に現れれば、予測できない何かが起こりうるということだ」

「考えすぎよ」

「そうであってほしいね」

二人は互いに黙り、またナイフとフォークをとった。白いヘッドランプと赤いテールランプが窓ガラスの上で交差し、夜の繁華街の華やかな喧噪を炙り出した。彼らは都会の過客に過ぎず、せわしない都会で一時ゆっくり豪華な食事をする空間を見つけただけなのだ。

しばらくの沈黙の後、祥春は言った。

「どうしてもフォークソングレストランで歌わなければならない理由を一つ教えてくれ。それだけでいい」

祥浩は考えることもなく答えた。

「歌が好きだから。わたしの才能を活かして独立した生活をすることがどうしていけないの。わたしはお母さんを頼りたくない。あの熱い蒸気の中で娘の学費のため、生活のために苦労しているお母さんに頼りたくないの」

彼女は祥春のいちばん脆い弱点をついた。祥春はいちばんの母親思いの息子だった。自分を奮い立たせて懸命に働くのは、母親をあの生活の苦しさから救うためだった。祥春の眉間の皺は徐々に弛んできて、少しは食事を楽しむ気分になったようだ。一口水を飲むと、やや老成した顔で言った。

「おまえの考えはわかった。おれはおまえを止められない。おれたち兄妹の体には恐ろしい頑固な血筋が流れているんだ。たとえおまえにはお母さんの半分しかないとしてもな。人々の前に出ることは、おまえにとって大きな試練になるだろう。おまえはよく人を見、周りを観察して自分を守ることだ。何かあったら、まっさきに長男のおれが相談にのるから」

「たとえおまえにはお母さんの半分しかないとしても……」

祥春が早口でそう言った時、目にキラリと光るものを見せたが、祥浩はそれは半分が父親譲りで、半分が母親譲りであることを指しているのだと思い、意に介さなかった。

それ以降、祥春は彼女につき添い、彼女が選んだ大学付近にある二軒のフォークソングレストランを見学に行った。祥春が住む場所からはそう遠くなく、それが彼には安心だった。祥春の了解を得た後のある日、祥浩は自分でギターを持ち、淡水から早朝の列車に乗ってその中の一軒の店の営業前の時間を狙って売り込みに行った。面談を申し込むと、店主は忙しそうに厨房から出てきた。四十歳くらいの朴訥に見える顎の張った顔をした人だった。彼にこのレストランで歌いたいと言うと、鋭い目ですばやく彼女を上から下までなめ回すように値踏みしているのがわかった。そして、もう十分に歌手がいると断ったが、一回チャンスをあげるとも言った。

彼女は自信と畏れが入り交じった不安な気持ちでレストランにやってきた。歌に自信はあったが、歌手が大勢いる中で、さらに店主が彼女にチャンスをくれるのかどうかまったくわからなかった。この「木棉」という店は繁華街の服飾店の二階にあった。店の横の狭い階段を上がると、制服を着た何人かのフロアー担当がカウンターやらテーブルを整え開店の準備をしていた。ジューサーからは小さなモーター音が唸りをあげて鳴り響き、ウエイトレスが一人その傍で見守っていた。カウンターの上の大きな籠は皮を剥いて塩漬けされたリンゴでいっぱいだった。この店では特製の磨りリンゴをトーストに塗って焼いたパンが目玉商品になっていた。そのウエイトレスは開店前に磨りリンゴをたっぷり作って用意していた。

この日、店主は特別に早めに来ていたようだった。彼は椅子に座って働くこれらの使用人をじっと見ていたが、祥浩が店に入るや否や、すっと立ち上がって歌手が歌う小さなステージに案内した。そこには椅子が二客おかれていた。彼はそこにいっしょに座るように指示した。二つのマイクの一つは歌手に、一つはやや低めでギターに向けられていた。祥浩は素早くその椅子の一つに座った。店主も時間を無駄にしたくなかったのか、手でテカテカ光る額を撫で薄い髪を掻きあげながら、背後に張られたさまざまなレコード会社のポスターを指差した。

「ここの客はよく新しい流行の曲をリクエストするんだ。だから、おれのところの歌い手は歌を素早く習い、客の要求に答えなければならんのだ。歌い手にはちょっと厳しいが、客がリクエストした歌を度々歌えないようならその歌い手はもうクビだな。ここで歌いたいという者はよりどりみどり、ほんとうに大勢いるんだ。ここでは歌い手は選び放題なんだよ」

祥浩は調音しながら、ウエーターらが店主のオーディションを受ける歌手の卵がどんな歌を披露するのか興味津々に見つめる視線を感じた。聴いてくれる人がいるだけで、彼女は歌う元気が高揚してきた。店主は彼女の覚悟と勇気を試す話をいろいろしていたが、彼女はこの何カ月かでギターを弾けるようになったのだから、歌の試験なんてどうってことはないと考えた。後ろを振り返った祥浩は、色鮮やかなポスターの中からかつてのフォークソングライターが歌う新曲を選んだ。それはフォークソングではなかったが、校内にも多くのファンがいて、だれもがリクエストをするような曲だった。この新曲を選んだのは、先ほどの店主の言葉への彼女の意趣返しでもあった。ホールにいる者は、彼女の歌にじっくり聴き入った。

彼女は続けてフォークソングを二曲、さらに西洋のラブソングを一曲歌った。店主は椅子から立ち上がって彼女の前を行ったり来たりしたが、彼女は少しも惑わされることなく、音一つ、弦一つ間違えずに歌いあげた。ウエーターたちは仕事の手を止め彼女を見ていた。空調設備でさえ止まったかのようで、そのフロアに響く音は、ただ彼女の歌声だけとなった。

彼女がギターをおいた時、ちょうど営業開始の時間となった。客はまだだれも入ってこなかった。店主は壁に張られていた一枚のスケジュール表を剥がし、彼女をうながして窓辺のテーブルに座った。そのテカテカ光る顔から笑みがもれていたので、彼女はもう答えがわかったと思った。

祥浩は燕のように軽やかに椅子に座った。

「きみの声の質はとてもいい。洋楽もすばらしい。まず一、二カ月試してみよう。二、三回来たらもう来なくなる人もいるからな」

店主は、スケジュール表を見ながら彼女に尋ねた。

「スケジュールはもういっぱいだなあ。多くても一つくらいしか入れられないなあ。昼と夜どっちがいい?」と
「夜!」

「じゃあ、この日だな!」

店主はスケジュール表のある日付けの夜にマークをつけた。

彼女は夢にまで見たこの仕事を手に入れた! レストランを出て初めて触れた外の空気は、これまでに触れたどんな空気よりも芳しかった。車が行き交う排気ガスが交じっていたが、彼女は深々と吸い込むと、新しい人生が始まったことを実感できた。彼女は自分が長い間の眠りから突然目覚め、強烈なスポットを浴びる舞台に踊り出たような新鮮な眩さを覚えた。

隣のレコード店のシャッターは開けられたばかりだった。彼女はその日の一人目の客となり、十何曲もの新曲テープを選んでカウンターに向かった。眠りから覚めたばかりで、腫れぼったい目に濃いライトブルーのシャドーを入れた店のオーナーは、開店して五分で十何巻

ものテープが売れた幸運に慌ててしまい、ふつう絶対にありえない値引きをし、その上ニコニコしながら祥浩を店外まで送って、どのバスがいちばん早く駅に行けるか教えてくれた。

週にたった一枠しか歌えないことは市の中心から遠く離れたところに住む彼女にとって割に合わない仕事だった。その上、テープを買ったり服飾品を買ったりするコストも計算すると、むしろ持ち出しのほうが多くなった。が、これは始まりで、これから二枠、三枠と増えて行くかもしれない。他のレストランが見つかるかもしれなかった。彼女は淡水に戻る列車の中で、生活が希望に満ちていくのを感じた。沿線に続く淡水河が陽光にキラキラ輝いた。彼女はこれほどに清らかで澄んだ水面を見たことがないと思った。

祥浩は家庭教師の仕事を一つ辞めた。夜の時間を作り、レストランへ歌いに行けるようにするためだった。彼女は黄昏の中、長距離バスか列車に乗って台北市内に行った。夜の帳が降りた頃、二階にあるあのレストランで食事をとる恋人たちのために歌った。祥春も時々一人で来て隅の席に座り、彼女の歌を聴いた。夜十時になると彼女を駅まで送り届け、夜を追いかけてあの街へと帰って行った。祥春が忙しく、その座り慣れた隅の席に他の客が座っている時は、なんとなく寂しく感じられた。

祥浩が淡水の街に戻る時間は、往々にして深夜零時になった。帰りの上り道は、時には澄み切った星空で、時には月も星もない暗い夜だった。雨の夜は彼女は準備していた防水カバーを取り出してギターに被せた。部屋に練習用ギターをおき、仕事用にレストランにもギターをおいておけば、毎回混んだバスにギターを抱えて乗り込む辛さを味わわなくてもよかったが、彼女は常にギターを傍らにおいて自分のお供にするのにこだわった。特に夜、雨に降られ、しとしとと雨粒に打たれる時、晉思と共に過ごしたあの雨の夜の記憶が彼女の心をぎゅっと締めつけ、ぐぢゃぐぢゃにされるのだった。そんな時、彼女はいっそう強くギターを抱きしめ、自分の心を慰めずにはいられなかった。

歌のステージが生計を立てるための主な仕事となり、それなりのストレスともなった。客からのリクエストは多種多様で、最近少しずつ流行を見せはじめた台湾語の曲までもあった。いろいろなところへ行って歌のテープを手に入れ練習を繰り返す毎日は、彼女の精力の大半を使い果たした。校内を新曲を口ずさみながら歩いているとき、ふと観音山が目に飛び込むと、いいようのない孤独の糸が彼女をがんじがらめに縛った。晉思と偶然に出会える期待を秘めながら、それが単なる妄想に過ぎなかったことも自覚していた。あの大雨の日の次の朝、彼女は自らの無知と鈍感が織り成した迷宮から抜け出すことを決心したのだった。

ある日、如珍は梁銘を連れて彼女が歌うレストランに現れた。梁銘の顔に嬉々とした驚きの表情が顕れ、ずっと笑みを浮かべて彼女のことを見ていた。祥浩はその笑みの意味を知っていた。その晩彼女は、リクエストされた歌のほかは、歌う歌のすべてを学園フォークソングに代えた。ギターをつま弾く彼女の指にはタコができていた。短期間でギターを必死に練習した結果だった。祥浩は歌で彼らに喜んでもらおうと思った。彼ら以外にだれを喜ばせればいいのか、だれが喜んでくれるのかわからなかった。いったいわたしはだれのために歌えばいいのだろう。梁銘はずっと学園フォークソング最盛期の時代に生きている。彼の笑顔を見れば、自分の歌が彼に喜びを与えたことが見て取れた。彼は祥浩が歌い終え、ギターを持って彼のとこへやってくるまで、ずっと手に暖かなコップを持ち続けたままだった。

一五

学期末に学生活動センターで卒業ダンスパーティーが開催されようとしていた。如珍は興奮し放しで、部屋の中で服をあれやこれや試着しては祥浩の意見を求めていた。いつもなら自分のセンスに大変な自信を持っている如珍は、砲口からのダンスパーティーの誘いにすっかり判断力を失ってしまっていた。

「彼はいつも自分一人で踊りたがっていたのに、四回生の人からなんとかしてチケットを手に入れて誘ってくれたの。すごく不思議って思うでしょ?」

「あなたのために自分を変えたのね」

「そりゃそうよ。これまでどれほど秋波を送り続けたか。バカじゃなければ、ネッ!」

「阿良は踊らないの?」

「彼はでくの坊よ、踊れるわけないじゃん」

如珍はやっと祥浩も賞賛したアイボリーの半袖とロングスカートのセットを選んだ。そして彼女はため息を漏らしながら歎いた。

「あ〜ぁ、開催側が膝下スカートって決めていなかったらなあ。ロングスカートを穿いてクイックステップを踏むなんて今時世界中どこに行ったってありえないわ。考えられる?ジルバを踊ってて、足にスカートが絡まって上がらない姿なんて」

大会への愚痴はこぼしても、彼女の喜びは少しも色褪せなかった。長く引きずったスカート丈を手で少し引っ張りあげ、いそいそと出かけて行った。丘の上には柔らかな夏の風がそよぎ、彼女を憧れの人の下へと誘った。

如珍が出かけて間もなく阿良がやってきた。彼はビシッと真っ白いシャツを着て、ふんわりした柔らかな襟の下に、細長い藍色のネクタイを結んでいた。めちゃめちゃに興奮した声で、部屋の中に向かって如珍と叫んだ。祥浩はドアの前からスッと体をずらし、がらんとした部屋を見せた。

「彼女、ほんとうにいないの? 今夜は部屋にずっといると言ってたのに」

阿良は襟を少し正し、あの窮屈で派手なネクタイを引っ張り、慌てた口振りで続けた。

「あんなにダンスが好きだからさ。ちょっとサプライズしてあげたかったのに……。卒業パーティーに連れて行こうと思ったのに……」

「前もって約束しないと」

「誰か他の人と行ったの?」

阿良は頭を下にして如珍のベッドの下を覗き込んだ。如珍はいつもいちばんいい外出専用の靴をそこに置いていたからだ。そこに如珍がふだん履く靴しかないのを確認すると、阿良の顔は瞬く間に失望と疑惑の表情に変わった。その曇った表情に、光彩を放つネクタイさえも色褪せて見えた。

「どうしておれを騙すんだ。出かけないって言ってたのに！」

阿良はぶつぶつと呟き、殴られたかのように頭を左右に振った。分厚い眼鏡の奥から怒りに満ちた視線を放ち、祥浩を思わず戦慄させた。彼は自分のテリトリーを荒らされ激怒している獅子のようにドアの前に立ち尽くしていた。

「ただ遊ぶのが好きなだけよ。あなたがダンスを好きじゃないから、他の人とちょっと踊ってもいいかなと思ったんじゃない？」

祥浩はなんとか慰めようとした。

阿良は急にくるりと振り返って言った。

「彼女を探してくる！」

その声とともに、阿良はもうアパートの階段口に消えていた。

何十分か過ぎた。阿良が離れる時に見せたあの鋭く凶悪そうな視線は祥浩を不安にさせた。彼女は読んでいた本を閉じ、ロングスカートを引っかけセンターに向かった。宮灯街道を行けばダンスパーティーのあの心躍る喧騒音がうっすら聴こえてくるかと思われた。センターに近づけば近づくほどダンスミュージックは雷のように上からドドドーッと叩き落ちてきて、彼女の脈を強ばらせた。久しぶりにダンスパーティー会場に来たせいなのか、それとも阿良のあの鋭く突き刺すほどの視線と、ロングスカートを穿いた活き活きとした如珍の対比のせいなのか、祥浩にはわからなかった。不安な心を抱えたまま、彼女は活動センターの前に立った。前後二つの門では、それぞれ卒業準備会のスタッフが門番をしていた。彼らはチケットを切り、規定外の服装を着た学生の侵入を防がなくてはならなかった。彼女がドアまでやってきてあいさつを交わすと、その中の何人かは祥浩を知っていた。たいへん活躍している四回生で、よくいろいろなサークルに出入りしている先輩の一人は、もちろん彼女がこの前のフォークソング大会で意表をついて優勝し、みんなを驚かせた英語学科の学生であることを知っていた。彼らはだれもが彼女が一人でいることに驚いた。眼鏡の奥で目をまん丸くしたその中の一人が「だれにも誘われなかったのか？」と声をかけた。祥浩は答えなかった。

「入らせてもらってもいい？ 人を探したいの」

その彼は祥浩を中に入れると、パーティー会場の中まで案内した。

「おれ門番しなくてもいいんなら、あなたと絶対一晩踊り通すのに」

そこには既に多くの学生が壁際に沿ってたむろし、ダンスホールの中で踊る影を見ていた。

「見てみな。一人の人も多いよ。彼らはみんな上手なんだ。ここに来てダンスの相手を物色しているのさ。あなたも早く相手を探すといいよ」

祥浩はゆっくり壁際に沿って移動した。目はホールの中で夢中になって踊る人影を追いながら、体は自然に曲のリズムに合わせてゆっくりと動き出していた。彼女は踵でスーッと体を移動し、阿良と如珍、それと砲口を探した。音楽は高度な扇情力を持ち人々に最も純なる情感を表出するよう促していた。彼女は花壇に近い壁際で、壁から遠くないホール内にいる如珍と砲口の姿を捉えた。如珍は砲口が両腕で彼女の腰を抱かざるを得ないように、彼の肩をがっちり抱き、頭を砲口の肩に埋めて踊っていた。二人の足取りは不自然に硬直しているため、抱き合った二人はやや左に傾きかけていた。だが、その姿がどれほど不自然であっても、それはやはり恋人がもうすぐ卒業し、軍隊に入る彼との別れを惜しむ大学生カップルにしか見えなかった。壁のもう一方では、祥浩からほんの少し向こうで、小臣が冷やかしで見物しているかのように壁に沿って行ったり来たりしながらホールを眺めていた。その横のほど近いところに、どんよりと沈んだ顔色の阿良が屍のようにまったく動かず壁にもたれかかって立っていた。祥浩は心配になった。彼がこの麗しく浮ついた灯の下で倒れやしないかと本気で恐れた。彼女は近づいて行って、軽く彼の服を引っ張った。

「踊る？ いっしょに行って踊ろうか」

阿良は反応しなかった。眼鏡には灯の煌きが映り、砲口と如珍の抱き合う姿が時々映った。彼は顔を背け、祥浩に悲壮そうな笑顔を見せて聞いた。

「如珍の踊り、きれいだよね？」

その後二、三曲続いたが、彼はもう一言も発しなくなった。祥浩は如珍と砲口の関係をどう説明すればよいのかわからなかった。祥浩は如珍の夢がずっと砲口の愛を手に入れることだったことを知っていた。嘘をつくならいっそ言わないほうがいい。阿良の沈黙は風雨に揺れ転覆しそうな筏のように、もうこれ以上どんなものも載せることができなくなっていた。どんな慰めの言葉も、今の彼には無駄だろう。大学に来たばかりのその日、阿良が手伝ってくれて祥浩は自分の小さな城を作り上げることができた。その恩のためにも、彼女は傍にいて少しでも彼の慰めになれればと思ったが、阿良の目には如珍と砲口の踊る姿しか入っていなかった。彼の耳には大音響のこの音楽さえ耳に届いていないように感じられた。

その時、彼女はホールの中で器用に飛び回る人影を見た。それは人ごみの中で特別に力強く、流れる音楽の中を魚のように動き回りパートナーの輝きをすっかり失わせていた。彼は度々パートナーを代えていた。すべての曲で、すべて違う女の人を誘った。彼にとっては、だれかと踊るのは形式だけだった。彼はいつも一人で踊っていた。自分だけのダンスを踊っていた。彼女が初めてダンスパーティーに参加した時、彼は彼女を一曲だけ誘い、その後一度もいっしょに踊ったことはなかった。彼女は彼が女性を誘って踊る時、壁際にいる彼女のことに気づいたのかどうかわからなかった。しかし、彼女は知っていた。この晉思という踊り手は、彼独自のステップでいつでも彼女の深奥を揺さぶり感動させるのだ。

彼女はどこかに隠れる場所がほしかった。彼女は急いでこの騒々しく浮ついた場から離れたかった。だが、阿良はまだ立っている。阿良と祥浩は、愛を失った二つの魂だった。

祥浩は寝室に戻りギターを撫でた。静まり返った夜、彼女はふいにギターをつま弾き周りの静けさを乱した。いつもそうだった。彼女はギターの弦を一つ一つ撫で、心の波動が夜のように静まり返るまでいつまでも撫で続けた。活動センターのダンスミュージックが鳴り止み、パーティーは終焉し、群衆は散っていった。彼女がそう感じたその時、鍵束を揺らし震えながら鍵穴を探す音が聴こえた。如珍が裸足で部屋に倒れ込んできた。半袖の襟口の第一ボタンは剥がれ、アイボリーのスカートのボタンは背中から腰の脇まで斜めにずれ、ストッキングは引き裂かれ皺くちゃになって足首のところに丸まっていた。髪が首や顔に貼りつき捩られたように重心を失った体は、真っ赤な首の傷跡がはっきり露になっていた。如珍は息を乱して机に伏せった。祥浩は近寄って彼女の肩を抱いた。如珍の泣き腫らし乾ききった目はいつもより異様に大きく、大きすぎる二つの空洞のようだった。あぁ、翼の折れた天使、祥浩は彼女を胸に抱いて尋ねた。

「どうしたの?」

如珍は彼女の境遇に打ちのめされてはいなかった。祥浩の暖かな腕を抜け出し、壁にあった鏡の前に行って自分の姿をじっと見た。手で襟を引っ張り、真っ赤になった傷跡を撫でた。

「阿良に首を絞められた!」

高ぶる気持ちで、頬に少し赤みが戻っていた。

「一晩ずっと砲口と踊ったわ。やっと砲口がわたしのことを愛してくれているってわかった。スローステップの曲ではわたしを強く抱きしめてくれたの。でもね、最後の曲の時に、今までダンスパーティーになんか絶対参加しなかった阿良がやってきてダンスを誘ってきたの。そしたら砲口は阿良を見てそのまま行ってしまったの。パーティーが終わってわたしがいくら一所懸命探しても彼はどこにもいなかった。阿良って踊れないの。なのに、わたしの手をものすごく強く握ってさ。きっとわたしが砲口と踊るのを見て気が狂ったのね。ずっとわたしの足ばっかり踏んでいたし、わたしたちの姿って絶対かっこ悪かったわ。曲が終わっても手を握り締めたままで離そうともしないし、というかわたしを引っ張って横門の彼のアパートに連れて行ったの。アパートまで行くと、彼のバイクが停まっていて出入りの邪魔になっていてさ、そしたらバイクを蹴って、バイクのトランクにある縄を取り出した。で、聞いてやったわ、何するのよって。それでも何も言わないでわたしを上に引っ張って行って、部屋に入ったの。彼の手が緩まった時、わたし、きちがいかと彼を罵ったわ。彼ったら冷たく砲口が好きなのかって聞いてきた。わたし、隠したくなかったから、もうはっきりしなくちゃと思ったから…。でも彼が傷つくのも怖かった。わたしにずっとすごくよくしてくれていたから。で、わたしがぐずぐずいい言葉を探していると、あの縄をわたしの首に巻いたの。彼の目は狼になっていたわ。わたしを食べてしまわないと気がすまないほど憎くて仕方ないといった目をしていた。あれは阿良じゃない…。彼は力いっぱい首を絞めてきた。縄がわたしの首を擦ってきな臭い匂いがツーンとしてきて、あぁ、わたしはこの熱さ、阿良の嫉妬で死ぬんだと思った！　わたしは必死で両手で縄を解こうとした。力を振り絞って彼のお腹を蹴ったわ、無我夢中で蹴って、蹴って、蹴りまくって、どれほど蹴ったか分からない。やっと阿良の手が緩んだの。目は死んだ魚のようになってた。机の上に突っ伏して泣き出した。もうこれ以上首なんか絞められたくないから、わたしは靴も履かないで逃げ帰って来たの」

これだけを一気に捲し立てると、如珍は鏡から離れ、椅子になだれ落ちるように座った。そして、これ以上にない小さな声で呟いた。

「彼を失ったわ。こんな形で終わるとは思わなかった」

祥浩はダンスパーティーで見たあの阿良の鬼畜のような形相を思い出した。彼女は自分が刺されでもしたかのように、彼の痛みを感じた。如珍の手に縄はなかったが、彼女がほんとうの執行者なのだ。祥浩はもう一度彼女の肩を抱き起こし、やさしく告げた。

「阿良に謝らないと。良きに始まり良きに終わらなきゃ」

「謝る？わたしを絞め殺そうとしたのよ。別れにはいろいろな方法があるわ。殺すことはないでしょ！彼に人殺しの遺伝子があるというのなら、早く抜け出せてほんとうにせいせいしたわ」

彼女は少し落ち着きを取り戻し、目を輝かせた。痛みに耐えて明かりが見えてきたといった感じだった。

「砲口よ！わたしは砲口のところに行く。この傷を見せてくる。彼にわたしと阿良はもう終わりだってことを知ってもらわなきゃ」

彼女は乱れた服を整え、髪の毛を梳かし、ボロボロになったストッキングを脱ぎ捨て、いつもの靴を履いて出て行こうとした。そこで急に真剣な顔になり、祥浩を見ながら頼んだ。

「遅いけど、よかったらいっしょに行ってくれる？ こういう時、だれかがいっしょに行ってくれたほうがいいかなと思って…」

「いっしょに行かないわけないじゃない」

如珍が正しかろうと間違っていようと、祥浩はいっしょに行くことにした。如珍のその真の愛を求める心は、常に彼女を天真爛漫な可愛い天使にしていた。祥浩は如珍のために一肌でも二肌でも脱いであげたいと思ったが、彼女とて如珍と同様、これから起こりうる残酷な現実を少しも予測することはできなかった。

如珍と祥浩は砲口が住むアパートに駆け上がった。如珍は慣れた足取りで二歩、三歩と階段を上がって行った。深夜のせいか、どの部屋のドアも締め切っていたが、合板の木製ドアにはまったく遮音効果はなく、廊下を進んでいくとどこかの部屋から英語のラジオ番組の音がうっすら漏れ聴こえてきた。二人は素早く砲口が住む部屋の前にやってきた。ドアの底の隙間から光が漏れていた。砲口はまだ寝てはいなかった。如珍が手を上げドアを叩こうとした瞬間、ふいに合板のドア向こうから悶えるような声が波のように押し寄せてくるのを感じた。強く弱く、弱く強く、低くリズミカルなその喘ぎ声は祥浩の耳にも届いた。二人は、強盗が押し入る家を間違えてしまったかのようにその場に立ち尽くした。二人は目配せでどうするか合図を送りあった。さほど長く迷わず如珍が軽くドアノブに手をかけ、鍵がかかっていないことを発見すると細くドアを開け、目をその隙間に近づけた。途端に硬直した如珍の体が振り向いた。頬は真っ赤になり、息は乱れ、鼻を鼓動させていた。体を少しズラして祥浩にも覗いて見るよう目配せした。祥浩はドアに近づいた。すぐさま目の前に赤裸々な二つの人形が絨毯の上で一緒になっているのが見えた。柔らかな白い臀部が空に向かって弓なりに反り、もう一人の体の上にいる影は仰向けになったお腹を頬で擦り、仰向けになった影は目を閉じ顔の筋肉すべてが悶えるたびに痙攣した。彼女にはたとえ変形していても、その顔が小臣であることがわかった。砲口の顔が小臣のお腹から下へ流れるように移動すると、小臣の悶える声も呼吸困難かと思われるほどいっそう激しくなった。

女二人は静かに階段を降り、ちゃんとステップを踏めているのかどうかわからないようなふわふわした足取りで、爽やかな風が吹く夜の帳の中に入っていった。如珍は鬼畜の唸りのような笑い声をあげた。次の日、二人は日差しが燦燦と降り注ぐ午近くになってやっと目を覚ました。

祥浩と顔を合わせた如珍が、開口いちばんに言った。

「最悪の扉を、わたしたち、同じ日に全部開けちゃったね……」

一六

卒業生を送り出すと在学生の期末試験が迫ってきた。阿良は学校を離れ、予定通りに兵役についた。その後も彼は、予定通り留学に行くことを決めていた。彼は祥浩が歌うレストランに歌を聴きに来てくれた。彼女の演奏が終わるのを待って、ジュースを彼女に奢った。この世にはもう絶対に争いなど起きないといった平和で静かな顔で、彼女に海外留学の計画を話してくれた。けっこう楽しい四年間を過ごしたが、卒業前夜にもう少しでいちばん大切な人を殺しそうになるなんて思いも寄らなかったとも話した。彼はジュースの最後の一口を飲み干した後、如珍のことを祥浩に託した。彼はまだ如珍を愛していたが、もう彼女を訪ねようとはしなかった。彼はあの晩のことを追求しなかったことを感謝していると如珍に伝えてほしいと言づけた。

あの日以来、阿良は祥浩や如珍らの生活から完全にいなくなった。それは多くの学生が同じように体験してきたことだが、いったんあの若々しい場所から離れると、友人同士は煙のように散り散りになり、再び集まることはなかった。

如珍は寡黙になり、二人はほとんど会話を交わすこともなくなった。毎日本を抱きかかえて図書館に通い、閉館になってから戻ってきた。祥浩が家庭教師や演奏から帰って来る頃には、彼女はほぼベッドの中で、部屋は寝静まっていた。これまでの賑やかな日常とは打って変わり、ある意味、それは病的なほどに違った。二人は信じていた。砲口が如珍をダンスに誘ったのは小臣を怒らせるためだったのだと。小臣に焼き餅を焼かせ、その刺激で二人はさらに強く求め合ったのだ。

期末試験の後、同じ階のルームメートはだれもがいそいそと荷物を片づけ家に帰って行ったが、祥浩はとっくに南部に帰らないことを決め、レストランで歌い続けることを選んでいた。如珍も動かなかった。彼女は祥浩より先に最後のテストを終え、昼は変わらずレストランへバイトに行き、残りの時間はベッドに寝転がって小説を読んだりだらだら過ごし、一言もしゃべらず幽霊のように部屋の中を行ったり来たりした。

校内にはほとんど学生が残っておらず、近くのレストランも次々と休業した。祥浩も家庭教師をいったん止めた。レストラン通いに便利な祥春のところに行こうと荷物を片づけ、如珍に声をかけた。

「実家に帰りたくないってわかっているけど、どう？ 私といっしょに兄のところに行かない？ 木工の一人が兵役に行って部屋がちょうど一つ空いているの。わたしたち、いっしょに泊まれるよ」

如珍は何も言わず、すぐに鞄を手に取って、二人いっしょに街を出た。

その夏休み、如珍と祥浩は埠頭を行き来する人間のようにじめじめ暑い街から街へと、港から港へとさ迷った。

如珍は繁華街の服飾専門店で店員の仕事を見つけた。彼女は高校の卒業生だと偽り、休暇中の学生の短期アルバイトを雇いたがらない店主を騙し、学歴不足でなかなかいい仕事にありつけないことを信じ込ませた。店員としての給料は売り上げによる歩合制で、なかなか時間とコストに見合うものだった。

祥浩は初めて歌った「木棉」で、もうワンセット時間帯を増やした他に、レストランの友人を通じてもう一軒のフォークソングレストランでギターを持って歌うことになった。そこは繁華街の西の区域、新旧入り乱れてビルが建ち並び、様々な業種業界の看板が階ごとに掲げられたビルで、陽光と月光は階層と看板で見え隠れしながら街を一重にも二重にも囲み、さまざまな影を作っていた。祥浩は毎週二回、いそいそとギターを携えて街を往き来した。お伴は月明かり、彼女はいつも夜に歌った。授業が始まっても続けられるからだ。この「星坊」という名のレストランは駅の近くにあった。そのせいか、客も各地からやってくる人が多かった。それぞれに異なった文化の色彩を纏い、星のように眩い服装をしたものもいれば、朴訥で清新な大学に上がったばかりのような学生もいた。初恋時代に耽る中年カップルもいれば、一人寂しく隅のほうで静かに歌に聴き入っている者もいた。そこは小さな都会の縮図で、繁華を極めた文明の一面を表しているようだった。

店のオーナーはときどき彼女が出演する日に現れた。シャキッとした体格を包んでいるのは、いつも最新のメンズファッション誌に載っている服で、それは正式なスーツであろうとリラックスしたカジュアルであろうと変わりはなかった。この四十歳前後の男のオーナーは相手がだれであろうと常に魅力的に話し、にこやかな笑顔を絶えず周りにふりまいていた。噂では、彼は事業に成功した父親の二世で、彼にとってはこの「星坊」だって単なる飲食文化という装いの一つに過ぎないのだった。彼はレストランに不定期で現れ、来てはいつだって店員たちの間に少なからず賛嘆と騒動の種を撒き散らした。そんなオーナーの前で、店員たちはいつも以上に仕事に精を出す一方、このオーナーのファッショナブルな服装や芸能人張りの立ち居振る舞いに釘づけになるのだった。

祥浩がこの店に応募で訪れた時、オーナーには会っていない。その時、応対したのはレストランの店長だった。彼女はそこで何回か歌ってから初めてオーナーに会った。彼女はステージの上にいて、オーナーは螺旋階段から入ってきた。滑らかに光る皮靴の光沢と天井の灯りが互いに反射し合い、彼の全身を輝かせていた。階段の最上段で手を後ろに組み彼女の歌声に静かに聴きいっていたオーナーの目は、好奇心と驚愕で少し潤んでいるようにも見える。片手を顎に添え目を瞑って聴き入るその姿は自己陶酔か、独りよがりの風流人のようにも見えた。祥浩は直感で彼が店員らが口々にするオーナーだということがわかった。だが、高所から一切を見下し、多分に仕草や好みに自己陶酔の性格が窺えるオーナーの存在を無視し、祥浩は変わらずに自分の歌の世界で漂泊と遊泳を続けた。彼女はいつだってどこだって心の流れるままに歌った。それは彼女にとって感情の捌け口でもあり、現実社会の一切を無視できる魔法だった。歌う時の暖かく充ち足りた感情と、現実の冷たさの狭間にただよう彼女にとって、ステージの上は公開の場でありながら、極上の享楽的な秘密な場でもあった。

その日、彼女が歌い終えるとオーナーが近づいてきた。その体から清々しいコロンの匂いが漂っている。まるで雑誌に出てくる服飾や香水を宣伝する男性モデルのようだった。彼はやや浮ついた声で祥浩の歌を褒めた。祥浩はギターを抱えて立ち上がり、握手を交わすとすぐに螺旋階段を上り店を出て行ってしまった。彼女のこのいかにも不遜な振る舞いは、芸能人のようなオーナーの眉をピクつかせた。彼はガラス窓越しにギターを抱えた彼女が足早に店を去って行く後ろ姿をいつまでも睨みつけていた。

その後も彼女はこの仕事を続けられた。この日のオーナーへの冷たい対応は、即刻クビにされる理由としては十分なものだった。それでも歌い続けることができたのは、自分の歌がオーナーを屈服させたのだと彼女は信じた。

二軒のレストランでの仕事は、祥浩に真の意味での経済的裕福をもたらした。祥浩は装うことを覚えた。レストランにやってくる品のいい個性的な女性のように装い始めた。彼女たちのようにファッション雑誌に目を通し、さまざまなブランドから自分の個性に合うスタイルを選んだ。彼女はまた祥春がいつもどこかで彼女のことを見張り、変化を見ているように感じていた。彼は常に父や母から護衛を依頼されているように思えた。彼女が行き過ぎないよう、常に監視しているのだと思った。

　父にすればフォークソングレストランで歌うことも風俗店で仕事をするのも同じだった。それは彼女にもわかっていた。父は娘の顔が食事をしに来た男や女の値踏みの対象にされることが我慢ならなかった。その父がわざわざ台北にやって来てステージの真正面に座り、彼女の歌をじっくり聴いている。彼女は溢れてくる涙を興奮気味の歌声で抑え、潤んだ目で父親がぎこちなくナイフとフォークを操るのをステージの上から垣間見ていた。父はどうやってもうまくステーキを切ることができず、ナイフを滑らせ、マッシュルームソースをシャツに飛ばしたところだった。それをナプキンで拭き、ソースでますますシャツをぐちゃぐちゃにしている一部始終を見ていた。ついには癇癪を起こしてナプキンとナイフをテーブルの上に放り投げ、ウエートレスが入れにくるグラスの水だけをずっと飲んでいるのを見ていた。

　その夜、祥浩は祥春の部屋で、なぜ妹をあのような店で歌わせているのか、なぜあんなバイトに行くことを黙認しているのか、何かあったらどうする、もし祥浩に何かあればおまえを死ぬほど殴るぞ、と祥春を罵っている父の声が聞こえた。

　そんな父親の激怒も、祥浩の気持ちを変えることはできなかった。彼女は父に聞いた。

「わたしの歌は下手クソ？」

「おまえが男なら百軒行こうと千軒行こうとおれは気にせん。おまえは女なのだ。何かあっては困るのだ。何かあってからでは遅いのだ！」

「わたしはそんなに弱くない！」

「社会は恐ろしいところなんだ。女一人で何がわかるっていうんだ」

心配する父親に逆比例するように彼女は幼児に戻り、どうしても守らなければならない対象となった。彼女はもう二十歳の誕生日も過ぎ、自分の人生は自分で決めたかった。リビングに座っている父親に歌を歌って聞かせた。歌声で父を動かしたかった。父親は眉間をピクピクさせながら祥春からもらった札束を数えた。数えながら独り言のように呟いた。

「おれ、若い頃、どうして歌おうと思わなかったんだろう？」

最後の一枚まで数え終わると、父は顔を上げ、その札束を彼女の手に押し当て、言い放った。

「これでおいしいものでも買え。あんなところへ行くんじゃない！」

彼女はその金を押し返した。もう一人で自立した生活ができるのだ。

父親が帰った夜、如珍と祥浩は一つのベッドに寝転がって久しぶりにゆっくり会話した。

「お父さんにとって、あなたは特別なのね。でも、お長兄《にい》さんをなんであんなに怒るの？」

「父は気分次第よ。この前の冬休み、わたし殴られたわ」

如珍は溜め息をついた。次は祥浩が如珍に質問した。

「あなたのお父さんはどうなの？」

「わたしのことを、まったく教育を受けたことがない女のように罵るわね」

二人は暗闇の中で短く声も立てずに笑った。

じめじめした暑い夜、しくしくと低く押し殺したように泣く声が聞こえた。その声は祥浩の傍を近づいたり遠ざかったりしていた。祥浩が振り返ると、如珍は顔を枕に埋め、泣き声を押し潰そうとした。祥浩は向きを換えて彼女の肩を抱きかかえた。その体は震え続けていた。隣の部屋にいる祥春が二人の部屋のドアの前までやってきたが、引き返し帰って行く足音が聞こえた。如珍は堤防が決壊したように止めどなく泣き続けた。この何日か沈黙によって抑えていた感情が一度に溢れ出たようだった。

夜が明けるまでに如珍の枕は涙と鼻水でぐちゃぐちゃになった。この混沌の中でいつしか如珍も深い眠りに落ちた。何日も殺戮を続けた戦場の戦士がたった一回の睡眠でそれまで消耗した体力を補おうとするかのような眠りだった。朝日が彼女の頬を照らしはじめると、彼女の頬にほのかな紅が差してきた。如珍は目覚めた。それはまるで赤ん坊が陽光を初めて見るかのような目覚めだった。

早朝、彼らは祥春の部屋の台所で食事をした。廃墟同然だった台所を祥浩と如珍がきれいに掃除して整頓した。今では毎日、輝く日が差し、焼いたトーストの匂いやコーヒーの香りが漂うよう団らんの場になった。祥春は彼女らとのんびり向かい合ったり、時にはコーヒーだけ飲んで、トーストを二枚齧りながら仕事場へと急いだりした。陰暦七月になると、土木工事の仕事はどれもいったん休みとなり、この一カ月が祥春の休暇となった。朝、彼女らといっしょに朝食をとる時間以外、彼は大概自分の部屋に閉じ込もっていた。如珍は朝出かけると夜遅くまで帰ってこなかったが、祥浩は祥春といっしょにいる時間がたくさんあった。彼は部屋に積み上げられた本の中で青春を過ごした。久しぶりに見るおっとりと静かな彼の顔は思慮深く見えた。祥浩は邪魔をしたくなかったので、よく一人で階を下り、テープで歌の練習をした。けれども、上の階で静かに本を読む姿は、心配の種でもあった。うっすらとでもドアが開いていないかよく部屋の前まで行った。長兄の姿が少しでも見えると胸をなでおろすことができるのにと期待したが、祥春は一度もドアを開け放しにしたことはなかった。祥浩は長兄が自分の世界に閉じこもってしまうのではと危惧した。しかしこの日の朝、台所で朝食をとる長兄の顔が日差しよりも眩しく輝いているのを見て、少しピンとくるものがあった。彼女は祥春がずっと一晩泣き通して腫れた目をした如珍から一時も目を離さないことに気づいた。祥春は如珍にコーヒーカップを用意し、その横に彼女が大好きな花が嵌め込まれたティースプーンをおき、ポットから熱々のコーヒーをカップに注いであげた。如珍は焼けたトーストを皿に載せ、祥春の前に置いた。二人の動作はまるで毎日繰り返されることのように、あまりにも自然に流れるように行われた。二人はこの朝の陽光の中で、日差しよりも燦々と輝く視線を互いに送りあった。祥浩はあまりの驚きに茫然自失し、自分のカップを手に立ち上がり、リビングに移った。そこを彼ら二人に明け渡してあげたかったし、二人がこれからどうなるのか想像もつかなかった。如珍の心は涙で洗浄されたばかりで、祥春もまた、もともとは純で清らかで甘美な甘露の井戸だった。

何日か過ぎ、如珍は同じように朝早くに出かけ夜遅く帰ってくる日を続け、祥浩もまた何も聞かなかった。そんな時、母親から電話がかかって来た。受話器の向こうから、故郷では百年に一度行われる祭典があり祭りの準備が盛大に厳かに行われている、村を離れたみんなにも絶対帰って来て参加するようあっちこっちに声をかけている、あなたたちは帰って来ないの?という期待ともどかしさの入り交じった声が聞こえて来た。それは拒むことのできない静かで厳かな響きで、善意ある返答を待つ声であった。

母はもう何年も故郷に帰っていなかった。どうして今回どうしても帰らなければいけないのだろう。母は、それは祭りだから、それは育った場所への思い出だからだと言った。祭りは土地と民族と人情とを繋げる人間の営みの一つで、成長の証、ルーツをたどるものだった。彼女は故郷を省みて見たかった。彼女は家族がだれも行けなくても、一人でも行くと伝えた。祭りが行われる二日間、祥浩は歌の仕事が入っていなかったし、長兄の祥春も休暇中だった。母親の懐古の思いのため、母親のほんの慰めのために、兄妹二人は台北から直接郷里に向かうことを約束した。

この数年来、彼らは都会の生活のあわただしさや、成長を急ぐあまりせかせかした環境の中に身をおき、幼い子供時代を過ごした場所をずっとないがしろにしてきた。祭りによって喚起される土地や人情への熱い思いに耽り、またあの塩の香る汐風の吹く場所へ戻るのだ。

あの太陽がジリジリ照らす故郷のあの真っ白に輝く土地を踏むのだ。

一七

塩田の上を白鷺が列をなして低く飛んで行き、ばらばらと水の中に降り立つ。水に映った影と一体となって長い柔らかな一本の白いシャドーを作り、羽毛は暮色の下にうっすら金色のさざ波を起こした。塩田の畦と畦の間に水が作る陰翳がきらきら輝き、一台の車が村の小道を滑るように走った。土埃が畦に落ち、軽く舞い上がってさざ波に映る車の影に覆い被さると、波紋がふわっと広がっていく。静寂を極めていた風景が郷里を離れ、再び帰ってきた人々によって異様なざわめきを見せていた。祥浩と祥春は路線バスに揺られながら窓の外に広がる空と大地とをじっと見つめた。畦の果てに新しくできた道路が畦道を二つに分け、またそのまま伸びて行く。野草が生い繁った道路の片側の畦の向こう側の田はすっかり荒れ地になっていた。茫々と茂る野草を見て祥春が懐かしそうに言った。

「あそこは昔ダムで、今は道路になったのだ。道路の向こうには塩田はなくて、あの荒地をずっと行くと海岸に出るんだ」

「何で知ってるの？」

祥浩たちは道路ができてから一度もここに帰ってないのに、どうして祥春はここに住んでいて道路ができるのを見てきたかのように言うのか不思議に思った。

「おれは昔よくあのダムで釣りをしていた。時々はダムに沿って海岸まで歩いたりもしたんだ。あの頃、岸辺は穴だらけで水溜りも多く、ほんとうはとても危なくって歩けたもんじゃなかったけど…。あんなに平らな土地になるなんて！」

村の最前列には一列に並んだ校舎が建っていた。バスがかつて塩を積んで運んだトロッコのレールを超えると、急に海岸線が浮き上がり、その横を流れる河が目に飛び込んできた。内陸から遠く離れ、海に向かって伸びて行く干拓地。海の片隅に広がり、汐風がやさしく吹き、黄金色の夕日に包まれた海辺のこの小さな村に、真っ黒な夜の帳が降りてきた。村では滅多なことではお目にかかれない百年ぶりの祭りが行われようとしていた。華麗な装飾がいつもの純朴な外観を覆い、村人たちはできる限りの贅を尽くして、彼らが大陸から移り住んで以来最大の中元の祭典をしようとしていた。

祭りの祭壇には高い塔が組まれ、校舎の後ろにある神社の広場から高々と空へと伸びている。校舎の上には祭壇に飾られた、航海安全を祈願する黄色いビロード生地に赤い錦糸で刺繍が施され順風旗（大漁旗）が顔を出し、ひらひらと風にそよいで祭りをいっそう華々しく彩っている。神社の前の広場を利用していた車は、この日はすべて校舎の前に停められていた。広場では既に祭りの準備が始まりごった返していた。

バスを降りた二人は、そのあまりにも大掛かりに準備された神饌《しんせん》（供物）に唖然となった。

一卓ずつ横に長く繋がれ長方形のテーブルが村の主要道路を貫き、そのままずっと村のはずれの道路沿いまで続いていた。テーブルの上には真紅の錦が敷かれ、先頭のテーブルの上には竹で編まれた龍の首がおかれ、空に向かって何メートルも高く伸び天を仰いでいる。龍身は綿々と波のように起伏を続け、龍尾はそのまま村の尾を指している。群衆は皆この全村を貫く龍身の傍を囲み、籠編み職人が一枚一枚フカヒレや干し魚を編み込んで龍の姿を作って行くのを見ていた。小型の順風旗と中元祈願の札があちらこちらに刺しこまれていた。

彼らは編まれた鱶鰭《フカヒレ》龍を横目に歩いた。会う人会う人だれもが故郷の人々であるはずなのに、知った者がだれもいなかった。子ども時分に慣れ親しんだ年配者たちも、時が経ち過ぎて、顔を見合わせても怪訝そうな顔で知らない人を見るような目をした。祥春も祥浩もそういった古老たちをどのように呼べばよいのかわからず、古老たちも彼らがどこの家のだれの子なのかわからなかった。長い間ひっそりと静寂を極めた後の熱気に包まれた祭りの賑やかさの中に、郷里を離れた村人の多くがいっせいにわっと帰郷したため、村の年配者たちでさえ大概のことなんてどうでもよくなっていた。

祥浩と長兄が田舎の家の狭い後ろの門を跨ぐと、すぐに神前に供えている線香の匂いが漂ってきた。それは子どもの時からよく知っている匂いで、神への敬意を示す匂いだった。郷愁を誘うその匂いは、都会で張りつめた心を徐々にこの村で過ごした緩やかな時間へ巻き戻して、穏やかな顔になった二人は、庭に集まった人々の輪の中へ近づいていった。

親戚と呼べる関係のある人はすべてこの小さな庭に集まり談笑を楽しんでいた。早々と郷里を離れた者同士は互いの安寧と再会を祝い合ったが、その二世世代は互いに疎遠だった。祥浩はほとんどだれも知らなかったが、見覚えのある祖父の顔が大勢の人々の輪の中に見えた時はとてもうれしかった。祥浩の家族は祖父を中心に家族関係を保っていた。多くの親族がとっくに島国のあちこちに散らばり、都会の文明に同化されていたが、郷里への慕情と生まれ育った土地への感謝、先祖への尊崇と敬愛の念が皆をこの地に再び呼び寄せ、この小さな庭で互いの消息を交歓し合った。

祥浩は壁際から小さな丸椅子を運び、祖父の傍の僅かな隙間に陣取った。祖父はちょうど今回の祭りの由来について話していたからだ。なるほど村民たちが大陸から台湾に移り住み、この他郷の地で寂寞困難な日々を過ごしている時、わざわざ遠く海の彼方の故郷から神を何尊か勧請して渡らせ、この新天地での平安、海上の安全を願った。早晩、人々は荒れた土地にずっと貧弱で小規模な神を奉って祭祀例祭を執り行っていたが、最近になり村が少し裕福になってくると、村人たちがこの何尊かの神のご加護に感謝の念を表し盛大に祭ろうということになり、ご神託に問うて陰暦八月中旬に祭り事を行うことが決まったのだと言う。一つは百年来この海に面した村の安定を労う感謝であり、もう一つは村の財力を見せつけるものでもあった。

祥浩はあの神社が村民すべての精神の拠り所だったということしか知らなかった。村人たちはどこだろうと村を出入りする時は決まって神社に行って手を合わせ平安を祈願した。彼女は今日になって初めてあの神社の神は先人たちが海を渡って分祀してもらった神であったこと、移民してきた先人たちの郷土への思慕の念の象徴でもあることを知った。最初にこれらの神々を請い移した先人たちは皆没したが、その子孫たちは代々自分たちの起源を忘れることなく、この経済的に豊かな時代になっても感謝の念を込めて盛大に祭典を催すことを欠かさなかった。

「ここらの村人の子々孫々の多くは外地へ行って発展しておるがのう。皆自分たちの起源を忘れてはおらん。見てごらん、この豪勢さ、皆、気前良さを競っているんだ」

祖父はさらに感慨深く続けた。

「百年ぶりのことだし、みんながもったいないことをしてるなんて文句など言えんよ。わしらはこの年になって、若いもんが村のために金を出して盛り立ててくれるのは、ほんとうにありがたいことだと思ってる！」

「村の端から端まで続いているあんなとてつもなく豪勢な鱶鰭《フカヒレ》龍を作ろうって言い出したのはいったいだれなんだ！　そんな気概があって、あんな大金出せるやつは！」

あまりにも疎遠で、ほとんどだれだかわからなくなった親戚が聞いた。

「光敏爺さんの息子だよ。都会に行って大儲けしたんだ。龍を一匹、丸ごと全部金を出したんだ。育ててくれた村への感謝だって！」

祖父が言った。祥浩は母がいつの間にか台所の入り口に立っていることに気がついた。母親は静かにドアに拠りかかって聞いていた。この村の、この古い家が彼女を落ち着かせ、温和な麗しき表情にしているのだ！　祥浩は母のほうに歩いた。母の腕を掴み、何か謝りたかった。けれども口から出た言葉は違っていた。

「あの龍すごく立派ね。だれかしら、あんなに豪奢にお金を使うなんて！」

母の視線は家からそう遠くない河岸のほうに移った。夕霞が河岸の上の空に安住の地を探しているように流れていた。遠くを見つめる母の穏やかで鎮かな表情には、何者をも恐れないしたたかさがあった。祥浩が台所に戻ると、母がテーブルの上に麺を出してくれた。祥春は既にそこに来ていた。母と何か話し込んだ後のようで、二人の間には百年に一度の珍しい外の祭りの喧噪とはまったく無縁な空気が漂っていた。どうしてこの村に帰ってきたのだろう？　祥浩は祥春の前に座って言った。

「岸辺に行って見ない？」

「おれは神社に行って見てくる。おまえは先に行ってな！」

母は庭に出て友人たちとあいさつを交わした。祥浩も麺を食べ終えると庭に戻った。庭にはさっきよりもっと多くの友人が集まっていた。母が帰ったと聞いてあいさつにやってきた人もいた。ここは母の故郷だった。母はここに生まれ、ここに育ち、彼女のすべてがここにあった。父は来なかった。父はいつだって病気がちだとか、人混みは性に合わないとか、祥雲の学校はもう始まっているとか、いろんな理由を並べたてた。祭りに集まった友人と再会した母が、皆に父の交通事故やその後の安否を聞かれているのが聞こえた。母は淡々と峠をやっと乗り越えたところだと話した。父は母を通してこの村の人たちと繋がっていたのだ。

祥浩はこっそり壁に沿って家を出て、河岸へと向かった。彼女はこの土地は風光明媚なところという印象しかなかった。郷愁漂うこの土地での生活を経験していなかった。彼女はあのかすかに子どもの頃の思い出が残るあの岸辺へ向かった。

土手の向こうではキラキラと河の水が光っていた。車道に拡幅された河岸には何軒もの牡蠣棚が海へと伸びている。牡蠣棚の傍には竹竿で梯子が組まれ、竿の先には順風旗がはためき夕日を受けて風に舞っていた。すべての順風旗は河とは逆の方向に向かってなびいている。何艘かの筏が岸に寄せて一列に並べられ、岸と河との境界線を作っていた。祥浩は土手の上から階段を降りてその中の一艘に飛び乗った。それは叔父の家の標識をつけていた筏だった。彼女が飛び乗った勢いで筏が揺れ、水しぶきが上がった。彼女は筏の中に積まれた木箱に座って河岸を眺めた。のびのびとした田舎の風景とごみごみとした都会の緊張はなんという違いだろう。台北のレストランで歌うのは生活に奔走するためだった。のどかな風景のこの素晴らしい水郷で歌うことは自然の感情の表白だった。彼女はいつしか海を望みながら風に向かって歌っていた。岸辺の土手の上には、立ち止っている人や四、五人で集まって談笑している人、そしてのんびりと散策を楽しんでいる人々がいた。彼女は歌い続けた。一人の痩せ細った人影が岸辺のほうに近づき、筏の横に立ち止まって彼女が歌うのをしばらく静かに聞いていた。人影に気づいた彼女は、その影のほうを振り返った。そして、この光景にはなんとなく見覚えがあると思った。

その男は五十歳前後に見えた。淡いブルーのシャツと濃い藍色のスラックスを身につけている。それは水の色だった。村の人はこの人のようにシャツにネクタイという格好をしない。郷里を離れ、戻って来ただれかなのだろう。彼女は視線を他所に移そうとしたが、しっかり捕らえられた彼女の目はその瞬間から抗うことのできない魅力にすっかり捕縛されていた。それは真っ黒な川面の暗闇から昇った暖かな日の出のようでもあった。男の堅実で穏健な視線は彼女を固く捕まえ、彼女が逃げられそうなわずかな隙間さえ与えようとはしなかった。彼は岸から下の筏にいる彼女に向かってそこに行ってもよいか聞いてきた。が、彼女の答えを待たずにその身はすでに筏の上に飛び移っていた。彼は祥浩の目の前に立つと、いきなり聞いてきた。

「君は明月の娘だね」

この一言が彼女の記憶を一瞬にして蘇らせた。その顔は風に撫でられて長い眠りから覚めたような表情となった――わたしはこの人を覚えている！　確かこのような場面は昔もあった。それはわたしがまだうんと小さな女の子だった頃、この人は同じように聞いてきた。同じように船の上で父や母のことを聞いてきた――

深い思いを秘め、ちょっと強情そうなその顔は、彼女をひどく不安にした。確か彼女はこの人を大方叔父さんと呼ばなければならなかったはずだった。記憶の糸は往々にして連鎖反応を起こすように解けていく。彼は広場でみんなが口々に言っていたあの光敏爺の息子だった。あの大金を出し、豪奢な鱶鰭《フカヒレ》龍を作らせた資本家のはずだった！

「はい、そうです」

彼女は返事をした。

――やっぱりそうなんだ！　おれは間違ってなかったんだ！

祥浩はなぜかわからないが、この人が自分を見る目にはあの外海へと流れていく河のように深くて計り知れない、おだやかで暖かなものが潜んでいるように感じられた。

二人は肩を並べて座った。彼女は学校のこと、生活のことを、あたかも親しい親戚か先輩であるかのようにいろいろ聞かれた。彼は私の母とは古い知り合いで、この村でいっしょに大きくなったと言った。そうなんですか、母は故郷の人がいちばん好きで、帰ってきてからずっと友だちに囲まれているんです、と答えた。

祥浩は、母のことを語っている時、彼の目が常に輝いていることに気づいた。彼はその計り知れない目でじっと海を眺めていた。

彼女は思い出した。小さい頃、彼と母はここにいっしょに座り、母は彼が吹くハーモニカを聴いていた。

まだ、ハーモニカは吹くのですか？と彼女は聞いた。

大方は少し驚いた。少し微笑んだ瞳の奥に小さなさざ波が立ったように見えた。彼らは心の奥底を覗きこむように互いの目を見つめ合った。

もう吹かなくなったが、ハーモニカはずっと持っている、と大方は答えた。

わたしも持っているの。母が私にくれたの。時々、わたしが吹けるようになって母に吹いて聞かせるの、と彼女は教えた。

大方はこの言葉を聞き、立ち上がった。厳粛な額に幾筋かの皺を寄せた。豪勢に鱶鰭で龍を作らせるところなど幾分粗野で泥臭い成金趣味を感じさせるが、この人の気質からは誠実さと堅実さしか感じなかった。お金があることは決して悪いことではない。彼が金を出してくれたおかげで村はより盛り上がり、村人たちの魂ともいえる祭りがより豪華に盛大になったのだ。祥浩はこの人はお金に頓着していないように思えた。彼は鱶鰭で龍を作ることによって自分の財力を誇示しているわけでは決してないのだ。

「どうしてあんな豪華な龍をお供えしたのですか？」

彼は両手をポケットに入れ、遠くの海を見つめたまま言った。

「以前、この海で生活していたんだ。職を換え金を儲けてからも、ここでの生活が忘れられないからかな。この村で祭りをすると聞き、大いに盛り上げたいと聞いたから、何か海産品で村にお返ししたいと思ったんだ。ほんとうのところは、海で生活していた頃が懐かしいだけなんだけどね」

祥浩はなんて情が深い人なんだと思った。事業に成功しお金を儲けてからも、貧しかった頃の思い出を大切にし、豪勢に錦を飾って故郷に報いているのだ。

彼はこの日、この村ではなく隣町の旅館に泊まっていて、今日は村長に呼ばれ来賓として来たと言った。彼の目はその間もじっと彼女の顔、彼女の眉毛、目、鼻、唇を見ていた。少しの遠慮もなくじっと見詰める彼を、彼女は少しも不快に思わなかった。逆に大きな興味を抱いた。この人には人知れず何らかの秘密がある。彼女はその眼差しから伝わってくる疑問をしっかりとその心に受け止めていた。

彼女はその疑問を胸に秘めて筏を降り、岸へ上がった。いっしょに村長の家へ向かって歩いた。神社の入り口まで来た時、祥春がまだ岸辺の土手の上にいるのが見えた。祥春も二人を見つけて岸を降り、二人のところにやってきた。祥浩は大方と肩を並べ歩いた。彼女は大方にしか注意を払っていなかったので、祥春が岸を降りてきたことは白鷺が空を横切ったぐらいにしか思わず、少しも気に留めていなかった。大方は歩きながら、かつて河で魚を獲る漁船がいたこと、今はもう漁業が没落したこと、河川も道路の拡充によって狭くされたこと、僅かに残されたのがちらほら見える牡蠣養殖の棚で、村の人々のほとんどが外の工場に働きに出て行ってしまったこと、塩田が廃れてしまったこと、海辺の漁村はもう海に頼って生活していない今の現実などを彼女に語ってくれた。

大方らが村長の家のところまでやってくると、すぐさま人々がやって来て、彼は貴賓として招き入れられた。祥浩はわさわさと人が動き回る中、神社の入り口のほうに戻り、先ほど無視した白鷺の姿を探した。その白鷺は神社の前の広場にいた。

祥春は神社の前で職人が龍の首を編み上げていくのを見ていた。祥浩がやって来た。

「彼にあったのか？」

「誰のこと？　あぁ、あの鱶鰭龍の金を出した人のことね」

聞き返した祥浩は、すぐに祥春がだれのことを言っているのかわかった。彼女は祥春を注意深く観察した。彼の意図を推し量ろうとした。

「龍は大げさでかなり贅沢だけど、あの人はそんなに威張ってはいなかったよ。育ててくれた村への感謝の気持ちなんだって。長兄《にい》さんもよく知っている人なんじゃない！　わたし、さっき岸辺で会ったとき、すぐに小さい頃会ったことがある人だってわかったよ」

祥春は答えなかった。彼は思いに耽けながら、大方が寄進した龍に沿って歩いた。祥浩はその後に続いた。彼女はこの長兄の沈黙には慣れていた。長兄が黙ってしまう時はいつだって言い尽くせない何かがあった。彼女はそれが語られるのをじっと期待して待っていた。この路がずっと続いていくように、延々と続く沈黙の後に結果が得られると思った。たとえその結果がどれほど長い先か、すぐ目の前にあるのかわからなくても、ついていけばいつかは必ず結果は得られるという期待が持てた。二人はとうとう龍の尻尾までやってきた。祥春は振り向いて彼女を正面から見つめた。長い思考を巡らせて漸くたどり着いた結果がそれであったかのように言った。

「おまえも本当なら好き勝手な生活ができるんだ。しかしな、ちょっとばかり貧しくて苦しい生活も人生にとっていい経験になるよ。そう思わないか」

祥浩はこの村に来てからというもの、祥春がなんとなく気もそぞろなことに気づいていた。

「郷に近づけば情に怯えると言うよね。だからってそこまでめちゃくちゃなことを言うわけ。何を考えているの。話がぜんぜん見えないんだけど」

彼女は兄の意味を計りかねた。

「この龍、夜中までかかりそうだなあ！」

祥春は口をゆがめた。その夜、職人たちはやはり徹夜となった。早朝から始まる王爺神の巡行までに間に合わせるために、村を貫通する一匹の龍、勢いに乗った巨大な龍が生き生きと作り上げられていく。多くの村人たちが徹夜で作られていく龍を見守った。その龍と出資者を巡る話題も夜通し尽きなかった。深夜にベッドから起き出した祥浩も、部屋の小窓から龍が作られている村を一望した。あかあかと街頭が輝き、龍の傍に立てられた臨時の灯からは燦々と光が龍を照らしていた。龍は突然村にやってきた客のように、村の夜をかつてないほどに煌かせた。月はもうすぐ満月、祥浩は顔を上げて月を見上げた。清らかな月明かりが瓦屋根を照らし、輝きを街頭と競い合っていた。母は傍で天井を見上げて寝ていた。祥浩は体を動かし、こんなに明るい村には馴染めないと母に訴えた。

祭りの夜は人々から眠りを奪った。

祥浩は母の顔をじっと見つめた。その平穏な顔には哀愁が漂っていた。彼女は母に、小さい頃から姉妹でこの部屋に寝て、この小窓から村を見ていたの？と聞いた。

わたしたちの頃は、寝静まれば村はとんと人がいなくなったの。月明かりを見て物思いに耽っているしかなかったのよ。貧しいものには貧しいものの悩みがあるわ。でも、それももう過ぎてしまったこと——

母は寝返りをし、窓に背を向け、外の光りが喧騒に飲み込まれるままに任せた。

祥浩は窓の外にいる人々の話し声をラジオから流れるＢＧＭのように聴きながら眠りについた。次の朝起きた時、もう村中に銅鑼太鼓が鳴り響き渡り、傍に横になっていた母親も既にベッドから起き、叔父といっしょに客人の世話に勤しんでいた。

本祭の日、三基の神輿が河に沿って巡行した。銅鑼が村の中心の神社の塀に沿って海岸線いっぱいに遠くまで鳴り響いた。祥浩は写真を撮りながら神輿の後ろを追いかけようとした。庭に出ると、そこには人一人いなかった。既にみんな岸辺に押し寄せていた。

彼女も岸のほうにやってきた。新しくできた道路は岸と並行して遠くまで伸び、参拝の人々が村のはずれまで続いていた。岸の土手は狭く、人々はそこから道路に降りて、海沿いにゆっくり移動した。祥浩は人混みにもまれ、河のせせらぎを左に見ながら追いかけた。銅鑼の響きはゆったりとした河の流れを、厳粛で威風堂々とした流れにした。天地自然はその厳かな一面を人々に覗かせ、その荘厳さゆえに人々はここに根を張った。村の人々は何代にもわたりこの河を頼り生きてきた。緩やかな川の流れは多くの村人たちの物語を静かに見守り続けた。生と死のあわいを行き交う人々の暮らしはそれほど些細で脆弱であったからこそ、天を敬い、神を畏怖し、礼拝することで、激しい風雨にも動じることのない安穏な生きる力を得たいのだ。祥浩は初めてこんなにも厳かな場面を見た。初めて人と自然との間には大きなパワーバランスが存在していることを知った。村のこの野趣あふれる自然豊かな風景は彼女の心に力を湧き起こし、生きていく勇気を充たしてくれた。

彼女は神輿の前に回って写真を撮ろうと、幾重にも列なる線香を持つ人々を足早に追い越した。その時、だれかに急に腕を強く摑まれた。ぐいっと首を捻って見てみると祥春だった。手に線香を持ち、頭にはこの祭り特製の白い記念野球帽を被っていた。帽子の縁は緋色で村の神社の名前が記されている。肩から祭りの日時と場所が書かれた真っ赤な襷をかけていた。祥浩は祥春のその出で立ちにひどく驚かされた。祥春が神事に関わるなんて今まで一度だって見たことがなかった。こんな格好するなんて、まるで信心深い信者だ――祥春は彼女の腕を掴んだまま鋭く注意した。

「前に行くな！　爆竹で怪我をするぞ！」

仕方なく、祥浩はカメラを取り出して、その場所からカメラの望遠側で神輿を撮ろうとした。ピントを調節しながら青空から黄金色に煌く神輿のてっぺんに移し、さらにそのご神体に合わせた。何人かの神輿の担ぎ手がわざと乱れたリズムを踏み、神輿を宙に舞い上がらせた。それは空を飛び交う神のように見え、何枚もそのシーンを写真に収めた。レンズはさらにざわざわ揺れる人混みや気勢を上げる神々の声の中で移動し続けた。突然彼女のレンズに大方が飛び込んできた。彼は神輿の最前列にいて、落ち着いた静かな顔で神輿を担ぐ人々の動きを見ていた。その毅然とした勇姿からは、厳粛で威厳に満ちた真剣な眼差しが覗いていた。その表情にうっすら覚えがあった。記憶の中に残る一ページのようだった。彼女は思わずシャッターを切った。

しばらくレンズを通して大方を眺めていると、もう一つの顔がレンズの中に現れた。風になびく母親の髪と神を崇拝する謙虚な顔だった。いきなり爆音を上げた爆竹に、その顔は驚いて歪んだ。祥浩はカメラのレンズを望遠側から広角側に移した。広くなった視野の中に、大方が頭を下げて母の手の甲を見ているのが見えた。その手に飛び散ったさっきの爆竹の一片が舞い落ちたのだ。母親は顔を上げて彼女を見つめていたその顔を見上げた。二つの顔は騒々しく飛び交う爆竹の音と人々の歓声が響くフレームの中で、まるで朝日が雲間からその柔らかな光りをのぞかせ始めたばかりのように輝き、静止した。彼女は夢中でシャッターを押した。その静けさを残したかった。響き渡る銅鑼の音があっという間にその静けさを打ち破った。流れ続ける人波に二人は引き裂かれ、彼女のレンズはまた高揚した神輿の輝かしい色彩で埋め尽くされた。

祥浩は人混みを掻き分けて母親の傍に行った。子どもの頃、漁船が海に出入りしていた時でもこんなに人々が岸辺に集まることはなかったわね——ぽつりと母が呟いた。彼女はだれかにじっと見られているように思った。すぐにそれがだれかわかった。大方だった。その目はいつも言い尽くせない思いを秘めていた。

巡行する神輿は塩田のはずれで折り返し、神社の広場に作られた祭壇に戻ってきた。村中の道という道に中元の祭典を祝う祭壇が設けられ、食べ物がところ狭しと並べられていた。陽光が容赦なくこの小さな村を照らし、村を彩色絢爛に輝かせた。両手に剣を持った乩童《キートン》(霊媒)が日差しの中で飛び跳ね、自分の背中を刺していた。祥浩はだらだら流れる血だらけのその背中を見るのがあまりにも忍びなく、家に戻ってちょっと休もうと考えていた。大方がいつの間にかこっそり祥浩の後ろについてきて土手に上がり、急に肩を並べて彼女のことを呼んだ。そして優しいおだやかな声で、昨日きみがレストランで歌うバイトをしていると聞いたんだが、場所はどこなんだ、いつか行ってみてもいいか? と話しかけてきた。

彼女は何の迷いも疑いもなく彼の手帳に自分が歌うレストランの住所を書いた。大方は彼女が書き残したその何行かの字をじっと見つめ、ほんの少し口元を弛ませた。祥浩も彼を見て微笑んだ。この人はどうしてこんなにも人を抗えなくさせる力を持っているのだろうか。頭の中に小さい頃筏で彼に出会った場面がしきりに浮かんだ——そうか、そうだったのか。

この人はわたしの頭の中にもう何十年といっしょにいたのだ！

大方は祥浩といっしょに土手を家まで歩いた。銅鑼はとっくに鳴り止み、村人たちもほとんど家路についていた。河岸にはまだ旗がはためいていた。神様の御加護を得た人々は心の安心を手に入れ、それぞれの日常に戻って行ったのだ。祥浩は大方に手を振って別れを告げると、ほとんど飛び降りる勢いで土手を下った。そして、背中の影がいつまでも自分の一挙手一投足のすべてをじっと見ているように感じながら家に帰った。

一八

夜も更けて南部の塩田の故郷から帰ったその日、祥浩と祥春は駅からタクシーをつかまえて家に向かった。深夜の台北は人々が去った後のがらんとしたステージのようだ。大地も剥き出しになり、感情も剝き出しになる。昼はだれもがステージの上で懸命にそつなく演じるが、真夜に不意に演奏を止めたロックバンドの演者は仮面を外してねぐらの片隅に戻り、赤裸々に自分と向かい合って夜と対峙した。無秩序な夜の群衆の優しさに包まれた夜の都会はあまりにも静かで、あまりにもスムーズなため、二人を乗せた車は都会の光彩を目に焼きつける間もなく、一つ一つの信号を流れるように通過した。

タクシーを降り、都会の喧騒が隠された小道に入ったところで、彼らは砲口がドアの前に立ち、如珍に別れを告げているのを見た。如珍は固く砲口の腕を掴み離そうとしなかったが、砲口はやんわり如珍の手を振りほどくと、頭をぺこりと下げ、傍に停めてあったバイクに跨がった。そして決闘に急ぐ壮士のようにアクセルを強く踏み込み、如珍と見合う彼らを残してバイクを静寂な夜へと走らせた。小道には一縷の煙が残った。

どんより黒い闇が祥浩と祥春の二人を包み、如珍は光りを背に立っていた。顔の色は影になってよく見えないが、祥浩は祥春が如珍を頭から足の爪先まで嘗めるように凝視していたことには気づいた。祥春は如珍の息ができないほどに喘ぎ激しく波打つ胸元を見つめ、真っ青になって気まずい顔をした彼女を見ていた。如珍の傍を通り、如珍が祥春に向かって小さくハイ！と言った声を無視して、祥春は足早に階段を上がって行った。

「どうして砲口がこんな遅くまで、あなたとここにいるの？」

失礼な質問であることは重々承知していたが、祥浩はリビングで如珍を問い詰めた。釈明を求めずにはいられなかった。

「ここは祥春の家なのよ！」

リビングの明るい照明の下では、如珍の真っ青で疲れ切った様子がはっきりと見えた。その目は赤く血走り、泣き崩れてひどく腫れあがっていた。如珍は小さな体をすっぽり椅子に沈め、言葉では言い表せないほど絶滅的で精彩のない散漫な目をしている。

祥浩は如珍に近寄って傍に座った。

「砲口になんかされたの？」

「〝春蚕死に至るまで糸尽きぬ、蝋燃え灰に化すまで涙乾かぬ〟…わたしって未だに命あるうち生を使いきり懸命に糸を吐いている〝未だ夢見る春蚕〟なのよ。わたし、砲口がバイセクシャル（両性愛者）なんじゃないかって確認したかったの。小臣を愛していると同時に、わたしのことも愛してくれているんじゃないかって。わたし、学校が始まる前に彼は絶対学校に戻っているってわかっていたの。だから、電話して呼びつけたの。彼、淡水からわざわざバイクに乗ってきてくれたのよ。彼はわたしのことをきっと愛せるって確信したの。強く信じたの。このリビングで何の用かって聞かれたわ。もうこれ以上わたしは自分の感情を押し殺して欺瞞に満ちた生活を続けていけないと思うって言ったの。わたしを抱いてとお願いしたの。バイセクシャルになってとお願いしたの。そしたら彼、ひどく怒り出して、おれのプライバシーに関わるな！　きみには関係ないって。情に厚い友人として海の中だろうが山の上だろうが、どこへだって行ってやるけど、女を抱けなんて、それはあまりにも彼を侮辱しているって罵られたの」

「バカッ！　おかしくなってしまったの。同性愛者って知っていながら迫るなんて！」

「彼が異性愛も受け入れられるなら、もしもよ、もしかしたら、ある日、彼はもう同性愛にこだわらなくなるかもしれないじゃない」

「ほんとうにバカね！　この夏はずっと静かにしていたと思ったら、機会を窺っていただけなのね。ぜんぜん諦めていなかったんだね」

「わたしは、彼がわたしにとってどういう人か確認したかったの。さっき彼の手を取ろうとしたら、押し退けられちゃったわ。その時から自分が自分を辱めているって感じた。わたしに優しい男はみんな絶対わたしのことを愛してるってずっと思ってたの。わたしの勝手な思い込みだったのね。彼ってわたしを気軽にからかえる女の同級生としか見てなかったの。

で、わたしったらあなたとお長兄《にい》さんがいない時に彼を呼んだのよ。なにかあったら、お長兄さんも立つ瀬がないわね。わたしってあなたたち兄弟の優しさにつけこんで自分一人の欲望を満たそうとしたんだわ。怒ってよ！　軽蔑してよ！　あざ笑ってよ！　今晩にでもここを追い出してちょうだい！」

「わたしはあなたがここに人を呼んだのを責めているわけじゃないのよ。今はここにいっしょに住んでいるんだし、気にかけるのは当たり前のことでしょ……」

彼女の言葉がまったく聞こえないように、如珍は疲れ切ったその体を引きずりながら台所へ行った。真っ黒な吊り棚の扉を開いた。祥浩が明かりをつけようとした瞬間、ガラスを叩き割る音が響いた。蛍光灯が光り、割れたコップで腕を切ろうとしている如珍に飛びついて、その手からそのガラス片を振り払った。だが、鋭利な刃物となった割れたコップは既に如珍の左手首に線を引いていた。血がコップ口に沿って滴り落ちる。透明のコップから滴るその血は、しかし如珍の愛なのだ。愛そのものなのだ。その手を握りしめた彼女の手も血で真っ赤に染まった。祥浩は無言の如珍に向かって叫んだ。

「どうしてまた自分を傷つけるの？」

その手でコップを奪い返した彼女は、それを流しに放り込んだ。如珍の顔は苦痛で歪み、乾いた涙がその顔を異常に静かにさせた。

「放して！　ほっといてよ！」

「病院に行かないと…」

祥春は上から駆け下り、手が血だらけの二人を見てすぐに車を手配する電話をかけた。兄妹は二人でガーゼを取ってきて止血しようとした。小指のつけ根から横に深く切られ、真っ白な肉が見えた。小指が曲がったまま動かない。他の四本の指は軽く震え、息をしているようだった。傷口から血が絶えず溢れ出し、ガーゼを濡らした。祥春は傷口の上をガーゼで覆い親指で押さえた。タクシーのクラクションがドアの外で鳴り響いた。祥春は如珍を車まで支えながら歩き、祥浩もその後を追った。祥春の指が強くしっかりと如珍の掌を包み込んでいるのが見えた。

近くの病院の救急で、如珍は相変わらず一言も話さなかった。医者が彼女の掌の半分近くを切り裂いた深い傷口を縫合している時、彼らは皆、あの曲がった小指はもう真っ直ぐには戻らないことに気づいていた。見失った心、見失った愛——如珍が『春蚕死に至るまで糸尽きぬ詩』を読んだ時、既に彼女は自分の愛のために自らに諒承を得、その代価を払うことも覚悟していた。だが、彼女はその対価を支払うために祥浩を道連れにした。救急棟で冷たい樹脂の椅子に座って治療中の如珍を待つ間、祥浩は考えた。もしわたしが如珍の手を振り払わなかったら、あの鋭利なガラスの破片で彼女はどこを切りつけていたのだろう。もしかしたら小指の神経が切れることもなかったのかもしれない…。如珍が無表情のまま強ばった小指をじっと見ているのを見て、彼女の心はぎざぎざに切り裂かれた。

彼女の傍らに腰を下ろした祥春は、如珍に聞こえないよう周囲を確認した後、厳しい声で祥浩を問い詰めた。

「どうしてすぐに彼女の手を抑えてやらなかったんだ?」

祥浩はその時、如珍の小指の運命とわたしは切っても切れない関係にあると感じた。如珍が一生涯背負っていかなければならないこの悔いは、わたしの後悔となり、一生わたしにつき纏っていくであろう――

やっと彼らが病院から家に戻った時、すでに午前零時を廻っていた。如珍は燃え尽きた灰のように蒼白な顔をし、少しも寝ようとしなかった。祥浩もその傍を一歩も離れなかった。陽光が煌々と窓から射してきたころ、如珍はやっと疲れた目を閉じた。

「許してねって言っても、もう遅い?」

「何を許すの?」

「私が手を振り払わなかったら、神経を傷つけない……」

「あなたがいるからずっと安心なのよ。そうでしょ?」

如珍はやっと重圧から開放されたように体をシーツに沈め、静かに目を閉じ、暖かな日差しの中で眠りについた。

「贖罪ね」

眠りにつく前、如珍は乾いた声で、だれに言うともなく、答えも求めるふうでもなく、ぽつりと低く呟いた。

祥浩はギターを取ってリビングに出てきた。祥春は座って仮眠をとっていた。

「仕事に行かないのか」

祥春もどこか虚ろな感じの力のない声で、祥浩に聞いて来た。祥浩は心の底から、如珍と祥春はバカがつくほど情が深い二人だと思った。

「彼女のこと、見ていられる？」

「彼女に言ってくれ。恋だの愛だの言ってもうこんなバカなことをするなって。今日、この人を好きになり、明日、またあの人を好きになる。この世界で可愛い人は山ほどいる。今日のこの人を失い、命までなくしたら、明日のその人とすれ違ってしまうだけだと」

「どうして直接言わないの？」

祥春は黙った。祥浩はギターを持ってドアのところまで行った。

「どこに行くんだ？」

「代わりなの。早番のね」

外に出た彼女は、燦々と降り注ぐ陽光を浴びた。あと二日で授業が始まるが、如珍は小指の機能を失った。祥浩には如珍がなぜ命まで捨てるほど砲口が好きなのかが理解できなかった。思わず晉思を思い出した。祥浩が彼を自分の人生から排除すると決めた時って、ただ彼のアパートから出て行っただけで、如珍のように二カ月も押し黙り、あげくに火山が大爆発したように、どうにも収拾のつかないような行動をとることはしなかった。彼女の晉思への愛が足りないからか。その程度の愛だったのか。如珍が言ったことがあった。〝世間に情とは何かと問えば、ただ生死を共にすと応える〟――彼女はそれを実際の行動で示した。祥浩は自分の人生の大切な何かを失ったようで、日々が無味乾燥になったと感じた。ただ、彼女は今、歌う場所に向かっている。そこに行けば、彼女は歌声で愛を失い彷徨う自分の不安を、いくらか消し去ることができるような気がした。

一九

新学期が始まった。大学には何の変化もなかったが、彼らの生活は少しずつ確実に変化を遂げていた。校内は彼女が来たばかりの時と同じように、いたるところにポスターが張られていた。活動センター前にはクラブ勧誘のブースがいっぱい並べられ、新入生は好奇心をむき出しにして学内のあっちこっちを見回していた。彼女は大学二回生になった。自由な身でどこにも属していない、だれかに憧れ、むりやりサークルに入ることも、もうない。晉思は商学部の三回生になったため、台北市内にあるサテライトキャンパスで授業を受けることになっていた。だから、ここには晉思はいない、侘しさは感じたが、大学一年の間に彼女は恋焦がれる辛い思いから解放され、自由で奔放な経験をした。それらのおかげで、彼女は高校までの平穏な生活に比べ、一気にいくつもの人生経験をしたかのように感じていた。〝辛き恋〟は終わりを告げ、彼女は勉学と歌唱に彼女のすべてを注ぎ込むようになった。

彼女はもう家庭教師には行かなかった。レストランで歌うことは、彼女が学生生活を送るのに十分すぎるほどの収入をもたらしてくれたからだ。「星坊」の店長は「君は歌えるし顔もよい。歌えるチャンスがあれば貪欲にチャレンジしろ」と言って、さらに歌唱枠を二つ増やしてくれた。もともと通っていた「木棉」は乗り換えの必要があったため、彼女は時間がもったいないと考え、一枠だけ残して通うことにした。この二軒だけで彼女の授業以外の自由な時間はほぼいっぱいになった。深夜一人ギターを抱えてこの小さな街を歩くのは侘しくなったが、常に音楽が身近にいっしょにあって、その上収入も得られたため、彼女は充実した日々を過ごしていると感じていた。

四回生になった梁銘は、大学院入試の準備を始めていた。台北のあちこちの大学へ行って授業を聴講し、方々の大学の教授と会って、それぞれの研究の方向性について調べていた。けれども、登山部に対する思いがあまりにも熱く、部長の座を降りてからもまだちょくちょく顔を出していた。梁銘が初めて台北に聴講に来たとき、ついでに「木棉」に彼女の歌を聴きに来た。そして彼女の仕事が終わるまで待って、いっしょに淡水に帰った。二人が乗った列車は関渡平野を淡水河と並走し、一陣の風と化した。水の流れは戻らず、歳月は飛び去る矢のように瞬時にすべてを過去に追いやった。この老いた古いレールも終には歴史になろう。人々が追憶する資料の中に埋もれよう。かつてこの列車に乗った人々の記憶の中にのみ走るであろう。こうした人々も早晩世界の片隅に消え失せ、流れる時間の彼方へと消失してしまう。彼女と梁銘がいっしょにこの列車に乗ったことも、明日には過去になるのだ。思い出として残っても、その列車を共にしたその温もりはあっという間に忘れ去られてしまうのだ。

「疲れない？　勉強する時間はあるの？」

梁銘の優しい声は、河の上を撫でる風のように温かで柔らかかった。走る列車の刻一刻も、時間の刻一刻も、絶えることなく流れ、永遠を刻む。彼女は心に微かな感動を覚えたが、それは抒情的な感性で、彼女はいつもそれを理性で埋め尽くし、隠してしまおうとした。

祥浩はどのように彼の優しさに接すればよいのかわからなかった。どれほどの試練を乗り越え、経験を積めば人は真に自分に合う生き方を手に入れることができるのだろう。レストランのショーを駆けずり回るのは確かに疲れるが、それも人生の一つだ。彼女は自分を学内に縛りたくはなかった。、彼女が受けてきた教育は伝統的で、いわゆる正当的な教育方針だった。学生は勉学だけに専念すればよいという方針だが、彼女はもはやそういう思考に左右されたくなかった。自分がどのように暮らしていけるのか、どこまでが自分の限界なのか、彼女は見極めたかった。

梁銘は一時も目を離さず、静かに彼女を見ていた。それは賛嘆と苦痛に耐えている目だった。祥浩はその視線から逃れるように淡水河のほうに目をやった。観音山は変わらずそこにあり、常にそこにあった。人や世が大きく変わろうと、ささやかに変わろうと、人が愛を失おうと、愛を得ようと、それは常にそこに佇んでいる。

この光景は一年前、月明かりの下で淡水湾の砂浜に座り、二人で将来について語り合ったあの時に似ていた。今、梁銘は一歩一歩確実に自分の理想に向かって歩んでいる。あれからたった一年しか経っていないのに、あの砂浜でいっしょに遊んだみんなは、もう散り散りに別れてしまっていた。

「考えたことある？　卒業後何をしたいのか」

淡水の河岸を風のように走る列車の中で、梁銘に聞かれた。

「わからないわ。まだ決めてないの。私もあなたと同じように大学院へ進むべきかな？」

答えながら、祥浩は迷っていた。

「歌は、生涯の職業とは考えていないの？」

梁銘に畳みかけられ、彼女は心の中で、そうなの？と自問した。それは祥浩にとっても大きな疑問だった。梁銘は、彼女がこの問題について相談できるよい相手となった。

「わからないわ。歌うのは好きよ。でも、生涯歌で生きていかなければならないとなると、ほんとうに歌を純粋に楽しめるのかどうか、まだわからない」

「現に今、きみは歌で学生生活を支えているじゃないか」

「それって違うわ。今はまだ勉強中だし…。勉強中のわたしにはまだいくらでも変数があって、将来は未知数だわ。シンガーっていうのはちょっと途中下車したようなもので終点じゃない気がするの。わたしはまだ、どこを終点にすべきなのか決められないの」

「まだ二回生なんだ。慌てなくとも考える時間は十分にある」

梁銘はしずかに言った。その言葉は彼女の髪をやさしく撫でた。彼の肩にもたれかかりたくなったが、その穏やかな目に触れると、その場の雰囲気に流され中途半端な気持ちで彼を翻弄するようなことはできなかった。祥浩には、彼女が探しているのは彼ではないことはわかっていた。梁銘は山や河のように、祥浩が日々接する風景の中に、常に〝いつでもいる〟人ではあっても、決して彼女が求めている人ではなかった。

彼女は、大学四年になってもサークル活動に情熱を燃やせる梁銘がとても羨ましかった。それは彼がこの四年間、大学生活をある程度上手に過ごしてきたことを物語っていた。彼の学生生活において、人と人とのコミュニケーションのネットワークはしっかり確立されていた。しかし、祥浩はサークル活動に対して淡白な思いしかなかったため、たとえ晴れやかな群衆の中にいようとも、彼女の居場所は片隅にしゃがみ、その賑わいを横目に独りでいることしかなかった。

「大学一年で、みんなが注目するあのフォークソング大会で一位を取ったんだ。会場中の聴衆がみんなきみのために拍手喝采したんだ。きみの思い出の中に聴衆がいるだけでなく、きみは聴衆の真ん中にいるんだよ」

梁銘はいつだって善良で、穏やかで、寛容だったが、それが彼女を息苦しくさせる。学内で何度か梁銘を見かけたときも、祥浩はわざと遠回りをして小道を歩き彼を避けた。申し訳ない気持ちから故意に疎遠にした。しかし、彼が研究に専念できる理想の大学院に進学できることを心から祈っていた。

大学三回生になった如珍は、授業も少なくなった。曲がったままの小指は彼女を寡黙にし、あらゆる公の場から彼女は消えた。彼女の母親は台東沿海の村落から彼女に会いに来た。祥浩は初めてこの痩せ細って憂鬱そうな婦人を見た。顔の至るところに月日の爪痕を残した如珍の母は、怒りと疲労をそのまま如珍にぶつけ、指を突き立てて罵った。

「どれだけ帰って来なかったのか自分で数えてみな！ ちょっとの間見ないうちに、指一本動かないようになって！ 今度会ったら手も足も失くしているって言うのか？ 勉強なんかしなくっていい！ わたしと故郷《くに》へお帰り！」

涙目になりながら如珍の指を両手で抱え、如珍がいくら不注意でガラスで切ったと嘘を言っても、母はちっとも信じようとはしなかった。

「あんたの性分わからんと思うのか！ 世間の男、どこがいいのさ！ あんたが好きでも、あんたに跪き、好きじゃなくなると、ポイッとごみのように捨てられるんだよ。なんでそんな男のために手を切り肉を切るのさ。お母は他人に愛されようが嫌われようが、朝早くから夜中まで店やって、こうやって毎日、一家を養ってきたんや。暮らしていかれんなんて考えたこともない！ お母は勉強したことはないが、生きていく上で少しは道理がわかっとるつもりさ。あんたは大学生のくせに、お母より道理がわからん！」

如珍の母親は愚痴を娘に捲くし立てた後、あたかも舞台のかけ持ちでもあるかのように、ほとんどだれも相手にされないその店のため、いそいそと帰っていった。

如珍は夢から覚めない幽霊のように終始無言のまま、祥浩といっしょに母親を駅まで送り

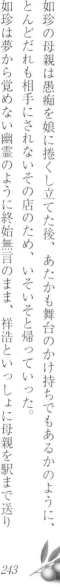

に行った。列車が警笛を鳴らしながらホームに入って来た。如珍は一列に列なった長い車両を茫然と眺めながら母親に別れを告げた。

「わたしのこと、心配しないで。卒業するまで、その先だって、ずっとずっとわたしのことを見守っていてくれてね。ずっと、ずっと、いつまでも元気でいてね」

「いつ、帰ってくるのさ」

「休みになったら…」

如珍は母に約束した。列車から人々が降り、入れ替わりにまた別の人々が乗った。人は常にこうして行き交い続けるのか。列車から砲口と小臣が降りてきて、ホームに並んでいた彼女たちの目の前を通り過ぎた。顔が合ったがだれも何も言わなかった。彼らは駅を出て行き、彼女らは駅に入って来た。如珍の顔は鏡のように平らでおだやかだった。

その後も平穏でおだやかな日々が過ぎていった。癒しの途次はどんな言葉も余計だろう。そんな日々が淡々と過ぎていったある日、その穏やかで静かな水面に小さなさざ波が立ち、次第に大きく広がっていった。それは遥か昔の命の起源に起こった風が永遠の彼方から吹きつけ、少しずつ近づいてきたものだった。

祭りで出会ったあの大方が彼女のショーレストランに現れ、最前列に席をとった。ステージに上がった瞬間、彼女はすぐにその期待に満ちた視線に出会った。その冷静沈着な顔にはうららかな光りが発せられていた。その温もりは、あいさつの言葉も必要なく、互いに見知った視線だけで心が通い合うそれだった。冬が近づく頃で、彼は黒いトレンチコートを着ていた。同じ色の衣装を彼女も身につけている。台北の冬はどんよりとした灰色の空に包まれ、灰色の気配が街全体を支配していた。二人の黒は、幾許か寂寥感を漂わせながら、まるで共通の思い出を持つ二人のようにこの灰色の景色の中で出会った。彼が彼女の歌を聴きながら夢の中に彷徨う様子は歌声が彼をどこかへ連れ去ってしまったようだった。それは彼の過去の思い出であろうか。それとも心の奥に秘めた思いであろうか。

彼女は彼が現れることを知っていた。住所を彼の手帳に書いたその時から、彼女は何時か彼がその席に座ることを予感していた。歌い終えた祥浩は彼の席の横に座り、二人はあたかも古くからの友人であるかのよう自然に語り出した。

大方は若い頃は自分も歌が好きだったと言った。けれども生活のために仕事に精を出すようになってから歌への感動がすっかり冷めてしまい、彼の生活に今はもう感動できるものがほとんどなくなってしまった。彼女の歌を聴いて彼は思わずかつてのあの頃の歌が好きだった少年時代を思い出した。彼がよく歌っていたあの頃、歌詞やメロディーの中に込められた夢や感情はどれも真実だと思っていた。しかし、現実の世界は歌のような夢は遠い彼方の存在で、少しも現実味を持っていなかったのだ、と言った。

言い終わってから、彼は少し迷った後、手にしたコップをテーブルの上におき、きみにこんなことを言うのはちょっと早すぎたかな、と謝った。まだあまりにも若い彼女に謝る彼の姿に、彼女は今まで彼が見せたことのない弱々しさを感じた。

祥浩は突然初老の孤独な素顔を見せたこの男に同情を覚えた。その寂寥感を湛えた孤独の理由も知りたかった。彼が金持ちであること以外、彼女は彼について何も知らなかった。どんな仕事をしていて、どれほどの金持ちなのかも知らなかった。

深い淵に落ちてしまったように、彼女は大方の心を覗き見てみたい欲望にかられた。彼は祥浩に、きみの手を見ていると親近感が湧くのだ、どこかで会った気がする、と言う。彼女は二人の間には、きっと何かしら友情が芽生え、こうして自然に会うのが日常になるだろうと思った。なぜなのか。祥浩も彼に親近感を覚えずにはいられなかったからだ。しかし、あまりにも年上の彼に対して、それはほんとうに純粋な親近感だけなのか、それ以外の感情が隠れていないかどうか、彼女は少し心配になった。

彼らが話し込んでいる間、若い社長はずっと大きな常緑樹の鉢植えの陰に立ち、二人の様子をじっと見ていた。しびれを切らしたのか、二人の関係に見当をつけたのか、彼は高級なスーツを身に纏ったその姿で颯爽と彼らの前に現れた。

「お父さん？」

父親と誤解された彼は、粗忽なその若い社長の顔をすっと見上げた。彼女は大方の冷静沈着な物腰に驚いた。その柔らかな物腰は、彼の底知れない余裕と豊かさを感じさせるものだった。札束や権威を示さなくても、人によっては他人に威厳を感じさせることができる。社長は大方に形ばかりの敬意を表しながら、その威厳のある男の素性を訝った。金を持った父親がまだ学生の娘をレストランで歌わせるなんてありえないと思った。

「違うわ」

祥浩の答に、社長はさらに驚愕した。

「でも、きみはこの社長さんとほんとうによく似てるね！」

祥浩には、社長は単に話題がほしかっただけのように見えた。大方は明らかにこの社長が気に入らないように見えた。立ち上がってその慇懃無礼な社長と握手を交わし、名刺を一枚差し出した。その名刺を見て社長が瞬時に臆したのがわかった。大方が社長に向かって威厳のある重々しい口調で、おれの姪だ、よろしく頼む、と言う声が聞こえた。彼女は空恐ろしくなった。この二人の男の会話からは、ほんの少しの交情も温かみも感じられなかった。

二人は街を歩いた。さきほど大方が垣間見せた何事か深く憂慮しているような目が気になり、さらに不安が深まった。彼女の動揺を感じ取ったのか、その後大方は何週間かに一回、彼女をよく訪ねてくるようになった。そして秋から冬と過ぎ、春を迎えた。吐息のように微妙な秘めごとも萌え、どうにもならないほどにその芽は成長していった。

彼女の不安はますます広がり、単なる男二人のビジネスライクな会話に止まらなくなった。大方はかつて母のことを愛し、母を求め、その影は事業をしていても傍らにずっといたと言う。祥浩は母親になりたかった。この男に深く愛される女性になりたかった。

そんな妄想がよぎり、彼女は罪悪感を感じるようになって、彼の顔をまともに見られなくなっていた。年齢からして、彼は父親であってもよいはずの人なのに、どうしてわたしはその分厚い胸から視線が離れられないのか、抑圧された愛が幻想となって芽生えたのか？　彼のその落ち着いた神秘的な面持ちは晉思を思い出させた。晉思に対する忘れられない思いが彼に移ったのか？　まったく違う二人なのに！

学内の至るところにツツジが咲き始めると、学生は風に打たれて落ちたピンクの花弁を拾い集め、若々しい黄緑色の芝生の上に英語学科のマークを描いた。春雨が一時止み、土の匂いが校舎のまわりに充満する。校内を歩きながらその匂いを思い切り吸い込んだ。気分が晴れるかと思ったが、なぜか彼女は凋落したような軽い失望感に襲われた。冬休みに帰省した時、祥浩は母に大方が自分を訪ねてきたことを言わなかった。大方はかつて母に求婚したと言っていたのに、母も彼のことは一度も口にしなかった。彼女の引き出しの中には、あの祭りの日に偶然撮った母と大方の写真が入れられている。大方の爆竹で火傷した母の手を見る真剣そのものの眼差しが写っている。大方は母を愛したことがあるというだけで、それ以上は何も言わなかった。母は神聖な聖殿のように静謐の中に静かにひっそりと佇んでいた。何者にも侵しがたいその聖殿においては、どんな疑問や憶測も挟み込む余地はなかった。母は常に仰ぎ見られ、深く信じられる存在だった。大方からも崇拝され、愛慕されるに値する存在なのだ。祥浩は、母になぜ父と結婚したのか聞いたことがなかった。二人が言い争うそのあまりにもギャップの大きな行動と思量に慣れ過ぎていた。それは長年繰り広げられてきた既成事実であり、疑問を差し挟む余地もない現実だった。全身全霊を賭けて麻雀に精力を注ぐ夫と常に諍い、互いに消耗し合って痩せ細り呆けたその体と無駄な時間は、祥浩に湧いたどんな同情も疑惑も打ち負かした。父親はジャン卓から顔を上げ、いつまで歌っているつもりか？と聞いたが、彼女の答えも待たずにまた目は麻雀に戻った。一度彼女が歌う時間に台北のレストランに現れ、レストランの中で不器用にナイフとフォークを使ってステーキにかじりついていたあの父は、まるでほんの一瞬艶やかに咲いて散る月下美人だった。あれほどに白く清らかで芳しい香りを漂わせる月下美人ならば、たった一度見るだけで骨身に染みるほど忘れ難くもなろう。近い将来に不幸と言えるようなことに遭遇した時、彼女を抱きしめているのはこの父親ではないだろうが、それでも祥浩は不自由な体を引きずって遠いところからわざわざ訪ねて来て、慣れないナイフとフォークを持ち、ソースを袖にこぼしながら彼女の歌を聴きにきてくれた父を忘れられなかった。

その事件は初夏に起きた。レストランはどのテーブルにも華燭が置かれ、夜の繁華と幽明が点されていた。いつもの夜と同じく、西区には途絶えることのない人の波が絶え間なく押し寄せていた。このネオン煌く夜の王国のガラス窓一枚隔てた華燭の異界では、永遠に止まることのないナイトライフが繰り広げられていた。祥浩はスタンドマイクを前に歌っていた。ショータイムが終わった頃、急に社長から次の演奏者が来られないことを告げられ、代わりに歌ってくれないかと頼まれた。少々疲れていたし、出演時間が終わったらいっしょに帰る約束をしていた大方も待っていた。大方は急に彼女が次のステージも歌うことになったと聞くと、久しぶりに会う友人と約束があるからもう待てない、もし断れるなら彼女をいっしょに連れて行って友人に会わせたかったと言った。彼女は、大方といっしょに帰れなくなっても、聴きに来てくれただけで満足だった。彼が階段を下りていくのを見届けて、彼女は再び壇上に戻った。窓の外には夜のネオンが輝いていた。わたしは夜のムードを人々に与えるためにいるのだ――彼女は夜に沈んで溶けて行く歌のように、自分も椅子から滑り降り、ゆっくり眠りたかった。

喉がカラカラに渇き、ギターを引く指もパンパンに腫れあがった。曲と曲の合間に彼女は何度も水を飲み、喉を潤した。いつもの彼女らしくなかったが、ただ座っているだけとはいえ、連日二枠も歌い、彼女は激しい疲労を感じていた。社長はウエーターになにやら飲み物を持ってこさせた。それは水ではなく、中に何か入っている飲み物だった。甘みのあるその飲み物は単に気分を高揚させるためのものだと思っていたが、息を吸ったり吐いたり音域をコントロールしているうちに、それはあまりにも高い期待と幻想だったとわかった。頬が紅潮し、意識は朦朧となり、彼女には一所懸命出している自分の歌声しか聞こえず、まるで自分の存在さえ感じられなくなっていた。

夜はいつの間にか静まり返っていた。彼女は歌うのを止め、店の隅に座って壁にもたれかかり休んでいた。社長はキラキラ光る黒い半袖シャツを着て彼女の前を行ったり来たりした。客が少しずつ帰って行った。彼女は目の前を行き来する黒光りするシャツに愚痴っぽくこぼした。

「一晩歌ってほんとうに疲れたわ」

頬は火照ったままで、疲れはまったく抜けていなかった。彼女の傍に来た社長は、意味あり気にその赤らんだ顔を覗き込んだ。そして、酒とグラスを手に、彼女の前に座った。

「少し飲みな。ちょっと元気になるよ」

「頭をすっきりさせてお家に帰らないと」

「少しぐらいの酒では酔っ払わないよ」

仕事を終えたコックが台所から出てきて、同じテーブルに座った。丸々した彼の顔も疲れ切っていた。店じまいのこの時間、人は夜の帳を降ろしたように真っ暗に意気消沈する。社長は三人のために乾杯し、グラスを高々とあげた。

「チェンジしてくれてありがとう」

そして今晩はあの小さな街まで送ってあげると言われた。列車もバスもすでに最終便が終わり、眠りに着いてしまっていた。ウエーターたちが次々とあいさつに来ては、あの螺旋階段を降りて帰って行った。コックもテーブルに置いた帽子を髪がほとんどなくなった禿頭の上に被せ、ふーっと酒のこもった息を吐いた。社長がその背中に声をかけた。

「きみ、先に帰っていいよ。店はおれが閉める」

コックが螺旋階段を下りる前に、店長は二人がいるテーブルとカウンターの灯だけを残し店のほとんどの明かりを消した。階段にもまだ一つ煌びやかに光る灯が点されていた。その灯は階段の絨毯を一段一段豪華絢爛に照らしていた。祥浩はコックが帰って行ったのを見て自分も体を起こし、ステージに上がってギターを取り、帰ろうとした。社長はその後に続いて立ち上がった。彼女は彼がカウンターに鍵を取りに行って、車で街まで送って行ってくれるものと思っていた。その瞬間、腰を強く両手で抱きつかれた。社長の大きなぎらぎら光る黒い影が彼女をすっぽり包んだ。その影の中で重苦しく息をし、振り返って押し退けようとした途端、じめじめした唇が彼女の熱い頬に落ちてきた。顔を背けキスされないように逃げると、鼻息が彼女の首や耳の後ろに迫った。そしてその唇は乱暴に少しの遠慮もなしに彼女の首を貪った。手は強くきつく彼女を捕まえたまま離さない。両手で必死にその胸を押し、わずかに残った力で少しでも二人の間に距離を作ろうとしたが、どんなにあがいても力が及ばなかった。疲労と酒が彼女の最後の抵抗力を蝕んでいた。男は彼女の耳元で低く荒い息を吐いた。体は完全にその両腕にコントロールされてしまった。卑猥で無遠慮な彼の話を聞かされ続けるしかないのか。

「前からおまえがほしかったんだ。おまえは男を知らないだろ。今晩教えてあげるよ。おまえを女にしてやる！」

彼女は社長に平手打ちを食らわせた。自分の手がどうやって彼の魔の手から逃れたか判然としないまま叩いた。が、すぐにまた掴まえられ、体ごと床に押さえつけられた。そのまま服を剥がされ、祥浩は仕事もしないでぶらぶらしている男のあまりにもすべすべした手でその白い暖かな肌のあちこちを貪られた。必死に足で蹴って抵抗しようとしたが、靴はいつの間にか脱げていた。そのことに気づいた彼女は、完全に抵抗する力を失った。守ってくれるものが何もない！　寒さが足底から骨へと染み込んだ。舌が彼女の唇を割って押し込まれた。じめっとした彼女の涙が口の中にぐいっと流れ込んだ。

だれかの磨かれた皮靴が一蹴した。その男を唸るほどに蹴った。祥浩はもう一つの力強い手で引っ張りあげられた。二人の男が罵り合う声が聞えた。唸っていた男が反撃する間もなく、その磨かれた皮靴は何度何度も男を蹴り上げた。烈しく蹴られる肉の鈍い音が地響きのように響いた。どの一撃も彼女の深い恨みのようだった。祥浩は宙にふわっと浮いているような感覚を覚えた。重たい両目を必死に開けると、彼女のギターが散乱した椅子の傍に横たわっているのがおぼろげに見えた。そして、彼女を抱きかかえて螺旋階段を急いで下る男の顔がはっきりと見え、目を閉じた。もう、彼女の恐怖は何もなくなっていた。

二〇

祥浩は彼になぜまた戻ってきたか尋ねた。

予感がしたんだ。口ではうまく言えないが、テレパシーかな。不安がずっと拭えなかった。きっとまだレストランにいると感じて、早々に友人と別れを告げ、レストランに戻ったんだ。レストランの明かりが暗く、ドアが閉められていたが、何の躊躇いもなく開けて中に入った。

彼の胸に抱かれ、祥浩は父親に求めていた何かが得られたように感じた。それでも、あの乱暴な男が彼女の体に残した瑕《きず》はシャワーを浴びても消えなかった。目もすっかり乾き切りこれ以上涙も出てこなかった。じめっとした男のぬるりとした唇の感触が腫瘍のように全身に広がり、顔も唇も全身の皮膚もすっかり取り替えてしまいたかった。新しく生まれ変わりたかった。大方は彼女の髪の毛を撫で、優しい声で慰めた。

「お母さんを呼ぼうか?」

「必要ない」

祥浩は、母に大方と交際していることがバレることを恐れていた。大方は質問を変えた。

「わたしがきみに会いに台北に来ていることをお母さんは知っているのかい?」

「知らないわ」

大方の目が輝いた。彼は祥浩を起こして言った。きみはお母さんの若い頃にそっくりだなあ……そして、何も言わなくなった。ただじっと彼女を見つめた。喧騒を脱いだ夜は静かに沈んで行った。どれほどの時間が過ぎただろうか。遠い海から伝わってくるような声が再び沈黙を破った。間に合って本当に良かった！彼女の娘を助けられてほんとうによかった——彼の目はぼんやりと宙を彷徨い、過去に迷い込んでいるようだった。その目はきっと何年も前の母を見ていたのであろう。彼女は知っていた。彼が追い求めているものは、その生涯から引き抜くことのできない何年も前の母の姿で、彼はわたしに母の陰を見ているのだ。そこにはもはや感動や嫉妬は何の意味も持たない。彼の姿は見ていると痛ましかった。

「深く愛していたの？」

「だれ？」

「わかっているのに、…」

彼女が言った後、長い沈黙が続いた。

「どうして結婚しなかったの？」

「お母さんに聞いてくれ」

そう言うと、彼は立ち上がり、ふた周りほど歩いてから、部屋の電話をとった。

「もう一部屋、別に用意してくれ」

そこは彼が泊まっていたホテルだった。黄色味を帯びた滑らかな木の壁面を小さな明かりが暖かく照らしている。彼女は広いダブルベッドに横たわり、大方が見守る中、重い瞼を閉じ、すべての音と見えるものすべてを拒絶していた。大方が部屋を出て行き、ドアを閉める音が聞こえた。この閉じられた空間はほんとうに安全だった。彼女はギターを失った。いきなりのことで、彼女はそれを散乱した椅子やテーブルの間から拾い上げる時間も力もなかった。永遠の忘却、成長への瑕疵の対価とでも言うべきであろうか。

大方は、街に送り届ける前に、彼女に靴を一足買ってあげた。新しい靴を履いた足は多少ぎこちなかったが、彼女の新たな一歩はそこから踏み出された。新しい靴をじっと見ていると悲しみが湧いてきた。履き慣れたあの靴をいつの間にか失くしてしまった。今まで自分のものがこのような形で失われることがあるなど、祥浩は考えもしなかった。

学生は学校に戻った。しかし、彼女はとっくに自分は学校を離れたかのように感じた。清らかな朝はあまりにも初々しく、あまりにも世間知らずだ。彼女は自分が長い道のりを歩いてやっとここに戻ってきたと思うと、少し気後れした。

アパートに戻ると、祥春がもうそこにいた。

祥春の憂慮は乱れた髪一本一本に、緊張のあまりに強ばった筋肉の皺に、そしていつでも飛び出てきそうな目玉に表れていた。如珍も慌てていた。彼らは主を失った二人だった。屋内に煌々とつけられた灯と狼狽する祥春、如珍とのギャップ。二人は無言だった。

祥春の視線は大方に向けられた。その顔は一瞬で困惑を極めた表情に変わった。大方が昨日起きた事件の顛末を祥春に説明しているとき、彼女の心はまた微かに痛んだ。祥春は大方に感謝を告げ、大方が去っていくのをじっと見送った。多くの疑惑と困惑がその目に浮かんでいた。

「如珍が、おまえが深夜になっても帰って来ないって知らせてくれたんだ。レストランに行ったよ。もうだれもいなくなっていた。おまえの身の上に起こったヤバイ可能性をすべて考えたよ。だけど、大方叔父さんといっしょだったなんてまったく考えつきもしなかった」

「よくしてくれるの？」

祥春は、その表情の変化は何一つ見落さないぞといった真剣な目で彼女を注意深く見つめた。探られていると思った祥浩は、その問いへの答えは避けた。

「私がどうやって落ち着きを取り戻したのか聞かないの？」

「いつからなんだ？　もう長いつき合いなのか？」

祥春の緊張が伝わって来た。もしかして大方とのつき合いに何か不都合なことがあるの？　祥春はわたしと大方の仲を疑っているの？　彼女はちょっと心に疚しさを感じたが、大方に悪いとすぐに思い直した。

——わたしは一度だって、大方に自分の憧れる気持ちを打ち明けていないのだ。

彼女には、大方がよく会いに来てくれるのは、単に自分が明月の娘であるからなのか、それとも外の気持ちが込められているためなのか、まだよくわからなかった。それは彼女が知りたくても知り得ないものだった。

「ただ私の歌を聞きに来てくれていただけよ」

「高級ホテルに泊まって、ただ歌を聞くだけにか？」

「それ以外に何があるっていうの？　こんなときに妹を疑うの？　ちょっと可笑しいと思わない！　わたしは昨日、あの人に助けてもらったばかりなのよ。土下座して感謝したいぐらいなのに！　わたしが年齢《とし》のいった男とデートをするような人間になったと疑うんなら、来てほしくなかったわ。今すぐに出ていって！」

彼女の声はカン高く厳しいものになった。

如珍はすぐに祥浩の味方につき、祥春に反論した。

「年上の人が会いに来てくれるどこが悪いっていうの？　同郷でしょ。まったく縁もゆかりもない人間じゃあるまいし。彼は彼女の歌声が好きで、彼女の才能が好きなのよ！」

ハリネズミのような祥春の態度が、如珍を見た瞬間に和らぎ、傍に置いてあったリュックを取り上げて整理をし始めた。顔を上げて祥浩を見上げた時は、何かを思いめぐらしている顔になった。祥浩の顔から答えを探るのを諦めていないようだった。しばらくしてやっと口を開いた。

「もう歌は止めろ！　しっかり勉強するんだ！　足りない金はおれが出してあげる。大方叔父さんが会いに来ても気をつけるんだ。年上の男性としていい関係を保てばいいんだ」

「私の友だちづき合いにまで口を出すの？」

「他の人のことは何も言わない。大方叔父さんはいい人だ。でも…」

祥春の声が小さくなり、鞄の中身を見ながら独り言のように呟いた。

「どうにもならなくなるのが怖いんだ」

祥浩には祥春が何を言いたいのか意味がわからなかった。聞く耳も持ちたくなかった。如珍は祥春の肩をぽんと叩いて言った。

「何言ってるの！　早く台北に帰って仕事しなさいよ。また、かわいい妹が怒ってしまうよ」

祥浩は祥春が過度に自分と大方との関係に関わってほしくなかった。疲れたことを理由に、彼女は上のベッドに上って寝そべった。祥春はベッド脇に来て小さな声で話しかけた。

「おまえが心配じゃなかったら夜通しでやって来ないよ。昨日の夜おまえを助けたのがおれであってほしかった。同じ都会に住んで、おまえにあんな目に合わせてしまって、おれの一生の不覚だ。返事をしてくれ、もうレストランには行かないって！　おまえが歌手としてスターになる気があったとしても、おれはこの道を歩んでまた昨日みたいなことに会うんじゃないかと心配なんだよ。シンプルに、何年か大学生活を送り、勉強だけしていればよい時間を持てるっていうことは、多くの人にとっては夢にまで見ることなんだよ……」

彼は話すのを止めた。何か言いたそうだったが、止めたのだ。如珍は帰りな、とまた促した。

祥浩はベッドから下りてベランダまで行き、祥春と如珍がいっしょに歩いて行くのを見送った。祥春が前を歩き、如珍がその斜め後ろをついていく。いつから如珍は祥春の影になったのか？　如珍が男についていく女になるなんて！　麗かな夏の日、そよ風が彼らの髪形を弄んでいる。もともと晴れやかな天気だったが、恋人同士はたとえ日差しがなくとも、顔は輝くのだ。

去年の夏休み、祥春の家でいっしょにとったあの朝食の後から、祥浩には、祥春と如珍はいつかこうなるという予感があった。だが、如珍が沈黙を破って砲口へ自分の感情をぶちまけるという事件があったことで、彼女はすっかり祥春と如珍の二人の行方についての期待も希望も失っていた。彼女はショーに忙しかった。あれから秋が去り、冬が過ぎ、春には花も咲き、初夏を迎えていた。如珍も少しずつその殻を破り、あたらしい季節を歩み始めていた。彼女はいつだって長くは独りでいない。いつだってそうだった。祥浩は祥春が心配になった。

祥浩は急いで階段を降りて行ったが、二人の姿はすでに校内のどこかへ消えていた。彼女は銅像のところまで行って、あの階段に座った。運動場でトラックを走っている人がいる。フリスビーをしている人もいれば、走り幅跳びの練習をしている人もいた。銅像の正面が警備員室で、校内に出入りする車両を管理していた。次から次へと入ってくる車がエンジン音を残していく。学校がこれほど繁忙だったことに改めて瞠目した。燦々と輝く日差しの下、樹や色とりどりの草花はどれも光りの中で輝いていた――わたしはかつて、淡水河と観音山を眺めながら、晉思とここに座っていたのだ。まだ知り合って間もない時、どんなに想像を膨らまし期待を抱いていたことだろう。でも、結局は空虚でしかなかった。わたしは今、一人ここに座っている。彼はどこにいるのだろうか……

祥浩は突然立ち上がり、足早に新聞部へ向かった。晉思の姿がそこにあるはずもないが、胡湘がいる。晉思の彼女がいる。胡湘に会えば彼のことも知れるだろう。胡湘は彼女を歓迎しないだろう。それでも彼女はそこに行って晉思を感じていたかった。ふだん、ほんの少しの貢献もしていない彼女が、それにもかかわらず部室を訪れることがいかにわがままで自分勝手な行動か、彼女は十分わかっていた。それでも祥浩はその感情を抑え切れずに、再び新聞部の部室に足を運んだ。この燦々たる日差しの中、ちょっとわがままになってもいいじゃないか。それに昨日はやっとのことで難を逃れたのだ——

祥浩は、今すぐ自分のやりたいことをやるその大切さを痛切に感じていた。

この一年、自分にとって禁忌だと思ってきた新聞部に足を踏み入れた瞬間、彼女の心はなぜかパッと明るく自由に開かれた感覚を覚えた。それはまるで興奮の中いそいそと開けたシャンパンが噴出し、勢いよく空気中に飛散してしまったようなものだった。

学期末に近く、みな学校新聞の仕上げに忙しかった。胡湘は案の定あの学内の人文思想を代表する若者の座に君臨して、その全身から並々ならぬ気迫が漂っていた。部員には高らかに議論を論じるタイプと、ひたすら何かを読んで原稿をまとめるタイプがあった。胡湘が顔を上げて彼女を見た。凛々しい顔に意外な訪問者を迎えた驚きが見えた。祥浩がさらに近づくと、すっと立ち上がり笑顔で彼女を迎えた。

「あぁ、成果を収めに来たのね！　わたしたち、まだ印刷に出せないでいるのよ」

「それって嫌味ね。わたしは逃げたのにさ。さぁ、どうかご処分を！」

「そんなことできないわよ！　あなたを処分なんかしたら先輩たちに吊るし上げられてしまうわ。先輩たちは戻ってくる度に、いつもあなたがなぜ部室に来ないのかって聞くのよ。処分なんて、私にはできっこないわ」

先輩？　その言葉を聞いて、祥浩は思わず晉思を思い出した。彼は部室に来たことがあるの？　仕上げた特集だと言いながら、部員のだれかが胡湘に束になった原稿を持って来た。胡湘はそれらの原稿をぱらぱらめくりながら言った。

「編集とはこういうものよ。同じことの繰り返し。常に原稿に追われているけど、いい作品やいい企画制作を見つけるのって至難の業なの。限られた青春をここに埋め、どうにかいい文章を見つけ出したいっていうだけよね」

胡湘の釈明は、聞いていて耳障りだった。そのわざとらしい比較を彼女は無視した。祥浩はかつて晉思が座っていた椅子に座り、胡湘に問いかけた。

「先輩たちはよく来るの？」

「学校本部に残っている何人かはまだよくやって来るけど、サテライトキャンパスに移った先輩は来ないわね」

それは、晋思は来ないということを意味しているのか。晋思と胡湘は男女の仲だったはずなのに…。祥浩は小さな声で胡湘に聞いた。

「晋思は来たことある？」

あまりにも声が小さかったためなのか、胡湘の目は鋭く彼女を捉え、顔をじっと見つめた。ルーペで虫や花を観察するように、彼女の顔を隅から隅までジーッと見つめた。胡湘は冷たく澄ました顔になり、目を原稿に戻した。

「彼のことが聞きたい？　ならなぜ直接サテライトのほうに行かないの？　彼ってもともとこのサークルは片足しか突っ込んでない人だし、離れたら戻ってくるわけないでしょ」

それから何を思ったのか、顔を上げ、また祥浩を見た。

「あなたとよく似ているわね。心ここにあらずよ。何時かあなたみたいに、ふらっと戻ってくるかもね」

どういうこと？　胡湘と晋思は分かれたの？　それとも最初からつき合っていなかったの？　祥浩は胡湘とあまりつき合いがないので、個人的なことは突っ込んでは聞けない。もし二人がつき合っていなかったら、あの昵懇な二人の写真、晋思への胡湘の親密な態度はどう説明すればよいのか。祥浩はもう晋思のことを思い続ける理由はないと思っていた。だが、この原稿や書籍にあふれた部室にいると、かつての日々の感情がどこか懐かしく、もの悲しく思い出された。それはあたかもいちめん銀色の雪原で舞う氷の精霊のように、美しく冷たい輝きを放っていた。祥浩が立ち上がって帰ろうとすると、胡湘が冷たい一言を投げつけた。

「なによ、晉思のことを聞きに来ただけなんだ！」。そして、他の部員たちが彼女たちのやりとりに耳を峙てているのがわかったのか、胡湘も立ち上がって祥浩の腕を取り、ドアのところまで行った。

「教えてあげる！　晉思って浮雲のような人、だれも彼をコントロールできないの。たとえ彼がどこにいるかわかったとしても、自分からふわっとやって来ない限り、会うことはできないわ。でも、彼が来ない部屋って、人がいないのと同じね…」

「彼が雲だっていうのなら漂流させておけばいいのよ。どこへ行こうとわたしとは関係ないわ。わたしのいた班のキャップって言うだけで、ちょっと気になって聞いてみただけよ」

強がりだった。祥浩は胡湘の前では弱みを見せたくなかった。しかしなぜか心が痛かった。晉思への思いは遥かに先輩後輩の思いを超えていた。そのまま部室を出て行った。晉思の消息がないのが消息で、他の人が彼の名前を口にするのを聞くのも心地よかった。

登山部のサークル前を通ると、ドアに赤を基調にしたものすごく目立つ大きなポスターが張られていることに気づいた。顔を上げ見てみると、梁銘が同時に二カ所の大学院合格を祝うものだった。もう大学院合格発表の時期なのだ。時間はとうとうとして過ぎ、いったん失われれば、それは単なるスクラップされた日々になるだけなのだろうか。

登山部の部室の中に人は疎らだった。彼女は身を乗り出し梁銘を探そうとした。彼におめでとうと言いたかった。そこにいた部員は、梁銘は山に登っていて、二日後に戻ってくると教えてくれた。彼は自分の好きな登山で自分の努力の成果を祝っていたのだ。彼は山を愛し、山の頂きに行って空を仰ぐことに拘った。

祥浩はゆっくり部室を出た。心にぽっかり穴が空いてしまったようだった。どうして話ができる人が一人もいないのだ。皆それぞれ自分の道に進み、彼女だけがここに取り残されぶらぶらしているような寂しさに襲われた。だれがいったい、彼女が心から彼らを思っていることを知っているのだろう。

彼女は文学部までやってきた。この二年間いつもいそいそ往き来しているだけだったので、クラスメートとはいい関係が築けなかった。学業も適当にやっていただけだった。こうなることが、彼女がここに勉強に来た目的だったのか？　陰々とした廊下、留学情報を知らせる張り紙、壁には大学院合格者名簿も張られていた。その名簿の前で、彼女は茫然と立ち尽くしてしまった。知っている人や、知らない先輩たちの名前が並んでいた、彼らは本を持ち、大学四年を過ごした人たちなのだ。彼女はこの一年、ギターを抱え、台北とこの小さな街の夜を奔走していた。あげくに仕事先で自分の初めてのキスを侮辱のうちに奪われ汚されてしまった。名簿を見る目がぼやけ、彼女は足早に陰々とする廊下を遁れ、陽光の下へ出て行った。ものすごい早足で歩いた。行く当てはない。ただ校内をずっと歩いているだけで良かった。太陽に当たっていたかった。背中が汗でびしょびしょになった。銅像のところにさしかかった時、向こうからだれかがやってくるのがわかった。梁銘だった。どこかの山にいて空と対峙しているはずのあの人だった。どうしてここに？　梁銘は彼女を見て笑顔を見せた。

「会えて嬉しい。なんだか顔色悪いね」

「山へ行っているんじゃなかったの？」

「天気が悪くなったので、キャンセルした」

「天気が悪い？　見てごらんなさいよ、こんなにいい天気なのに」

空を指差し、両手を空に大きく掲げ、手いっぱいの太陽を梁銘に投げかけた。梁銘はさらに燦々と輝く笑顔になった。

「ここの天気が良くても、ほかの場所もいいとは限らないんだよ」

「だれかが大学院に受かり、だれかが落ちるようにね。わかったわ。おめでとう！」

梁銘は落ち着き払っているように見えた、苦労した後に手に入れた余裕なのであろう。祥浩の心は異様に揺れ動いた。彼のその自信は、すでに彼女の心を奪い取っている自信なのだ。

「どこへ行くの？」

「『木棉』の近くのあの学校かな。きみのショー、ちょくちょく聴きにいけるからさ」

バカな蜜蜂だ！　人生、夏が永遠だと思っている！

「わたしが歌わなかったら？」

「レストランで歌おうと、レコード歌手になろうと、おれは少しも気にしない。おれはきみがずっと純朴な歌風を守り続けて、いつまでも歌って聞かせてくれればそれでいいんだ」

「もう歌わないという意味なんだけど…」

「それなら記憶の中できみの歌を聞くよ。でも、冗談だろ。なにもないのに、どうして歌わないの？」

彼女は無言になった。一度は、自分は拍手喝采の中で生きていくだろうと思っていた。この意外な事件への遭遇は、彼女の社会を信じる道を揺るがした。いや、彼女の周りにいる人を揺るがしたのだ。もう祥春はショーへ出ることを許してはくれない。だれもどんな時にどんなことが起きるのか分からないのだ。いったんあのステージに上がれば、事件の残像が常に脳裏に浮かんでくるだろう。その上、彼女はギターを失った。あの穢れた楽器を、彼女は二度と手にしたくはなかった。何も残さず、記憶から永遠に葬り去りたかった。

「ほんとうに祝ってくれるんなら、おれのために『オリーブツリー』を歌ってくれよ。大学院に受かったのも夢を叶えたことになるんだったら、おれって夢の中のオリーブツリーを見つけたことになるのかなあ」

梁兄は見つけたのだ。なのにわたしはまだふわふわ漂っている。歌ってあげたくても、口を開けて声が出せない。何度も試したが、やはり声が出てこない。

梁銘を見た。角ばった眼鏡の彼は彼女に近づき、銅像のところに座って歌を歌おうと誘った。彼女は断った。

「今度ね」

「無理強いはしない。いつだってしない。おれはいつまでも待てる」。彼は彼女を見ていた。彼女の目から、すべてを見通したいと見ていた。梁銘にとって、彼女は幾重にも重なる緑の葉の間から抜け出してきた森の妖精だった。祥浩は梁銘がいつまでもフォークソングへの純潔な愛情を持ち続けることができるよう、フォークソングレストランでの出来事を教えたくなかった。彼がフォークソングレストランに抱いている敬意と憧憬を汚したくなかった。

「大学院出たらどうするの？」

「兵役に行って、また博士コースに進もうと思っている。学校にずっと残りたいなら、ずっと学んでいくしかないんだ」

彼は落ち着き払った表情をしていた。梁銘は祥浩から視線を丘の山水に移した。

「きみだって、その気があればずっと学校に残るという選択だってできるんだよ。もしかして、縁があれば同じ学校にだっていられるし…」

あぁ、これからの人生ね。考えたこともないな。梁銘は既に自身を学校の中に位置づけている。知識の場において無限に駆け巡ろうとしている。大学は単なる形式的な拠点でしかないのだ。内に秘め、蓄積された知識の奔走がほんとうの人生の戦場なのだ。梁銘は登山家だった。彼は山の頂きに立ち、自分の人生の進路を俯瞰していたのだ。

「梁兄……」

「ん？……」

「縁と言ったわね。わたし、別れることが少し悲しくなったわ。あなたがここを離れたら、それって、わたしたちが同じ大学にいるという縁が切れたということよね。友情っていつだって短くって果敢ないけど、続けられるかどうか、気持ちがあるかどうかよね……」

「おれたちは続けられるよ。わかるよね、おれの言いたいこと……」

梁兄は足を止めた。二人はグラウンドの隅に立った。グラウンドはなにやら騒がしかった。梁兄はその喧噪を無視し、彼女と真っ直ぐ向き合った。祥浩はその視線から逃れ、グラウンドのほうに目をやった。梁兄の手が彼女の肩をやさしくつかみ、静かに彼女が再び彼の真正面になるようリードした。遠い山を屏風にし、緑の影を障子として、彼は自らに言い聞かせるように宣言した。

「プレッシャーは感じないでほしい。時間が汚染した感情を再び純粋にろ過してくれる。われわれには、時間がわれわれをどこへ連れて行こうとしているのかわからないのだ。この先何年後、社会がわれわれの予想より悪くなろうと良くなろうと、われわれは人波にもまれながら必ずどこか落ち着く場所を見つけなければならないのだ。その時、もしかしたら皆近くにいるかもしれないし、遠くにいるかもしれない、でも気持ちがあればきっと互いに探し、求め合うようになる。おれはどこにいようと、絶対きみに連絡し続けるよ！」

宣言は騒がしい人々の喧騒の中でもはっきり聞こえた。彼女は彼の腕を取り、彼のアパートの前まで歩いた。その筋肉はガチガチに固くなっていて、彼の緊張が感じられた。階段の踊り場の前に来て、彼がいっしょに上に上がろうとした時、彼女は言った。

「この先のことはまたこれから考えよう。わたしを雲だと思ってくれたらいい。期待しないで。飄々と来て飄々と去る、姿定まらぬ雲。わたしはまだ漂っているだけなの」

彼女は手を離し、自分のアパートに足早に戻った。後ろのその影は、静かに階段の前に佇み、いつまでも見送っている。足はますます速くなり、まるでほんものの雲になって空中に浮き上がってしまったように感じた。

梁兄の話は彼女に晉思を思い出させた。人生は常にこっちにぶつかり、あっちにぶつかって過ごすものだ。どこに行くかもわからず、流れにしたがって漂っているのだ。今手に入れられるものは、すぐにでも手に入れるべきなのだ。もし晉思が本当に胡湘が言うように、一片の雲だったら、彼女も雲になりたかった。それなら空の上で出会えるのかもしれない。

二一

祥春の強い意志で、祥浩はもうフォークソングレストランには行かなくなった。彼は厳しく彼女の唯一の責任は勉学だということを伝えた。学期末試験が迫り、心の痛みからもまだ回復されていなかったため「木棉」の仕事も辞めた。祥春の憂鬱をすべて取り払ったのだ。賞賛の拍手から離れた寂しさと、辱められた恐怖とが交互に彼女の中に押し寄せ、彼女を茫然とさせた。

大方はその後も台北にやって来て、あの実直な目で、彼女にもし歌で生きていく覚悟があるのなら、もう一度試す勇気を持たねばならない、いちばん重要なのは自分自身を守ることを学習することだ、と励ました。祥浩は拍手喝采の下で生きていくという選択に揺らぎがあった。人生にはたくさんの道がある。この道だけを選ぶ必要もないでしょ、と言った。若い頃はいろいろ試行錯誤ができる。でも、間違いの中から教訓を勉強しなければならない。そして、一本の道を選んだら勇気を持って進め、そうすれば成功を手に入れられる、と大方は続けた。彼は芯を持った人間だった。彼女の彼への信頼は全身全霊を委ねたものとなり、まるで愛情の恍惚のさなかに揺られているようだった。彼を父のように敬い、時にそれは親子以上の感情にまで想像が膨らんだが、そこには必ずどこかから母親の影がだスーッと寄ってきて彼女の心の中に入り込み、彼女と大方の間の自然な障壁となった。

夏休み前、彼女はもう台北に会いに来ないでほしいと彼にお願いした。彼女はもう歌いに行っていなかった。少しの間ゆっくり休み、これから歌い続けるかどうか決める時間がほしかった。大方は冗談半分に、もうすぐ夏休みなんだから台北に来る必要はもちろんない、高雄できみに会えるのだから、と言った。その後、頻りにこめかみのあたりを左手の指でさすり、内心の焦燥を隠し切れずにいた。

もしわたしが嫌いになったのならもうきみには会わない。でも、不思議な力があって、わたしは時々きみに会いたくなるのだ。きみからあまりにもきみの母親の面影が見えるせいなのか？　若い頃の夢が二十年経ってもぴったりついてまわるのだ――彼はぐっと眉根に皺を寄せ、大きな心の苦痛を見せた。祥浩は彼の顰めた眉から、母親の秘密を垣間見た思いがした。彼女は推理を組み立てた。母親の愛情物語が壮大なロマンに満ちていると想像した。それで二十年後、母親のかつての恋人にわたしが恋慕を抱いてもどうにもならないのだ。

彼に伝えた、もう、会いに来ないでと……

きみたちはどちちもおれを拒否するのだな。きみもきみの母親も…。良くないと思うなら、もう邪魔はしない――大方は返答した。

ちゃんと血筋の繋がった姪と叔父の関係なら避ける必要などないのに……。

大方には祥浩の不安が見えたようだった。彼は台北を離れた。連絡もなく別れもなかった。祥浩は「恩人」という二文字で彼への幻想を急いで断ち切りたかった。彼女は自分の大方への思いは、晉思が彼女の生活からふわっと離れてしまったせいだと考えた。

彼女はあの一片の雲を見つけたかった。彼女の狼狽する空虚な心はもっと多くの浮き雲で満たされる必要があった。卒業舞踏会。これは卒業舞踏会だ。梁銘らの世代が大学を離れる。砲口も離れる。小臣も離れるのだ。去年、彼らはその卒業舞踏会の脇役だったが、今は主役になった。砲口はもう如珍を誘い、噛ませ犬にはしなかった。この一年、彼らはまったくの知らない者同士となった。如珍もダンスパーティーから姿を消し、ずっと図書館に入り浸るようになった。

こんなにも盛大なダンスパーティーだから、きっと晉思は来るだろうと祥浩は考えた。あの雲は自ら漂いパーティー会場にやってくるはずだ、彼女はただここで待っていればよかった。彼女はパーティーのウエートレスになろうとした、如珍もいっしょにやらないかと誘った。長い沈黙の後、如珍は言った。一本の曲がった指が彼女の生活への態度を大きく変えていた。

「もう行かない！　傷ついた！　好きだった！　でも、過去はもうどれも重要じゃないの。わたしに必要なのは新しい生活なの。祥春が懸命に勉強している時に、わたしはダンスになんていけない！」

「祥春が懸命に勉強？　どういう意味？」

「今年の夏、夜間大学に行くつもりなんだ。仕事しながらね」

「祥春のこと、わたしよりよく知っているのね」

如珍は手にした一冊の本を手で撫でた。撫でることによって、懸命に勉強している祥春と対話しているようだった。

「答えて！　祥春に専念するって」

「わたし、これまで浮つき過ぎていたわ。いい人が傍にいるなんてわからなかった」

「祥春を信じて守っていれば、必ず幸せを手に入れられるよ」

そういうことだったのだ。如珍はもうダンスで青春を鼓舞する必要はなくなったのだ。祥春の落ち着きがすでに彼女の心をしっかり掴まえていたのだ。祥春と如珍が愛をわけ合う仲になったことを知り、彼女はひどい落胆を覚えた。如珍はわたしから優しい人を一人、また一人と奪っていくのだ。祥春のように。大方のように――如珍は答えた。

「もう虚しい恋はしないわ。これからは、大学を出たらどんな仕事をするか考えなくちゃ。これ以上家でただ飯食ったり、家に頼ったりはできないわ。仕事に就かないと結婚も考えられないからね」

如珍はいつだって現実的だった。もう自分だけのオリーブツリーを探し始めていた。自分の生活をどう生きるか。最後は自分で決めるしかない。だれにも代わりはできないのだ。如珍はもう自分の将来を決めていた。

　ダンスパーティーの日、祥浩は正装して学生活動センターに向かった。仕事を失ったばかりの彼女は、すべてが大学に入学した頃に戻ったように新鮮だった。彼女は初めてのダンスパーティーに参加した時のように、今度のパーティーに期待と憧れを抱いていた。待つ――そうなのだ。待つことがきっと一生のテーマなのだ。

　彼女にパートナーはいなかった。梁銘は踊らなかった。だが、入場券を手にしているのにパートナーがいない男子学生は山ほどいた。彼女はかつて参加していた音楽部のサークルでパートナーを見つけ、彼といっしょに会場へ入った。音楽は相変わらず華麗な旋律を奏でている。狂うほどの喧噪とふんわりと叙情的な音楽は、生活のさまざまな艱難辛苦からすべての人々を完全に解放した。ダンスパーティーの会場はどこでも序列や肩書きといったプレッシャーはなく、将来を考える必要もなかった。祥浩は彼女のパートナーと踊っていたが、その目は絶えず四方八方に神経を張り巡らせていた。広大な会場で人を探すのは至難の技だったが、彼女はパートナーを促し会場いっぱいに動き踊りたかった。だが、ダンスにうといこのパートナーは動きが大きく人目につくことに恥ずかしさを感じているようだった。クイックステップを踏む時、彼は同じ場所でステップを踏もうとしたが、祥浩がステップを動かし、踊りながら会場の他の場所に移動したために、パートナーは仕方なく彼女を追いかけて動いていくしかなかった。一曲目のクイックステップの曲が流れ出したとき、祥浩はさらにステップを大きくとり、回転をしながら素早く人混みの中に入って行った。全身の血液が滾り、息も切れ切れになった。振り返ってみるとパートナーの姿はもうどこにもなく、彼女は音楽の海に一人埋もれて踊っていた。

音楽が終盤に差しかかった時、彼女は見晴らしのきく二階のバルコニーに上がり、ハアハア息を切らしながら欄干にもたれかかって、会場内で揺れ動く人々を見つめた。明かりはぐるぐるフロアを旋回し、明るくなったり暗くなったりして、うじゃうじゃいる人影のすべてを優れた踊り手に仕立てていた。彼女はワンブロックワンブロックじっと見つめ、その中から最も艶やかなダンスをする人影を探そうとした。彼女は可哀相なパートナーが年老いた牛のように壁にもたれかかり、休んでいるのを見つけた。曲が終わり、次に流れたのはスローステップの曲だった。あるものは休みに入り、あるものはパートナーをかかえ、会場の中は大がかりなシャッフルが行われた。彼女は相変わらず血眼になってスローステップを踏みながら揺れ動く人々の間からその人影を探した。その時、誰かが彼女の肩をたたいた。振り返った。その寂寥とした眼差し！　晉思ではないか。息がつまり、言葉が何も出てこなかった。祥浩は頬がみるみる真っ赤になっていくのを感じた。

「ダンスパートナーは？　こんなところに一人にして！」

彼は微笑んだ。祥浩は軽く眩暈を感じた。やっと体を欄干に預け、動揺を抑えながら答えた。

「とっくにどこかへ行ってしまったわ。そちらは？　どうしてそちら様もお一人なの？」

「おれはパートナーなんていらない。いつだって一人でいる子を見つけられるからさ」

「ダンスパートナーはいらないのね。独りで踊るのが好き。ね、そうでしょ？」

「必要なときだってあるさ。例えば今。いっしょに踊らないか」

彼が前を歩き、二人で階段を下りて会場へと入って行った。晉思が彼女を見つけたのだ。

やはり胡湘の言う通りだった。晉思は自分から漂いやって来なければ、だれも彼を見つけられやしないのだ。今、彼は彼女の手をとり、優美なワルツの旋律の中をゆったりとおよぐように流れている。彼は二人の間合いをぐっとつめた。晉思は祥浩の目をじっと見つめていた。

「あの日、何も言わずに行ってしまったね」

彼女は答えなかった。独り言のように呟いた。

「きみの自由で、きみの権利よ。わたしは何も言えない…」

「あの日、わたし惨め過ぎたわ。初めて男の人の部屋で夜を明かしたのに……」

「なにごとにも初めてはある、……おれ、光栄だなあ。でも、きみは早すぎるよ。おれ、山の上まで送っていけると思っていたのに…」

「二度と会いに来てくれなかったじゃない」

「こうして君を見つけたじゃないか」

そうなの？ 彼はわざと？ それとも偶然二階のバルコニーにいたの？ 一年以上経っているのよ。わざとなら、こんなにも長い間あなたは待たせていたの？

「どれだけの女性にそういうことを言ったの？」

この言葉は彼の琴線に触れたようだ。口をつぐみ、晋思は踊りに集中し始めた。ステップを踏むテンポを早め、ポイントポイントできれいなターンをした。

「ダンス、うまくなったね。好きな人とよく踊るのかい？」

「わたし、好きな人いないわ」

あの夜の屈辱がふつふつと心に浮かんだ。大方の厚い胸に抱かれたわたしがいた。大方の体温がわたしを落ち着かせたのだ、そこは港であり、おだやかな、波風のないところだった。頬が微かに動き、晋思はやや不遜な笑顔を浮かべた。彼は握っていた彼女の掌を、やさしくつねった。

「信じないね」

「わたしに好きな人がいるかどうか、きみにとって、大事なことなの？」

祥浩は彼の心を押し量るような口調で言った。彼の答えはない。

音楽が止まり、続けて何曲もクイックステップの曲が流れた。彼らに話す機会がなくなった。彼女はもう一曲軽快なジルバを彼のリードで踊り、休憩した。その後も最後までいっしょに踊れると思ったが、しかし彼はそうしなかった。彼は他の女性と踊らなければならなかった。前々から約束していた。彼は壁際からその子を見つけ、いっしょにフロアの真ん中へ向かった。その女性はダンスの名手で、晋思の手の中で軽やかに舞った。まるで二羽の飛んでいる燕のように二人は音符を踏み、飛び跳ねていた。晉思の踊りを目で追っていた祥浩は、嫉妬さえ忘れるほど、ただ二人が舞うその姿に酔い痴れた。

横から一緒に踊らないかと声をかけられた。その背の高い男は、もう彼女の前に手を伸ばしていた。祥浩は手を彼にあずけ、ダンスミュージックの半ばからいっしょに踊り出した。その男のダンスは野性に溢れ、優雅さはなかったが、長くダンスホールで揉まれた男だった。彼は自分が他の大学の学生で、大学は台北にあり、どの大学の卒業ダンスパーティーでも彼は絶対に見逃さずに参加するのだと言った。彼の野生味は彼女が求める躍動感を満たし、彼女の旋回は彼の力強いエスコートで、軽やかになった。次のジルバの曲でも彼らはいっしょに踊り続けた。祥浩は時たま晉思を気にかけたが、彼の姿は見えなかった。どこか端のほうで踊っているのだろうと考えた。その男は上等な甘露を独り占めにでもしたかのように、その後も彼女と立て続けに二曲踊り続けた。そして、姿が見えなくなった晉思という浮き雲は、またいつの間にか漂い、またどこかへいってしまったのだと思った。胡湘の言うように、彼がいないダンスホールはだれも人のいないダンスホールと同じだった。彼女はその後もいっしょに踊るのがもはや当然のように振る舞うこの途中で紛れ込んできた他校の男を断り、ホール際へと退いた。そしてふっとフロアのほうを振り返った祥浩は驚愕した。目は絶えず晉思を探したが、なんと晉思が自ら傍へとやってきたのだ。彼女の手をちょっと触り、耳元でささやいた。

「もう十分でしょ、マドモアゼル。出ましょうか?」

「ダンスパーティーはまだ終わっていないわ!」

「終わりまで踊る必要ある?」

二人はセンターの外へと向かった。丘の上には湿った暑い夏の夜の弱々しい風が吹き、べたついて蒸し暑い。テニス場ではダンスパーティーとこの暑苦しさにまったく無頓着な学生たちがボールと戯れていた。

二人は宮灯街道へ向かって歩いた。

「どこで踊っていたの? 見つからなかったわ」

「二階できみのことを見ていた」

そうか、晉思はこっそりわたしを見ていたのだ――彼女は少し得意になった。さっきの何曲か、彼女はうまく踊れていた。他の男と踊ったのは、少しは刺激になったのかもしれない。

「フォークソングレストランで歌っていたんだって?」

「もう過去よ。今は歌わないわ」

「どうして?」

黙々と歩いた。晉思との再会――あの晩のわたしに起こった出来事をここで彼に話したら、彼はどんな反応を見せるのだろう……。

この一年、彼女はレストランでのショーに奔走していた。彼女は他人から色眼鏡で見られたくはなかった。レストランには美食を貪る社長も含め、さまざまな人々が行き交っている。

銅像の手前までやってきて、やっと彼女は口を開いた。

「フォークソングレストランでは、もう純粋なフォークソングを歌う機会はないの」

「いまどきのフォークソング歌手だってフォークを歌わないのに、きみはなんてノー天気なことを言っているんだ。フォークじゃないと歌わないのかい?」

「何を歌ってもいいの。感動できる歌であればそれでいいの。歌は、みんなに聴いてもらえるように歌うこともできるし、だれかのためだけに歌うこともできるわ。でも、歌う環境がわたしには合っていなかったようなの」

彼は少しおどけて言った。

「じゃあ、おれがそのだれかになろう、銅像のところに行こう。きみの歌を聴かせてよ」

晉思は銅像の階段のところに座った。彼女もその横に座った。目の前には観音山と淡水河が夜空の下に伏せっていた。川面と山にはちらほら灯りと影が交互に映り輝いていた。彼女は今、歌う声が出ない。少しも歌えなかった。いきなり顔を上げて聞いた。

「彼女、いるの?」

晉思は考えもせずに答えた。

「今はいない」

「前はいた? 胡湘?」

「過去になったことを追求するの？　胡湘とは本気じゃなかった。おれの彼女って、彼女だけじゃなかったし。でも、今はだれもいない」

「どうして？」

「おれが本気でなかったり、相手が本気でなかったりだから」

――晉思はそれほどに自由奔放だったのか。まるで、ほんとうに過ぎ去ってしまったことのように、屈託なく言う。もし、彼の言う通りであれば、わたしが晉思と知り合ったばかりの時、彼には彼女がいたということになる。今、彼は本心で言っているのだろうか？　ほんとうは百人も彼女がいるのかもしれない。でも、わたしにはどちらでもよいことなのだ。ただこの人の傍に座り、いっしょに話をし、それだけで満足なのだ。わたしが好きなのは、彼が思いに耽る姿、目の中に見える曖昧模糊とした彼なのだ。もしかしたら、わたしは初めから間違った人を好きになったのかもしれない。でも、わたしは彼が放つ、わたしを惹きつける何かを、今も断ち切ることができないのだ。

「この一年、何をしていたの？」

「学生だよ。勉強以外に、何ができるっていうわけ？」

祥浩は信じなかった。彼は書物を守り、本の虫というタイプではない。彼にはきっと、精彩に満ちた生活か、退廃した生活をしていたに違いない。彼がふつうを装えば装うほど、祥浩の好奇心は掻き立てられた。

「実家に住んでいるの？」

彼は急に彼女の腰に手をまわしてきた。全身にぞくっと電流が走った。顔を近づけ、間近から彼女を見つめてきた。息苦しくなった祥浩は、ほんの少しだけ隙間を空け、顔を下げて階段の前のツヅジを眺めた。花がすべて落ちたツヅジの枝は濃密な緑を発散させている。彼女の耳に、彼の言葉が流れ込んできた。

「なんだ、おれに興味あるのか？サテライトキャンパスに行ってからも、おれは外に住んでるよ。何人かの外国人といっしょにね。英語の練習になるから。おれは、必要がある時だけ週末に家に帰っている。おれは母に最初から言われているんだ。海外に留学したいのなら、自分の力でバイトをしないとね。母はおれの兄貴の留学費用を負担して、さらにおれの分まで、もうこれ以上できないってね」

――彼も海外に行く！どうしてこの人たちは、一人、また一人と離れて行ってしまうの！彼も、もう自分の将来のために道を着々と切り拓いている。だから、外国人に言葉を学び、その後海外に行くのだ。

「どれくらい行くの？」

しばらく沈黙が続いた。晋思の声は遥か遠い国から届くように、彼女が夢でも見ているかのような気持ちにさせた。

「帰って来たくない！遠いところに行きたい！二度と帰ってきたくないなあ」

彼女は街灯の明かりの上の月を見た。月は遠い空から静かにすべてを見ていた。人は出会い、別れ、歓び、哀しみにくれる。無常な月はいつも冷徹でいられるが、人の心には感情が働く。晉思にあれほど冷たくされて決別し、再会してまたすぐ遠くに行かれては、彼女の誇りもズタズタだった。どうしてこんなにも彼には、ここに愛着というものがないのか？

「自分が生まれ育った場所に少しも思い入れがないの？」

彼の手は腰を離れた。わざとなのか無意識なのか、その手は膝に置かれ、目は遠く暗い対岸を見つめた。険しい表情が徐々に穏やかな表情になってきた。月明かりが彼を穏やかに変えたのだろうか。それとも、いつかはだれかにすべてをぶちまけてしまいたいという欲求が彼にもあったのか、赤裸々に生い立ちの秘密を彼女に打ち明けた。

「おれの父と母はずっと前から別居している。母はおれを含めて子供四人と暮らしているんだ。父は毎月養育費を払っておれたちを援助していたから、大学二年までおれは比較的自由気ままに生きてきたんだ。だけど、大学二年の時、母はついに秘密にしていられなくなって、おれにぶちまけた。小さい頃から親しくしていた母の友人で、パパと呼んでいた人が実はおれの実の父親だったんだ。おれの人生は一八〇度変わったね。おれが小さい頃から喧嘩したり遊んだりした兄弟が、実は異父兄弟だったと知った時、おれは急に自分と彼らの間に大きな違いを感じ始めた。なぜか大きな距離があるように感じたんだ。やっとわかったんだ。どうして小さい時からその人が家にやってきた時、いつもおれにだけいっぱいおもちゃを持って来てくれたのか。すごい金持ちなんだ。母がおれにぶちあけたのは、おれが将来実の父親から何かもらえるのではと考えたからなんだよ。でもおれはいらない。おれは自分でやるんだ。生きている人間はみな孤独なんだ。とくにおれみたいに自分の生い立ちにズーッと嘘がつき纏い、それが暴かれた時、おれはやっとわかったんだ。おれは長い間孤独だったんだって。でも、おかしいよね。おれってもともと孤独に憧れていたんだし…。おれは遠くに行こうと考えている。おれを二十年間騙し続けたここを離れても、きっとどこかにおれが安住できるもっといい場所があると信じているんだ。でも、母に対する思いだけはどうにかしないと…。だけど…」

「もうお母さんに対する思いしかあなたを引き止められない、っていうこと？」

「どうして留まるの？ おれは情が足手まといになっても、だれもがいつかは自分の道を歩むものだと思っている」

彼は既に決めていた。ならば、ここで何を言って引き止めようとしたところで自分を苦しめるだけだ、と彼女は思った。彼はもうここから遠く離れることを決めたのだ。夢と希望を持ちロマンを求め、より良い自分だけのオリーブツリーを探しに行くのだ。ここに留まるのは、孤独な人だけ。人はだれもが孤独との接し方を学ばなければならない。孤独に慣れれば寂しさにも耐えられるからだ。晉思の未来に彼女はいなかった。ならば、わたしの未来はいったいどうなるのだろう、と祥浩は考えた。

彼女は狼狽し始めた。彼女がやっと見つけたこの一片の雲はもっと遠くに漂っていく。目標さえあれば未来を思い描くこともできたが、彼の身の上話を聞いてしまった今、その未来はあまりにもいろいろな葛藤が複雑に入り乱れ、未知数が多すぎて、手にしていられるのはほんの今現在だけ、今、目の前にいるこの人だけなのだ。

一通り話し終えた彼は、もう行くよと言い立ち上がった。が、祥浩が少しも動こうとしなかったので、彼は座り直し、彼女に近づき、微かに震えているかと思われる声をかけてきた。

「どうして行かないの?」

「出会えば急ぎ分かれる要なし、明日なれば黄花蝶もが悩もう——」

彼は彼女を抱いた。見つめ合う二人の熱いまなざし、燃え上がる焔が対岸の山間にある灯火をより暗くさせた。

「おれの家に来ない?」

迷いがあった。

「母はいないから、徹夜で話ができる」

祥浩は宿舎に戻り、まだ帰っていない如珍にメモを残した。クラスメートの家に泊まると書いた。二人は山を降り車に乗った。北投に向かった。彼の実家は北投にあった。晉思は彼女を自宅に連れて帰った。去ってしまわれるのが厭だった彼女は、彼の後に従った。

彼の家は小さな丘の上にあった。彼らは繁雑な通りで車を降りた。晉思はフライドチキンの店に寄って暖かな鶏一匹と何本かの飲み物を買い、大通りを通って家に向かった。上に行けば行くほど閑静になった。夜も沈み、都市全体が閉じかけていた。通りの両側にある二軒の温泉宿の門に赤提灯が掲げられていた。中はうす暗かった。

「おれはここを通る度に〝灯紅酒緑〟って言葉を思い出すんだけど、ズーッと、なぜ「酒緑」っていうのかわからないんだ」

「昔の人が酒を造る時、新酒の上には緑色の滓が浮かんだの。新酒をしばらくおいて沈殿する前に新酒を開けて飲まなければならない時、この緑色の滓が浮いているから〝酒緑〟って言うの。つまり、酒屋が酒の用意が間に合わないほど客で賑わっているっていう意味よ。北投が「歓楽街」と言われるけど、今通りを歩いてきて、もう二軒もうす暗いホテルがあったわね。勉強になったわ」

晉思は何も言わなかった。その暖かな鶏を抱えたまま歩き続け、真新しいマンションの前に来た彼が、やっと口を開いた。

「きみにここが歓楽街だと思われているのは残念だけど、この家は二年前、おれのその父が母に買い与えたもので、子どものおれたちは皆外に出ているから、ここには母しか住んでいないんだ。母もあまりここにはいないんだ」

「どこに行ってるの？」

「祖母の家、三重にある」

部屋の中に入って、祥浩は聞いた。どこに行ったか知らないと安心できないのだ。祥浩はベッドルームに女性用のガウンがかかっているのがちらっと見えた。艶やかで華麗な紅色のガウンだった。彼の母が玄関に置いたスリッパも金銀の糸で刺繍が施されたものだった。彼女は先ほど見た二軒のホテルのことを思い出した。彼女は黙って塵一つない部屋の中を見回した。晉思はテレビをつけ、フライドチキンを皿に盛り、ビニール手袋をはめて鶏肉をむしり、その一つを彼女に手渡した。ダンスパーティーで体力を消耗した彼女は、いくらか空腹を感じていた。彼の横に座り、テレビを観ながら二人で鶏肉にかぶりついた。こうしている間、この家は完全に彼ら二人のものになっていた。晉思は冷蔵庫からりんごを取り出し、彼女のために皮を剥き渡した。

「母にするより、きみによくしているなあ、おれ。りんごなんて剥いてあげたことないんだ」

彼女はそれは晉思一流のユーモアだと思った。彼のそんなウイットのあるところが好きだった。それで明るく生きられると思った。彼はテレビを消した。二人の声だけになった。二人の食べる音だけになった。

晉思はベランダに出て、彼女を呼んだ。山間からちらほら見える星の間に月が上っていた。市街を覆う埃と喧噪のすべてが夜の暗さに沈んだ後、どこからか流れてくる風を感じながらベランダで夜空を見上げ、月や星を眺めるのは、彼女にいつかどこかでそんな中にいたことがあるような既視感を感じさせた。祥浩はベランダにもたれかかり、身を乗り出して眺めていた。山風は涼やかになっていた。耳の後ろから微かに温かな吐息が聴こえたような気がした。彼女はこの星を好きな男が好きだった。耳の後ろからのキスが好きだった。湿っぽく、柔らかい彼の唇——どうしてこれほどにも柔和であたたかな海のような唇が、わたしを深く沈ませ泳がせるの？　彼の両手は彼女の腰にまわり、肩や背中の柔らかな場所を泳ぎ、まさぐった。彼女は海のたゆたいに身をまかせた。体を支える力がすべて抜けていった。

彼女はこれ以上立っていられなくなり、全身を彼にあずけた。彼は彼女を抱きかかえ、部屋に入った。浴室に行った。水の音がざあざあ響いた。浴槽の縁にもたれかかり、晉思が一枚一枚服を脱いでいくのを見た。シャワーで体を濡らすのを見ていた。ダンスで鍛えられた筋肉、引き締まった臀部に滴が滑り落ちていく。彼は彼女を招いた。跳ね上がる飛沫は彼女の服や髪を濡らした。裸になった彼の体が目に入った。そして、その真ん中で猛り狂ったように聳り立ったもののも。……。

もう逃げられない？　二人は互いの裸体を晒し合い、すべすべの泡で互いの体をまさぐり合った——あの小さな街の彼のアパートの浴室で想像した彼の裸体と、わたしは今、たった二人っきりで裸になり、シャワーをいっしょに浴び、なまめかしく絡み合っている！

彼はタオルで彼女をやさしく包み、髪にドライヤーをかけてくれた。

「大雨のあの晩も、こうして髪を乾かしてくれたわね。でも、どうして途中で止めて、隣の部屋に行ってしまったの？」

「あの夜、おれはきみのそのものすごく澄んだ目を見たんだ。おれにはそんなきみを犯せない、おれには無理だ、と思ったんだ。ほんとうはこの日を、どれほど望んでいたことか」

彼は彼女を再び強く抱きしめた。そのまま二人は、彼の狭いベッドでひしめきあった。唇にキスし、柔らかく潤った唇で頬や眼、顔をキスしまわった。そして、また唇に戻った。熱く焼かれた糸のような熱い流れが若い二つの裸体を刺激し、押さえ切れない欲望の火花が尽きる事なく燃えあがった。激情しきったその瞬間、彼女は彼に質問をぶつけた。

「経験あるの?」

晉思はその唇を唇で塞いだ。彼はキスをしながら答えた。

「うん。あの小さな街でね。きみが舞台で「オリーブツリー」を歌ったあの晩、きみがあの登山部の男の胸に抱かれているのを見て嫉妬した。それで山を下りたんだ。そこには風俗店がいっぱいあって、一度、経験したよ。それほどでもなかった」

一語一句、はっきり聞こえた。祥浩にはわかった。その人がほしいと思えば、その人の過去などまったく気にならなかった――わたしは今この瞬間に、晉思がほしいのだ!

髪を撫でてその正直さを褒めた。

「わたしたち、誤解し合ってたのね」

「しゃべらなくていい」

「痛いっ!」

彼女は軽く声を上げた。痛みとは裏腹に、心は熱い歓喜に包まれた。ぎこちない二人の動きが、互いの経験のなさを証明していた。

その夜は、いつもより長かった。二人はいっしょになれるリズムを索した。それはパートナーのステップの動きを索り合う呼吸と同じだった。二人の時計は進むのを止め、果てしのない世界に迷い込んだようにお互いを索り、抱き合ったまま幾度も幾度も混沌と一体となってその底に沈んで行った。

彼女は、いっしょにいるこの時間をいったん失えば、二度と戻らないことを恐れた。

二二

それからの日々、祥浩の心は不安と恍惚が交差する浮ついた気持ちに充たされていた。

夏休みの期間中、彼女は終日家にこもった。どこへも行きたくなかった。実家に帰った時、両親はどちらも、彼女が突然レストランに行かなくなったことを訝った。彼らは彼女のあの驚愕な場面を知らなかった。あの獣のような暴力を知るはずもなかった。理由はどうあれ、彼らは二人とも、彼女がもうレストランに行っていないことに胸を撫で下ろした。父は前から言っていた。歌う人は明るみにいて、聞く人は暗闇にいる。どんな人が聴いているのかわからず、防ぎようがないのだと。その父親ですら、彼女が入った虎穴で何が起こったか想像もしなかった。母も、彼女のそのピンチを救ったのが大方だとは、夢々考えもしなかった。何度か彼女は、体を曲げかまどで塩餅を蒸しながら少しずつ歳月に削られていく母に、あの日に起きた忌まわしい事件と、大方が助けてくれたことを話したくなったが、母のその穏やかな顔を見ていると、何もかもが了解された。何かを訴えることは無駄なのだ。彼女はもうその穏やかな日々に、これ以上どんな不安も憂いも起こしたくはないのだ。母は自分の生きる糧の中で、自分の生活のリズムを捜し求めているのだ。家にやってくる卸しの商人たちは、母の気持ちを活き活きさせるいちばんの慰めとなっていた。彼らと食材についてあれこれ話し、物価や食材の相場によって景気談義を楽しんでいた。父親は両手で家の扉を開け放ち、稼業はすべて母親に任せ、彼は家を出て麻雀に興じていた。母も彼がこの家にはいてもいなくてもよいという状況にまったく頓着しなかった。祥浩が訊いた。

「父が外で亡くなって帰って来なくなるの、怖くないの？」

「この年齢になればだれも互いのことなんてどうにもできないの。勝手にすればいいさ」

祥浩は母が父に寛容なのか、それとも諦めているのかがわからなかった。母はかまどから昇る煙にだけ、異常なほどの情熱を燃やしている、彼女はそこから生活への糧と楽しみを見出していた。

ある日、母は一本の電話を受けてから、もうもうと燃え上がるかまどの前に座り込んで泣いていた。祥春からの電話で、この暑苦しい時節の中、夜間大学に受かったことを告げるものだった。母は彼ら兄妹の中で、祥春がいちばん心優しいと思っていた。彼女は常に祥春が家のために進学を諦め、早々と社会に出たことに引け目を感じていた。祥春が自分の力で仕事をしながら夜間大学に行くことは、さらに大きな後ろめたさとなった。彼女は自分が少しも祥春を助けてやれなかった。祥春はまったく自分一人の力で今の成果を得たのだ。

けれども、母のこの日の涙は誇りの涙だった。祥浩は門の傍に座ってそれを見ていた。その気丈な振る舞い、喜び、懊悩が入り混じった涙が、この一人の女性がひた隠してきたつらさ、苦しさ、心労を如実に表していた。祥浩は母のもとに近寄り、その顔を自分の胸に埋めさせた。黙って見ていられなかった。それは子どもの頃、繰り返し繰り返し見た記憶にある顔だった。

しばらくして母親は落ち着き、いつもの平穏を取り戻した。涙を拭き、呟いた。わたしたちの世代は、生活が苦しくても自分で自分の道を切り開けたんだ。あなたたちの代だって、きっと自分たちのやり方がみつかるわ。世代ごとに違う生き方がね。わたしが心配することではないけどね…。

生活にすり減り、母親はとっくに自らの悟りを学んでいた。夏が終わる前に、二兄が軍隊を退役してきた。家にまた一人、母の相手ができる人間が増えた。一人、また一人と帰ってくる子どもたち。一人、また一人と自分の道を歩み出す子どもたち。母の顔に笑顔が戻った。祥浩は大学へ戻るために上京する日にちを告げてから、母は彼女といっしょにいる時間を少しでも惜しむように、よく彼女の部屋にやってくるようになった。祥浩はただ一人の娘だし、自分を守ることを学ばないといけないと何度も注意された。家を離れる日に、母は、あのハーモニカはまだ持っているか？と聞いてきた。

母の口からハーモニカという言葉が出た瞬間、屍を借りて魂戻るごとく、彼女は大方のことを思い出した。彼は約束を守っていた。同じ都市にいながら、夏休み中一度も訪ねて来なかった。彼女の彼に対する記憶はハーモニカから始まったものだった。母も同じハーモニカを持っていた。彼女は母と大方の二人が彼女を包囲し、攻撃しているように感じられた。二人の曖昧模糊とした感情がこもる籠に覆い被されている！　祥浩がそれほど大方を気にしてなかったら、母の質問にもこれほどに敏感になる必要はなかった。ハーモニカ一つが、彼女の疑いを増幅させた。

ハーモニカはどこかにしまい込んでしまったわ。どうしてハーモニカのことを聞くの？と尋ねると、母はちょっと注意しただけよ、しっかりしまっておきなさい、としか言わなかった。母親の注意が祥浩に余計な心配を与えた。うすうすそのハーモニカに何かメッセージが込められていると感じたからなのだ。祥浩はそれをあばくのが怖かった。淡くうっすらとした感情は、封印するのが似合うかも知れない。封印するからこそ、完全になる。それは彼女が晉思に対して抱いた思いにも似ていた。母親に何を言えばよいのかわからない、何もかもが不確かだからだ。

そうなのだ。何カ月もの間、彼女は不確かな歓楽の情念の深海に漂っていた。あの日、家を出て台北に着くと、彼女はすぐに晉思のところに行った。そして、一緒に小さな街に帰った。如珍は夏休み、海辺の故郷に戻り、まだ帰っていなかった。如珍は母にこの夏休みは帰ると約束していたのだ。もう姉の夫を恐れない、家の一切を恐れない、学生最後の夏休みだから、これからもう二度とない夏休みだから、と言って家に帰った。それから一年、十二カ月間、ずっと他所の地で働くために、彼女は人生の余暇を先に過ごしたのだ。

その日、彼女と晉思は映画を見に行った。映画の内容よりも、二人は互いの体への欲求のほうが強かった。彼らは寝室で夜をすり減らした。階段口の「男性禁止」の札は風に吹かれたのか、それともだれかに盗られたのか、とっくに失くなっていたが、だれも、もう一度つけ直そうとはしないし、気にも留めていなかった。彼らはだれもが、自分たちは十分に成長しきっていて、自分たちの体や思想を自由にできると考えていた。禁止、束縛などは必要のないものだった。晉思は相変わらず優しく、潤った唇で彼女の顔のいたるところに口づけし、それから首やその下へと愛撫を続けていった。彼は彼女の若々しい肌の上で喘いだ。

「おれの母は、おれが何も知らないと思っている」

二人は同時に笑った。彼の言葉は、すべての親が若者の性に対して純潔で無知だと言っていた。突然、彼女の頭に「結婚」の二文字がよぎった。もし晉思が今プロポーズしたなら、絶対受け入れるだろう。互いに思いを交わした肉体がいっしょにならない理由なんてないのだ！　彼女の思いをテレパシーでキャッチした晉思は思い切りほとばしらせた。彼女も押し寄せる波濤に翻弄されて肉欲の歓喜に震えた。優しくねっとりした声が撫でた。

「同居しよう！」

晉思が口にしたのは「同居」だった。彼女は自分でも思いがけない言葉を言っていた。

「いやよ！」

晉思は無言で彼女を抱き、その上気して赤らんだ顔を見つめながら次の言葉を待った。

「確かな将来がなければ、同居なんて意味ないわ」

「三十歳までおれを待てるか？ 三十歳までおれは結婚しない」

「まだ何年も先のことだわ。ほんとうに待ってほしいなら、待つわ」

続きがなかった。しばらく彼女の顔を見つめ、やっと口を開いた。

「美しい肩だ。なんてしなやかな体なんだ。おれはずっときみを忘れない」

「もう、私を思い出にしてしまうの？」

彼女の頬にキスをした。座りなおして、彼は服を着た。窓辺の椅子にもたれかかり、窓を開けて徐々に明けていく朝日を見た。彼女は何も身につけず、その傍に座った。

「約束はない。おれは約束できない。前にも遠くに行ってもう帰ってこないと言ったはずだ。きみにはもっといい人がいるよ。おれなんて待てないよ。世の中って変わるんだ」

「私が待ったら？」

「待つな。おれはその価値がない！」

その瞬間から、彼女は彼らの将来はあまりにも小さい微かな未知数でしかなく、なんの結果も生みださないことを察知した。〝明日〟は不確かな言葉だから、晉思は明日のために責任を取りたくないのだ。生まれ育ったこの場所から逃げ、理想的な居場所を探して独り遠く高く飛び立つ。それ以外はどんなことも取るに足らないことだったのだ。

「私は理想にたどり着くまでのデザートだったわけね」

祥浩は感慨深くもらした。

「そういうな。きみのせいでおれが行けなくなるじゃないか」

「いっしょに行くのは？」

口からこの言葉を出し、祥浩は初めてこのことについて考え出した。彼女は今まで一度も自分が生まれ育ったこの地を離れ、二度と帰ってこないと考えたことはなかった。将来についてはっきりしたことなど、だれも言えない。晉思だってそうなのだ。彼女は疑いの目で晉思を見つめた。

「おれの計画を乱すな！おれは孤独が好きなんだ！おれに心配をかけさせるな！」

私生児という身の上は、彼自分に悲劇的な思いをもたらした。祥浩はベッドに戻り、服を着た。どうしてわたしはこれほど浮つき漂流する彼を愛していられるのか？彼はジプシー、彼は彼にしかできない空を見つけ、彼は独りで生きたいのだ。煙草を取り出し、一本、二本、三本と、窓辺でふかしている。彼のその背中には、孤独で寂しいその影が、紫煙とともに立ちのぼっていた。

祥浩は彼に歩み寄り、その胸に伏した。服についた煙草のにおいがつんと鼻を突いた。彼がほんとうにどこかへ行ってしまう雲ならば、二人が出会った一時を永遠の記憶にしよう。彼女は晉思が自分のことを忘れてほしくなかった。晉思をその体で喜ばせ、なんの文句もいわず、どんな些細な重荷も負わせたくなかった。彼の記憶の中に、彼女に対するほんのわずかな不満も残したくなかった。如珍は、世間の情は生死でもって償うものと、詩に詠んだ。生死を懸けた熱烈な愛が一回だけでもあれば、生きて悔いなしということなのだろう。たとえ流星の如く、短く夜空を貫いたとしても——。

目的のない交際は別れの予感を感じさせる。晉思は徴兵の上官になるテストの準備をしながら、留学試験の準備もしていた。彼らが会う時間はあまりなく、会えば必ず互いの体を求め合った。彼らは山の上にある彼のあの家に行った。昼間、彼の母はいない、祥浩は常にいつその母親がドアを破り、怒鳴り込んでくるのではと、どきどきしていた。晉思は彼女の妊娠を心配した。妊娠は彼の計画をすべてパーにしてしまうからだ。愛情の障害は欲情をより刺激的な光彩で彩る。正々堂々とした交際でないからこそ、ともにいっしょにいる時間をさらに貴重なものにさせた。時には、いっしょに手を繋ぎ、街をほんの少し歩いたりした。彼女はよく待った。週末を待った。いつか休みになる日を待った。晉思と会える日を待った。

レストランで歌って貯めた金は、祥春の助けがなくてもしばらく裕福な学生生活を過ごせるほどあった。だが、ショーをしない日々はあまりにも空虚で、彼女の心まで真っ白にした。白い雲を背に空に漂うのは優雅であったが、どこか落ち着かなかった。大学三年になり、履修する授業も前の二年間ほど多くなく、余った時間は多くの人にとって卒業後の進路を考える時間になると、彼女の空白はさらに広がるばかりだった。彼女は再度、勉学に向きなおろうと決めた。クラスメートの多くを彼女は名前さえ知らなかった。それでも彼女は、クラスメートの中で英語ができる何人かは、その英語能力を活かして英語塾で教えたり、文章や映像の翻訳をするアルバイトをしていることに気がついた。もちろん勉強の妨げになるといってバイトをやらない学生もいたが、そういう人は大抵さらに上級コースへ進学を決めている学生だった。学生は皆、自分の将来のために道を切り拓いていた。

クラスの皆は、彼女の将来は輝かしい歌手になることが約束されていて、いずれ彼女の歌うレコードが発売されるだろうと予測していた。彼女がショービジネスを止めたことを、皆残念がっていた。祥浩は何も話さないと決め込んだ、彼女には歌わない自由もあるからだ。

彼女はクラスメートから、もう一つ生きていく糧を学んだ。翻訳だった。初めて出版社と翻訳の仕事の打ち合わせをした時、彼女は単に一冊の本を読み込みたいだけだったが、いったん翻訳をやり出すと、それは文字の山から新しい世界を想像する仕事だということに気づいた。彼女は終日図書館にこもった、週末や休日、そして晉思とデートをする時間以外は、彼女の生活は純粋に読書と翻訳だけの時間となった。よく翻訳された文章は、より高い報酬が得られた。ショービジネスとは比べ物にならなかったが、安全で満足の行く仕事だった。この仕事は彼女に真新しい知識と視野、そして生活習慣をもたらした。わからないところがあれば、クラスメートと議論したり、教授に教えを請うた。そうして理解し、すばらしい翻訳の文章が閃いた時の喜びは、彼女を少しずつ文学の世界へと誘った。

同じ時期、如珍も一心に勉学に励んでいた。特に目的があるわけではなかった。

今までの三年間、あまりにもいいかげんにやってきた。これから勉強を初めても、もう上を狙うチャンスもないでしょうけど、最後の一年ぐらいしっかり勉強しないとね」

彼女には大学院に進むつもりはなかった。

「わたし、基礎よくないの。大学院に行く資格ないのよ」

なにもかもが吹っ切れた言い方だった。学問や研究を専門にすることは彼女には荷が重すぎる。ただ単に懸命に勉強したいだけだと言った。小学校か中学校で教えるには、大学レベルで十分に通用するとも考えていた。如珍の顔には、本来の笑顔が戻っていた。

「教師になりたいの?」

「笑わないでね。わたしは他に長い休暇がある仕事って思いつかないから」

「休暇をどうするの?」

「仕事以外に、自分にたくさんの時間を残せるの」

「仕事と趣味がいっしょになれば、仕事だって休暇になるわ」

「それって理想だよね。でも、わたしはそんな幸運な人間じゃないの。わたし、ほんとうは教師は似合わないんだけど……。学校ってわたしの舞台じゃないわ。わたし、お金たくさんほしい。お金さえあれば、わたしは自由になれる。誇りがもてるの」

「休みがほしい。お金もたくさんほしい。それならお金持ちを見つけて玉の輿に乗ったほうが早いんじゃないの?」

祥浩は冗談のつもりだったが、如珍はまじめに返してきた。

「祥春を見くびるなよ！　絶対金持ちになるよ」

祥浩は驚いた。祥春とつき合う如珍は、単にその金が目当てではないかと心配になった。

祥浩はまじめに如珍に言った。

「お金のために、人を愛せるの？」

「お金って付加価値よ。人を愛するのって、お金は関係ないわ。でも愛もあって金もあったら完璧じゃない。愛もほしい、金もほしいなら、わたしは真っ先に愛を選ぶ、それから、金をなんとかするわ」

如珍は本棚の底から束になったアルバムを出した。一冊一冊素早くページをめくり、一枚の男の写真を祥浩に見せた。

「わたしが最初に恋したのは、自分の姉の夫よ。彼のために自分の腕まで傷つけた。もうこの手はこれ以上傷つけられないし、それにこの手を引っ張ってくれる人も見つけたわ。よくわかっているでしょ。あなたがお長兄《にい》さんを思う気持ちをわたしはよく知っているから、決してがっかりさせるようなことはしないわ」

彼女はその写真をギザギザに四つに裂き、跳ねるように体を起こしてゴミ箱に棄てた。それは大衆芝居の女優が何千回と繰り返してきた所作のようだった。誓約だった。祥春だけに奉げると誓う儀式だった。ほんとうに人を愛した時、人は衒いもなく、明日も考えず、自分を愛する人に捧げられるのだ。それは彼女が晉思に対する姿勢でもあった。如珍は祥浩の晉思への思いを知らない。彼女は誰にも話すつもりもなかった。晉思との愛は、短く情熱的なものになるという予感もあった。残された傷跡を、長い時間かけて修復しなければならないだろうと思っていた。彼女は自分独りで、めくるめくような短いこの愛を永遠の記憶として担っていきたいと思った。もっと正確に言えば、身勝手な願望だった。彼女は晉思との記憶を、だれにも穢されることなく、独りだけで永遠に楽しみたかったのだ。彼女はいつ晉思が自分の前からふわっといなくなっても構わないと思っていた。二人がいっしょに過ごす刹那の時間は、すべてが将来の記憶のためとなるのだ。

冬が近づいた頃、彼女は重慶南路の本屋街に行き、似た形をした丸い翡翠二つ選び、二人のために判子を作った。石の上に赤い紐をつけ、首からかけられるようにした。冬至の日、彼の母親のマンションでそれを手渡した。

「同じ判子なの。一個があなたで、一個がわたしのもの。どこへ行っても、どんな時でも、判子を使ったら、きっとわたしを思い出してくれるよね」

「海外ではサインしか認めないよ。判子なんて使わないんだ」

そういいながら、晉思は赤い紐を解いて首にかけた。彼女はとっくにかけていた。晉思は彼女を胸に抱き、耳元で小さな声でささやいた。

「おれにこんなことはするな。おれは形見なんて一切いらない」

二つの翡翠がぶつかり、澄んだ高い音を響かせた。彼女は彼の胸に顔を埋めた。煙草の匂いがした——わたしは彼の喫煙を責めやしない。彼のこの香りが好きなのだ。

祥浩は頭をさらにその胸の奥に滑らせ、その温かみの中に埋めた。両手で強く彼の服を掴み、深々とそのにおいを吸い込んだ。彼のにおいが消えてしまうのではと恐れた。

深夜の静かな住宅街の部屋中の覚めやらぬ恋。冬至の夜、湯円を作り年を越す慣習もなく、塵一つない清潔なこの家の女主人は不在だった。リビングから丸ごとクローゼットと化した部屋が見えた。その部屋には胸あきや背中が大きく開いたうす絹やサテンの豪華絢爛な服がいっぱいかけられていた。それは芸能人や歓楽街でしか見ないような衣装だった。

「お母さんの服、すごくゴージャスね」

その言葉には明らかに小さな疑心があった。晉思は体を正し、彼女を胸から押し離し、髪の毛を撫で始めた。その目は虚ろで、いくらか焦りが見えた。その手は髪の毛に沿って首から背中へ滑り、掻き揚げるその動作を何度も繰り返した。

「はっきり言えないことってあるんだ。はっきり言ってしまえば、赤裸々すぎて何も残らなくなるんだ」

彼は浴室に入って行った。いっしょに来ないかと声はかけたが、彼女が答える前にそのドアを閉めてしまった。シャワーの音は、夜の鍵盤の上を激しく乱打し、踊り出す。一分、二分と過ぎていったが、彼女は二度と誘われなかった。じっと同じ場所に座り、彼に言った言葉を反芻しながら考えた。静かな夜、晉思は心をかき乱す水の音と飛沫に生まれたままの体を晒し、一人欺瞞に満ちた頭を抱えているのか。晉思が言ったことは何の隠喩だったのか？祥浩はあの衣装だらけの部屋に入った。そこには一つ一つきっちり分けられたハンガースタンドが壁に沿っておかれ、コート類、上着類、スカート類、ワンピース類と仕分けされて整然と並べられ、華美な色彩や流行のセクシーな衣装など、女主人のファッションセンスが丸ごと、少しも包み隠さず陳列されていた。ふつうの家庭の主婦のタンスでは、こんなにも彩色豊かで金色銀色にキラキラ光る衣装に出合うことなどありえなかった。彼の母親が独りで四人の子どもを養い、それに払った代償がどういうものか、彼女にも少しわかったような気がした。それを晉思に聞くべきではなかったのだ。

晉思が長く浴室から出てこようとしないことも彼女の心を痛めた。衣装部屋を出た。やましさを感じた。何か見てはいけない封印された秘密の扉を不用意に開けてしまい、重要な証人になってしまったのではないかと恐れ戦いた。リビングの元いた場所に戻り晉思を待った。なかなか戻って来ない。軽く閉じられた浴室のドアの前まで行った時、シャワーの音が止み、こもっていた湯気が中から一気に吹きだした。晉思はバスタオルで身をくるみ、体を拭いていた。たくましい体が靄の中で静かに姿勢を変化させながら、音もなく、重さもなく、無言のまま、行方も定まらない蝶のように飛び舞い、その姿が浴室の広い鏡の中に写り、照らし出されている。素っ裸のその背中の曲線は優美で力強かったが、やさしくおぼろげにもわかもわと立ちこめた靄の中では、深い孤独な憂愁が漂っていた。

祥浩は浴室の前を離れ、彼の部屋に入っていった。一枚一枚、衣服を脱ぎ、それをきれいにたたんでローチェストの上に置いた。首にかけたひんやりと肌にくっつく翡翠の判子だけを身につけ、その布団の中に潜った。今までは晉思の母が突然帰ってくるのではないかと恐れたが、今日はもう心配しない。晉思は母が絶対に帰っては来ないことを知っているのだ。だから、ここに連れて来たのだ。彼を信じなくては。彼が自分に対してどれほど誠実なのか、どれほど欺瞞なのか、どうでもよかった。彼女は彼がまるごとほしかった。彼が言いにくいこともすべて含めて…。

晉思が入って来た。緩く清潔な青色のジャージを着て、彼女の横に座った。顔を下に向けて彼女を見つめた。長い沈黙が続いた。瞳の中で憂鬱、迷い、茫然、不遜の色がくるくる変化し、きらりと光る涙も瞳の奥でくるくる回っていた。祥浩も同じように彼を見つめた。その表情に彼が涙を流しはしないかと恐れ、わざと軽口を叩いた。

「そんないっぱい着て、私に食べられるのがこわいの?」

彼は手を伸ばし、壁のスイッチを押した。明かりが暗くなり、漆黒の夜となった。窓から遠くにぽつぽつ輝く星が見えた。幼い頃、彼女は満天に浮かぶ無数の星を見たことがある。大きく成長した世界は星のように輝き、煌くと考えていた。星を抱き、夢を見ていた幼少期だった。夢はずっとその日まで続いた。その日、眼が覚めると家の屋根にぽっかり大きな穴が空いていた、強烈で明るい日差しは星空の幻想を打ち砕いた。母が日めくりカレンダーを引きちぎり、口から血を吐くのを見た。母が死ぬと思った、わたしの日々から消えると思った。だれかが陰でひそひそ言っていた。貧乏人の命は図太い。命が九つある猫のようだと。強制退去により、祥浩はあまりにも早く流浪の人生を味わった。磨き続けなければ石の美しさは現れないのか。流浪の歳月、星はあまりにも遠かった。それは冥府の世界に属し、冷たい氷と永遠の暗黒……。晉思も布団に潜り込んできた。彼女には彼の瞳が見えない。獰猛で曖昧な輪郭がわずかな光の陰影でしなやかに獲物を捕らえ、唇が狙いすましたように首のつけ根に沈んだ。濡れて尖った舌先が透けるような白い肌の上を赤い紐に沿って下り、胸の谷間を通過して体温に暖められた翡翠に至ると、その上に彼女があった。祥浩も手を伸ばし、晉思の首のつけ根をまさぐった。そこに同じ赤い紐と翡翠を見つけると、彼女の頬に涙が流れた。晉思の顔が近づいてきて、愛しそうにほおずりをした。その頬からは彼女と同じように涙が伝わり落ち、彼女の頬を濡らした。彼女にはその涙が彼女のものなのか彼のものなのか、もうどちらでもよかった。彼女は手を伸ばし、彼の瞼に触りたかった。その手を彼はもっと強い力でさえぎり、ヘッドボードのほうにその手を導いた。彼女の手は、そこに置いてあった長細い箱を摑んだ。

「なに、これ?」

「コンドーム」

「今日、いらない」

「持っていて。いつ必要か、きみがいちばんよくわかるんだから」

彼女のすべすべの肌がしなやかに引き締まったたくましい体にまとわりつき、重なった二つの肉体は水のなかを泳ぐ蛇のように激しいうねりを繰り返しのたうち回った。抑えきれないほどの昂まりに絶えられなくなった晉思は、四肢で彼女を覆い、唇を髪の毛の中に埋めるように上から強く覆いかぶさった。彼女は少しも動けなくなった。

「動くな!」

声は彼女の頭上から、広がり過ぎた炎を鎮める一縷の風のように吹き降ろしてきた。

「おれ、行けなくなってしまうじゃないか」

「いくと決めたら、私はどうしたって、いってしまうの。そうでしょ?」

意思では制御できない律動に絡めとられた晉思は、めくるめくような眩暈を夜の闇に吐き出した。千年も万年も、永遠の記憶を留めるように抱き合ったまま二人は動かなくなった。

「もしある日、おれが見つからなくなっても、もう探すな!」

「どんなことがあっても、決して邪魔しないわ」

約束で、別れだった。朝の日差しが窓から差し込み、彼のしなやかな体と、彼女の透明な肌に降り注いだ。彼らはずっと同じ姿勢のままだった。祥浩は最後の夜を生まれたままの姿ですべての細胞に受け止め、別れの朝を永遠の一日として迎えた。晉思は最後の夜に全細胞を吐き出し、別れの朝を新しい新生のスタートとして迎えた。そして、この夜は彼女にとって、生涯開けることのない秘密のプレゼントとなった。

二三

その次の休暇から晉思からの電話は途絶えた。彼の部屋に電話をかけたところ、アメリカ人のルームメイトは、晉思はもう引っ越したと言った。祥浩は小さな街のその丘から下り、意味もなく古い街並みをぶらぶらと歩いた。旧い市場の狭き小路に入り、腐敗した落葉や生臭い魚臭が充満した通りを漫然と歩いた。かつて家庭教師をしていた家の前まで来た。晉思が立っていた場所に立ち、それから市場に沿って港の外へ向かい、船の渡し場まで来た。そこには切符売り場で切符を買う人、渡し船がやってくるのを待つ人たちがいた。彼らは皆、対岸に行こうとしていた。離れていく人かもしれないし帰って来た人かもしれなかった。晉思が彼女を家庭教師の家まで送ってくれたあの夜、雨が降りしきり、彼女を待つために渡し場で彼は二時間、山や河を見ていた。いつの日か彼はまた、どこかの波止場で独り傘を差し、雨の中を二時間も山や河や家々の灯火を見ることがあるだろうか？彼はわたしのことを覚えていてくれるだろうか？岸辺にいた人々は渡し船に乗り、それぞれの目的地へ向かって行った。彼らはいつかまた戻ってくるかもしれないし、戻らずにそのまま違う場所へ行ってしまうかもしれない。人生って移り行くもの、来たり往ったり、絶えることなくダイナミックに変化を繰り返す。祥浩は渡し船が水飛沫をあげながら少しずつ遠ざかっていくのを見送りながら、人生の転変と無限の恍惚感を心にしみじみと感じた。彼女と晉思との間には写真もなく、手紙もなく、記憶しかなかった。千の河水流れ行き、幾世もの生、風雨吹く――振り返れば、初めは単に成就できない片思いだった――わたしは自分の言ったことは必ず守る。彼が出した決定を尊重し、もうその雲を探しには行かない。わたしは独りで彼の記憶に向き合っていく。

甘く、つらい、その記憶。祥浩は彼が自ら戻ってくるのを望んだ。

沈黙が日々の彩りを変えていく。図書館と教室が彼女の居場所となった。心の中にはその人の影がいつもずっといっしょにいて、彼が後悔するのを待っていた。いつか彼女の目の前に現れるのを…。

日が一日、また一日と過ぎて行く。彼女には、その思いが独りよがりな思いの幻想でしかないとわかっていた。沈黙は苦しみとなり、出口のない悲しみとなる。待つことが生活の望みとなった。待つ時は短いかもしれないし、長いかもしれない。彼女はただ待っているだけの生活は嫌だった。彼女はどこか安住の場にいて、大らかに彼の帰りを待ちたかった。

彼女は積極的に大学院受験を目指した。歌が歌えないのなら、勉強を続けよう。近頃、海外の文学部は奨学金が取りにくくなっていたので、海外留学という道はしばらく難しそうだった。国内の進学なら、研究ができるだけでなく、大学ともいい関係が築け、将来、大学に残って教鞭をとる機会も増えるかもしれない。最後に決めたこの進路が、奇しくも梁兄と同じになった。梁兄は学校を愛していた。だから登山家以外の職業として選んでいる。彼女はもともと自分は拍手の中にいるのが似合うであろうと考え、歌手を生業にしようと考えていたが、今はまじめで堅実に勉強することが大切で、歌がうまいというのは生活の楽しみにとっておけばよいと考えるようになった。

冬休みになり、祥浩は高雄の実家に帰った。短い年越しの賑わいはまず家庭の中に現れる。小売商が年越し餅を買うために家の中を往き来した。今年の母親は特に嬉しそうだった。次男の祥鴻が芋判の作り手として増えたからだ。二兄《あに》（次男）は、徴兵から帰ってきてから電子機器メーカーの入社試験に受かり、技術助手をしている。実家に住み、夜になると母親を手伝って家事を代わったり、分け合った。下の弟の祥雲は、大学受験を半年後に控え、ほとんど学校が家のようになっていた。年越しのこの時期、皆それぞれの仕事や目標を持ち、母親を手伝い、小売商の相手を務めたりした。兄弟四人が久しぶりに再会したのだ。彼らは机いっぱいの年越し餅の部屋で、包装用のラップフィルムを切ったり、福の判子を押したり、よもやま話を楽しんだ。祥鴻は祥浩がもうステージに立たないことを悔しがった。

「ステージで歌っている祥浩は、チョー絶対にきれいだよな！　おれ、軍隊でいちばんの自慢が妹だったんだ。きれいだし、歌はうまいし。もう観に行けないなんて残念だ！」

祥春は黙ったままだった。次に使われる出番を待っていたアルミで作られた型を一つ一つ縄で繋げ、壁にかけていた。祥雲が言った。

「姉《ねえ》さんの学費はもう十分貯まったんだ。歌わなくたっていいじゃない」

「この程度の才能で一生食べていけるんだ！　努力して、いろんなコネを使ってデビューしたい人は山ほどいるけど、運が悪かったり、箸にも棒にもかからない人だっているのにね」

祥鴻がくさした。祥雲も負けずに言い返した。

「名を上げるのって代償を払わないといけないんだ。人前で自分を晒す生活が嫌だったら、どれだけ金を儲けたってきっと楽しくないよ」

祥浩と祥春が二人同時に祥雲の顔を見た。祥浩は立ち上がって祥雲の傍らに行き、軽く彼の頭を撫でた。

「いちばん小さいのが、いちばんよくわかっているのね。わたし、お酒が飲みたくないときに、お愛想で飲まないといけないのがいやなの」

母がまだ型から抜いていない出来立てほやほやの餅を持って入って来た。彼らの話が聞こえ、その輪に加わった。婉然とした底なしに幸せそうな表情を浮かべ、祥浩が歌わなくなってほんとうにほっとしたわと、言った。彼女は、生活のために働く娘をもう心配する必要がなくなったことを喜んだ。祥浩の才能は歌だけではないとかたく信じていた。

「祥浩には他にも才能があるんだ。おれたちは皆、自立して自分たちのものを手に入れられるんだ。お母《かあ》には絶対いちばんいい生活をさせてやる！」

祥春が落ち着いた声で母親を慰めようとしたが、母にはもうそんな慰めは必要なかったようだ。母は祥浩をじっと見つめ、しばらく間があってやっと口を開いた。

「子どもはいつか必ずそれぞれの天や地を手に入れ巣立っていくの。わたしがわたしの母さんを離れた時のようにね。あなたたちもそれぞれ家庭をつくり、みんなが幸せで楽しい生活を過ごしてくれることが、わたしにとっていちばんのしあわせよ！」

祥浩ら兄妹のだれもが母の苦難を横目に成長してきたのだ。しかも、その苦難の原因のほとんどは、父親が原因だった。だから、みんなは母親が言わんとする意味はすべてわかっていた。自分の愛する人といっしょに人生を作り上げていくことの大切さを十分にわかっていた。しかし、だれも口にしなかった。父親は不在、年越しのこの慌ただしい年の瀬に、父は父で自分なりに忙しい理由があると言い張っていた。

祥浩は大方を思い出した。もうすぐ年越し。彼の家はにぎやかなのだろうか？　彼は家族を顧みずに家を不在にするような父親ではないだろう。もう訪ねて来ないでと約束したら、そのあと来なかった。彼は約束をきちんと守る人なのだから……。

兄や弟たちがショーや父親のことを話題にしたとたん、彼女は真っ先に彼を思い出した。そっと上の階へ上がり名刺を探し、彼の家に電話をかけた。大方は自ら電話に出た。電話の向こうから、ちょっと驚き、興奮したような声が聞こえて来た。会いに行きたいと告げた。下の階からは相変わらず笑ったり話したりする明るい賑やかな声が響いていた。この家は、父が家にいないと、どうしてこんなにみんな朗らかになれるのだろう。彼女は父に電話をかけたかった。帰っていっしょに家族団欒を楽しんでほしかったが、どこにかければよいのかわからなかった。

その夜、彼女は年越し餅を一つ袋に入れ、住所をたよりに繁華街の中のある静かな横道に佇むビルの前に着いた。上を仰ぎ七階を見たら、煌々と明かりがついていた。人の心を暖かく包むような丸いあかりが心に染み入った。彼が来てもいいと訪問を許してくれたのだ。もうすぐ彼の家族に会う。そう思っただけで、彼女はなぜかおどおどした気分になった。まるで彼の秘密の恋人が、やっと正面切って家族のみんなに会う直前の心境だった。エレベーターで上がったが、入り口の管理人は既に七階に連絡を入れていた。彼女はどんな立派な住まいだろうと想像していた。たとえ王宮であっても驚くことではない。彼は一生涯贅沢をし尽くしてもありあまるほどの資産家で、その金の使い道は彼女の想像力をはるか超える世界の住人だと考えていた。だからちまちまとした細かい算段などしなくても、金持ちは簡単になんでも手に入れることができるのだ。

大方は既にエレベーターの前で待っていて、彼女を家に迎え入れた。広々とした家の中には、財を見せびらかすような装飾は何一つなく、質素な色彩と清潔でシンプルな家具しかなかった。すぐに彼女の注意は大方に向けられた。彼は質素な色彩の中に立つ、この家の主人だった。大方は淡いブルーのセーターを着て、目尻に皺を寄せ、笑みを顔いっぱいに浮かべていた。彼は海の色の青が好きだった。ダイニングにある大きな窓の前に置かれた長いテーブルに案内された。窓辺にはさまざまな常緑植物がおかれていた。日中の日差しは、きっと一列に並んだ青々としたその植物を照らし、部屋中に活力を与えているのだろう。大方は彼女の正面に座り、しきりによく来てくれたと繰り返した。彼はキャビネットから酒とグラスを二個取り出すと、嬉しそうに自分のグラスに酒を注ぎ、彼女のグラスにもほんのちょっと注いだ。このめでたい日を祝い、二人で禊ぎの真似をしようという意味のようだった。

「今日は独りで飲まなくてもいい」

大方叔父はこんなにも孤独で寂しい独り暮らしなのか？家の人は、子供はどうしたのですか、と聞いた。皆、日本にいる。子どもは三人とも日本で勉強している。妻は亡くなったし、母は八十歳になったが、まだ元気で、今は田舎に帰って年越しをしてる、そこにはいっぱい親しい隣人がいると言った。

「子どもたちは帰ってこないのですか？」

「何日かしたら、母さんを連れていっしょに会いに行く」

彼も、孤独だったのか。富は親子の絆を深めるわけではない。子どもを留学させる力がなければ、子どもたちだって彼をおいて遠くへは離れないだろう。祥浩は財力をなした大方に、なんとなく同情を覚えた。彼女は年越し餅を取り出し、テーブルの上においた。

「母が作ったの。食べてみて！」

「きみは、母さんの味を食べさせるために来たのかい？」

「違うよ。会いたいからきたんです」

大方は終始にこやかだった。ナイフとフォークをとり、餅を切り分け、ゆっくりと静かに噛みしめた。彼は、食べながらしゃべり始めた――きみのお母さんがこれで生計を立てていることは知っている。きみのお母さんは実に強く逞しく仕事をして一家を支えている。知り会って長いけど、今日初めてきみのお母さんの手作り料理を食べた。しかも、その娘が持ってきてくれたのをね、…。そういって彼は立ち上がり、窓辺へ行って市街地の明かりを眺めた。振り返ると、彼は祥浩に、人生にはいろいろ感慨がある、ともらした。

「どうして、母が餅を売って生計を立てていることを知ってるの？」

彼は沈黙したままだった。答えの代わりに、感慨に耽っているかのように頭を低く垂れていた。彼がいきなり垂れていたその頭をあげ、彼女に訊ねた。

「もう、歌わないの？」

「ええ、歌いません」

「なにがしたいの？」

「勉強！勉強はだめになったり、旧くなったりしないから」

「だったらよくがんばって勉強しないと！きみの歌よりもいい成績を残さなくちゃ。そうすれば、歌をあきらめた意味がある。人生ってそれほど選びなおすチャンスはないんだよ」

祥浩は、彼の背中からガラス越しの夜景を望んだ。この都会では、このような景観を手に入れられる人は少ない。二人は同じ方向を向いている。彼は彼女のずっと先を見通すことのできる成功者で、信念は彼女にも大きな力を与えた。祥浩は二人のグラスを手にして大方の傍まで行き、その酒を飲み干した。それは、いくら言ってもいい尽くせないほどの、彼女からの彼への感謝の言葉の代わりだった。

大方は祥浩に、あの時どうして会いに行ってはいけないと言ったのか、と訊いた。彼女には、それはどうやっても言い出せない気持ちであり、言い表せない気持ちだった。彼女は晉思を思い出した。できることなら晉思のことを彼に打ち明けたかったが、この愛の重さは、やはり自分の心の中に沈め、秘密にしておきたかった。確たる根拠はないが、彼女は晉思以外の他の男を愛せないだろうと信じていた。

また会いに来てもいいですか、と聞いた。大方の目尻の皺がさらに深くなったのを見た。深い皺の一本一本が彼の孤独を刻み、無上の沈着と強さを示していた。祥浩はここにずっといたくなった。いっしょに団欒を過ごしたかった。彼には言い知れぬ魅力があって、彼女を強く惹きつけた。あの時、もう訪ねて来ないでとお願いしたのは、彼への愛情がさらに募り、それまで以上に妄想が膨らむ恐怖を感じたからだった。しかし今、彼女は、大方が救ってくれた直後に彼との交際を断った自分があまりにも残忍だったことを痛感した。同情や憧れ、畏敬、依存、愛慕など、渾然一体となったさまざまな感情が、この孤独な部屋に彼女を縛りつけた。祥浩は大方を見詰め、一歩も動こうとしなかった。

「来ていいよ。いつでも……どうしてそんなにおれを見つめるの？ 君の瞳はほんとうにきみの母さんに似ている！」

彼女はちょっと動いた。また、母の影が二人の間に覆い被さってきた。彼女はテーブルに戻った。残った餅を見つめながら、彼に尋ねた。

「お母さんの餅、おいしい？」

「言ってあげて、本当においしいって！」

彼女は穏健な愛がほしかったが、晉思はそれを充たしてくれることができない。大方の母親への愛情は二十年以上も変わらなく続いているのに、母はそれを享受することができない。大方の母親に対する気持ちを彼女は知っていたが、母親の気持ちはどうなのかは、知る由がなかった。知ろうとも思わなかった。母親が苦労し、苦しみながら懸命に絶えて家庭と結婚を維持してきたのを目の当たりにしているからだ。そのことを考えれば、どんな疑問も疑惑も挟み込む余地などなかった。

ガラス窓に大都会が年を越す準備の輝きが映りこんだ。赤いテールランプは騒がしい河をなしている――ここの変化はあまりにも速いわ、帰ってくるたびに新しいビルが建ち、道路が広くなっていく…。言い終えてすぐに気がついた。大方はまさにこの都会の変貌によって財を成してきたのだ。彼はこの都会に新しい服を作り、着せる人だった。彼はチャンスを知っていた。社会が変動し、金がどこにあり、どこに流れるのか嗅ぎわけることができたのだ。

彼のその豪壮でおしゃれな建物を出て、彼の豪奢な自家用車に乗った。遅すぎるから送っていくと言われたからだ。

もうしばらく訪れる機会はないと彼女は思っていた。が、思いもかけず、その翌日に彼女はまた彼のこの簡素で広々とした家にやってきた。母親と共に——

二四

その晩、大方は車を彼女の家の近くの曲がり角で下ろした。車を降りたとき、ちょうど入り口近くに立っていた祥春と目が合った。車に近寄って来た祥春は、腰を屈めて車の中を覗き込み、大方と会釈を交わした。大方は車の窓を開け、顔を出して祥春に何か言おうとしたが、祥春は祥浩の手を引っ張り急いで家に戻ろうとした。あまりにも急に強く引っ張られたため、祥浩は足をからませて転び、足首を捻ってしまった。痛めた片足を引きずりながらケンケンして必死に祥春を追いかけて、文句を言った。

「あまりに失礼でしょ」

祥春は相手にしなかった。家の門のところまで来てやっと足を緩め、弱々しい玄関先の灯りの下でとぽつり言った。

「ごめん、もうつき合っていないかと思っていた」

祥春がなぜ大方にこれほどまでに敵対心を抱くのか、祥浩にはどうにも理解できなかった。

「もうこんなに遅いのに…。一晩中いっしょにいたのか?」

「彼の家に行ったの」

祥春は何も言わず家の中に入って行った。祥浩もついていこうとしたが、さっき捻った足首が急にひどく痛みだし、彼女は思わず叫んでしまった。その声に驚いて振り返った祥春は、祥浩が歩けなくなったことに気づき、戻って祥浩の体を支えた。祥浩はバッグをローテーブルの上にポンと投げ、椅子に身を投げだして踝《くるぶし》を揉みだした。母がやって来て祥春に万金油を取って来るよう言いつけた。祥浩の足を揉んであげようとしていた。祥春が母に万金油を渡し、母はその蓋を開け、指いっぱいにその油脂を彼女の踝の関節近くに塗った。それから片方の手で足を持ち、もう片方の手でマッサージを始めた。力強い手が肌の上を走り熱気が彼女の筋肉から骨にまで伝わってきた。大方から言伝された、餅がおいしかったということを伝えようとしたが、なぜかどうしてもその言葉が口から出てこなかった。母が訊いてきた。どこへ行ってたの？ 友だちの家へちょっと遊びに、と答えたが、横でその会話を聞いていた祥春は何も言わなかった。母が続けた。

「ペンをちょうだい。つぼを押してあげる」

バッグの中にペンがあった。祥浩は手を伸ばし、祥春にバッグを取ってほしいと言った。祥春はローテーブルからバッグを取り上げ、おれがとってやる、と言いながらバッグを開けた。祥浩が慌てて止めようとしたが、もう手遅れだった。秘密の扉が開けられる瞬間だった。二十年来隠されてきたことが、なんでもないバッグを開けるという動作によって、あっけなく埋もれていた穴から顔を覗かせた。

祥春はコンドームの箱を手に、空中で瞬間凍結されたように固まってしまった。そのうろたえた表情と悲痛を、祥浩は冷たい蛍光灯の下からスローモーションのように見ていた。次に大敵がそこまで攻めて上ってきていて、もうすっかり包囲されてしまっているようなざわめきを感じた。それは晉思が最後の夜にくれたもので、使い道のなくなったコンドームを彼女はずっとバッグの中に入れ放しにしていた。晉思と別れてからも、彼の掌のぬくもりを残そうとしたのか、捨てようと考えたこともなく、ずっとバッグの中に入れていたものだった。母は祥春に背中を向けていて、彼女のプライベートにも背を向けていた。祥春は母にペンを一本渡した後、祥浩の顔を睨みつけた。その冷たく険しい顔には侮蔑と絶望に近い悲哀が浮かんでいた。祥浩はどきっとした。その表情は、何かとてつもない難題がこの先彼女を待ち受けていることを伝えていた。祥春は彼女が道義道徳に反すると難詰したいのだろうか？でも、彼女はもう大人だ。男性の一人や二人とつき合う自由はあるはずだ。彼女は祥春を反抗的な目で睨み返した。祥春は晉思のことを教えたことがないことを責めているのかとも疑った。だが、祥春のその顔は瞬時に蒼白になり、救いがたいような絶望にプルプル震えていた。暗い沈黙の底から呻くような声が響いてくる。祥春の声だ！母に告げている！

「お母、祥浩と大方叔父さんは、もう長い間交際してるんだ！自分で祥春に確かめな！」

言いながら、祥春はそのコンドームの箱を母親に渡した。母はすべての動きを止め、静かに彼女の足に触れ、一瞬、静止画のように動かなくなってしまった。その顔に困惑と驚愕、

躊躇いと不安が張りついた。それから彼女はゆっくりと顔を上げ、祥浩の顔をヒタと見つめた。祥浩は母のその顔にただならない気配を感じた。すぐに母に自分と晉思のことを打ち明け、理解を求めようとした。祥春が先に母に言葉を告げた。

「彼女はもう大人だよ。ほんとうのことを言わないと…。じゃないと、後悔してもしきれないよ」

母はさらに驚いた顔で祥春を振り返り、その顔をただ見つめた。母は、長いこと一言も言わなかった。祥浩も、何も言わなかった。彼女はこのもやもやとした霧が晴れ上がるのを、ただじっと待とうと思った。母と祥春との対話の霧を…。

「何を知ってるの？」

「おれはお婆《ばあ》いちばんのお気に入りの孫だったんだ。教えてくれたんだ」

母親は黙って耳を傾けたまま、神棚にちらっと目をやった。お香が最後の煙を漂わせていた。途端に母は途方にくれた顔になり、頭を垂れ、小さく絞り出すように呟いた。

「だれにも言わないって、約束してくれたじゃない！」

「あの時、お婆はたいへんな病気で、おれは見舞いに行ったんだ。そしたらお婆がおれに、心に留めておけって。お母が言わなかったら、おれが言わないといけないって言われた。おれが言わなきゃならないんだ！お互いに知ってないといけないんだ！」

母はずっと俯いたまま、祥春が堰を切ったようにしゃべるのを聞いていた。その夜は冷たい風が吹き荒む冬の夜だった。母の首に浮き出た無数の皺に汗が滲み出し、光った。祥浩は足の痛みを忘れた。彼女は、二人は自分のことを言っているのだとわかった。吐く息さえもが二人の話の邪魔をしないかと恐れ、息を殺して耳をそばだてた。母がもう一度顔をあげた時、真っ赤な目が顔いっぱいに血のような涙を行く筋も引いていた。あっという間に瞼が腫れあがった母は、両手を伸ばして祥春の肩を掴んだ。言いたいことが山ほどあるように、祥春の体を両手で前後に揺すり立て、彼の胸ぐらをどんどんと叩いた。しきりに唇を震わせ、何かを訴えようとしているが、嗚咽するばかりで言葉にならなかった。祥春がその母の両手を摑み、強く自分の掌の中に包んだ。

ようやく落ち着きを取り戻した母の視線が振り返り、祥浩の目を捕らえた。

「この箱はだれが使っているの?」

祥浩は答えなかった。沈黙だけがこのもわもわとした霧を晴らすことができると考えた。

「大方とは、どれだけつき合ってるの?」

祥浩はだんまりを貫いた。母と祥春は無言で目配せをした。母は再び神棚に目をやり、枯れた声を絞り出した。

「明日、大方の家に連れてって!」

その夜、祥浩は何度もくるくると寝返りを繰り返した。母が何度も彼女の部屋のドアを叩いた。祥浩はドアノブに手を伸ばしかけては引っ込めた。しばらく、何もどうにも考えられなかった。どうやら祥春と母の大きな誤解が、自分が関係しているらしい秘密をより深刻にしているらしい。けれども、考えても考えても、祥春と母が恐れたあの重大な恐ろしい霧は晴れることがなかった。彼女には、自分が黙してその霧の層が一つ一つ晴れるのをじっと待つことでしか、絡まったその秘密の糸を解きほぐす術はないと考えた。

夜が開け、彼女は大方に電話をかけた。電話の向こうの声も、彼らが訪れるのを聞き、厳粛に受け止めたようだ。母と出かけようとした時、父がちょうど帰って来た。蒼白になり退廃的なその顔をさっと一瞥し、これから年越しの準備に出かけると告げると、母はそそくさとその場を逃げるように出かけた。母がついた嘘は、いっそう祥浩をどぎまぎさせた。彼女はやがて訪れることの真の重大性に気づき始めた。母は、あまり上手に嘘の言える人ではなかった。

母と祥春、祥浩二人の兄妹は大方のリビングに座った。祥浩は母が部屋にあるものすべてにまったく興味を示さないことに気がついた。母は静かに大方の正面に座った。儀礼的なあいさつはほどほどに、いきなり娘とどのような交際をしているか聞いた。母娘の強ばった顔色はこの部屋の主人を警戒させた。祥浩は大方に秘密にするよう目配せすると、彼も少しは事態を了解したようだった。彼はしきりに祥浩を褒めたが、レストランによく通ったことは伏せ、レストランから彼女を助け出したことも言わなかった。母はさらに単刀直入に、娘のことが好きになったのかと訊ねた。祥浩は大方の顔色が厳しくなったのを感じた。なにか弁解の言葉を探しているのか、祥浩の顔を一目見て、開こうとした口をまた閉じた。重い沈黙が二人の間をキャッチボールした。母はそれに耐えられなかった。

「あなたたちは、どっちも言わないの！　今日、わたしはわざわざ来たの。ここに来た以上、黒でも白でもはっきりさせてもらうからね。事実はもう隠せないの！」

返事はなかった。祥春と祥浩の二対の目は、かたくなな母の顔を黙ったまま注視した。大方の目は、祥浩と母の二人の母娘の間を往ったり来たりした。その目が祥浩の顔の上で止まった。大方は二人が互いによく似た顔であることを確認した。祥浩の耳に、母の抑揚をおさえた静かな声が聞こえた。

「この娘、あなたの娘よ」

母の顔を凝視した大方の視線と母の視線が空中でぶつかってバチバチと雷が鳴ったような轟音を発し、真っ白な閃光が走ったように見えた。その父の目にわっと涙が溢れた。祥浩の霧も瞬時に霧散したが、なぜか涙は出てこなかった。祥浩は涙をぐっとこらえた。その母と大方の物語を聞きたかった。だが、父と母が二人とも過去に戻り、互いの顔に思い出を手繰っているのを見て、直感した。母親はもう絶対に二度と、ここには戻ってこないつもりなのだ。祥浩は、ちょっと出てくる、わたしのことは今度教えて、と言い残して部屋を出た。

二人にはっきり祥浩の声が聞こえたかどうか、それはわからなかった。ドアを開け、エレベーターに乗った。あの閉じたドアの向こうで、今、彼女の身の上について語られているかもしれなかったが、彼女は、ただ今この時、孤独を感じていた。

大通りに出ると、道路をピカピカの車列が先を競うようにしゃれた街の中を往来しているのに、彼女はいまだに旧時代的な愛情の不条理と桎梏の中に陥っている。彼女は愛河まで歩き、河に沿って漫然と歩いた。どこまで歩いたのか、河辺にいくらか生臭さが漂ってきた。子どもの頃、彼女がここで遊んだ時、河はまだ清らかで澄んでいた。市政府は河を整備すると言いつつ、もう何年も放置したまま過ぎた。愛情だって、必要とされている時に整理する必要がある。

この一瞬に、彼女は晉思の漂泊と孤独を理解した。河辺を歩いていても、今のわたしのように、自分がどこに身をおき、何を目指して、どこに向かって歩いているかなど、ほんとうはだれにもわからないのだ —— いっしょに成長を競ってきた兄弟とわたしには、実は違う血が流れていた！

道を一本曲がると、年越しの準備に忙しい市場がそこにあった。そこに公衆電話が一つあった。その公衆電話に、祥浩は吸い寄せられるように近寄った。彼女はその受話器を取り、晉思に電話をかけたかった。晉思に、彼女は今、彼と同じ身の上を持つのだと言いたかった。何個かダイヤルを回してから、受話器を置いた。それはもう、人がそこにいない番号だった。

二五

明るくうららかな春の光の下、淡水河はキラキラ輝きゆっくり流れている。濃い緑が鬱蒼と繁る野鳥の保護地区は、列車のレールがとっくの昔に取り外され、水域をいっそう広げていた。市街地からこの小さな街に通じる都市間新交通システムの工事が幾多の波乱を乗り越え、開通を目前にやっと試運転期間に入っていた。この日はウイークデーため試乗客が少なく、車内はがらんとしている。新交通システムのレールは高架式で街の上方に設置され、車両は都市のビルとビルの間を通り、中空を走っていた。高さも大きさもまちまちに雑然と並ぶビルはどれも雨水が染み込み灰色に変わっていた。

祥浩は電車の樹脂製の椅子に座り、都市の中空からの眺めにぼんやりと目を落とした。かつて、何年も前、彼女がまだ学生の頃、彼女は列車に乗って小さな街に向かった。その時は都市の平面しか見えなかった。旧いレールが歴史に消え、新しいレールは都市の景観を立体的に際立たせている。彼女にとって平面的な景観は過去のものであり、大学で勉学に励んでいた時期だった。あの時代にしか存在しえないものであった。今、この中空を走る電車は現在進行形であり、電車に乗り込む人々は、今まさに自分たちの人生を描いていた。

かつて淡水の街の経済の動脈であったレールは、穏やかに流れる淡水河を左に見て美しい盆地の出口を往き来する位置にある。彼女は何年間も見つめ続けていたこの河を眺めた。ここにはもう何年も来ていない。台北に住んでから、河に沿ったこの小さな街に来ていなかった。彼女は都市の向こう側にある大学で教鞭をとっていた。忙しさがこの海の小さな街を忘れさせていた。わざと避けていたのかもしれないが、大学院生になってからは一度も母校に戻っていなかった。

今、彼女は手に一通の手紙を握りしめ、小さな街に行こうとしていた。そこの景色は大きく変化していると聞いていたが、少しも驚かなかった。台北はこの何年間か、ショベルと瓦礫の埃の街に成り下がっていた。大資本家たちが利益を分割する大きなパイになり、政治家たちが鬼やら神やらを演じる祭壇となっていた。この都市に残っている者は自分を愚弄しているか、愚弄されている者しかいない。そしてだれもが都市の片隅に残る少しばかりの郷里の温かみを求め、期待を胸に現実から目を逸らして生活をしているのだ。

祥浩は学校に残って学問を続けるために残されたわずかなチャンスに恵まれ、この道に進むことができた。学問の道に進むことができたことを幸運だと思っていた。少しばかり孤独だったが、それは学問の道を選んだ時から覚悟していたことだった。その孤独でもって精神を満たしているのだから、日々の生活には満足していた。手にしているこの手紙を彼女は車内でも繰り返し何度も読み返した。彼女を母校に招待するもので、彼といっしょに学生サークルの合コンダンスパーティーの監理をやってほしいというものだった。

ダンス！　なんて懐かしい響きだろう。彼女は大学三年以降、踊らなくなっていた。大学に入学したての時、晉思に誘われて一曲踊った。その後、彼らと共に踊った。彼の卒業ダンスパーティーで彼ともう一度踊り、踊ってから彼を送り出せるのではと期待し一晩中待ち続けたが、彼は現れなかった。曲が終わり人々が帰っても、それでも彼の姿は見えなかった。

彼はそれまで他人の卒業ダンスパーティーには必ず参加してきた。自分の番になって、欠席した。その次の年、彼女の卒業ダンスパーティーは彼女も欠席した。彼女にはもはやダンスをする一切の情熱がなくなっていた。

彼女は自分の入場券を後輩の一回生の女子にあげた。その後輩は、まるで入学したばかりの好奇心溢れる自分の姿を見ているようだった。今、大学の中にはそのような若い女の子がさらに増えている。彼女の教え子にも、かつての自分の影が見え隠れする。しかし、彼女は水の流れのように過ぎ去る青春の日々を懐かしんだりはしなかった。彼女はとっくに、いかに自分の人生を過ごすべきかを知っているからだ。

手紙には、彼は未婚であること、海外から帰って来たばかりであること、学生に好かれ、サークルを学生と共に楽しみ、彼も学生が好きでサークルが好きだと書いてあった。

彼は終点の駅に迎えに来ることになっていた。自分で運転してきてもよかったが、運転して丘を上がるより、新交通システムを彼女は選んだ。開通したばかりの電車に乗り、沿線の風景をもう一度味わいたかった。あの当時、彼女も彼といっしょに列車に乗り、車窓の外の渾沌と安寧を見ていた。彼は卒業後アメリカで博士号を取ってアメリカの大学で教えていたが、母校があまりにも恋しくなって戻ることを決めたということを彼女は知っていた。すべてが軌道に乗り、彼から連絡が来たのだ。会いたいと。

駅から出てくる祥浩を、彼はすぐにわかると信じていた。彼女は変わらずにロングヘアーだったが、これまでに、長めにしたり短めにしたりと、たびたびヘアースタイルを変えてきた。今はちょうど知り合った時のように肩まで髪が伸びていた。肌に若い頃のようなツヤやハリがなくなったこと以外、独身であることも含め、何も変わってはいなかった。彼女も何人かの男性とつき合ってきたが、結婚まで話が進まなかった。ほとんどは彼女から断った。彼女の母もそれを支持した。ほんとうに心から愛せないなら結婚するな、するなら最愛の人としなければいけない、と母は言った。

電車が着いた。かつて赤レンガで造られていた終点の駅は大きくその敷地を伸ばし、駅前に漫然と生えていた野草は河岸公園に作り変えられ、小道が一本渡し船まで通されていた。祥浩が階段を降りると、眼鏡をかけた青年がそこに待っていた。彼女には彼がすぐわかった。彼はそのやや禿げ上がった額のほかは何も変わらず、その恬淡とした性情は前にも増して落ち着きを見せていた。

彼にも彼女がすぐわかった。

「ヘイ！　変わらないね」

「変わらない…？」

「きれい！」

「口がうまくなったのね」

彼はふふっと笑い、いっしょに道路を渡った。

「車で迎えに来ようと思ったが、君なら歩きたいかなと思って」

「よかった。まだそれほど歳を取ってなくて。まだ、上れるわ」

彼女はほんとうに歩きたかった。この坂を上りたかった。

二人は狭い上り坂を上り始めた。坂の左右に列なる店はいずれも新たな装いに変わり、飲食やファッション、眼鏡のチェーン点など何軒もの店がびっしりと軒を並べ、繁華街のように様変わりしていた。学生たちの購買力の向上がこの街を変貌させ、商業資本が昔に比べてはるかに裕福になった学生たちの単純な生活に刺激と飽食をもたらしていた。

「広いアメリカから帰ってきて、慣れた？ こんなにごちゃごちゃしたところ」

「ここが好きなら、ここの悪いところだって受け入れられるよ」

彼は大人だった。祥浩は心から思った。そうだった。大学の時から彼がいちばん心が広く優しかった。何年経っても、その思いは増すだけだった。

坂を上った。数えきれないほど歩いたこの路と坂を、彼女は永遠に忘れないだろう。どれほどの星空の下を、彼女はギターを抱え、階段を上り、息も切らさず歩いたことか！

　克難坂は、彼女の印象よりも大分小さくなっていた。年をとり、いろいろ見聞も広がって、昔珍しかったものが、今となってはさほど驚かなくなっただけかも知れなかった。彼女は一歩一歩ゆっくりと上っていった。彼は山登りの名人だから、こんな階段なんてどうってことなかったかもしれないが、彼がちゃんとついて来ているかどうか、時々確認した。中腹にある踊り場に着くと、彼女は振り返り、坂下の街の風景を眺めた。新しい建物と古い建物が入り混じっている。河の水だけが悠々と出口に向かって流れていた。すべてのものが変わっていった。山や河だけが変わらない姿でその変化を静かに見ている。その山や河であろうと、しかし彼女のかつての日々を知るよしもなかった。人は変化の中にいて変化を受け入れることを学ばなければならないのだ。

　何を見ているの、と彼は聞いた。

「現代のビジネス社会がいかに純朴で小さな街を解体し、いかに多くの人々の記憶の中にあるものを消し去ったのかを見ていたの」

「もう過ぎ去ったことは忘れろ。この小さな街は、少なくとも紅毛城という資本家たちも決して取り壊してビルにできない国家一級の史跡を持っているのだから…」

　二人は微笑を浮かべて最後の階段へと向かった。彼の今の言葉は彼女にとってはやや苦々しいものであったが、彼女も既にどんな感情も顔に出さないことに慣れていた。彼女は落胆した思いを彼に気づかれずにすんだ。

最後の一段を上り、彼女は聞いた。

「ほんとうのこと言って、何で戻ってきたの？ もう海外で教えているのだし、だれもが一所懸命海外に出ようとしているのに、なぜそこにいなかったの？」

「きみは？ 外国語を勉強しているきみのような人が出て行かないんだから、おれみたいなエンジニアが海外行って帰ってくるのは当たり前じゃないのか」

「出ようとも思ったわ。一つは、お金がなかったから。それに、わたしは母の傍にいてやりたかったの。何年も離れ離れになるのはかわいそうだと思ったの」

淡々と話した。彼女は本当の理由を言わなかった。生みの父は彼女に資金援助をして留学させようとしたが、彼女は断った。彼女はもう何年もほんとうの父とゆっくりすごすチャンスを失ってきたと思っていた。彼女の人生はまだ長い。しかし、親に残された年月はどうしたって彼女の比ではあるまい。だから、彼女は残ろうと決めた。母の愛に、ほんとうの父の愛に、そして幸運にも小さい頃からずっと何も知らないまま叔父と呼んできたあの人の愛に応えようとしたのだった。

彼女にも、彼がほんとうの理由を言っているかどうか、実のところわからなかった。二人は銅像の前までやってきた。銅像の下にあった階段はなくなり、花壇に取って代わられていた。彼女はその階段に座って正面の山や河を望みたいと思っていた。彼が口を開いた。

「そうなんだよ。階段はもうなくなったんだ。おれがこの銅像の前できみに言ったこと、まだ覚えているかい。気持ちがあればきっと互いに探し、求め合うって……」

「うん、覚えている……」

階段がないため、二人は路に沿ってさらに歩いた。

「あの時、おれはきみに階段で一曲「オリーブツリー」を歌ってほしかったんだ」

「あの日、わたしは歌わなかった」

「きみも、あの日おれの言ったことを忘れていないんだ！」

祥浩は微笑んだ。もうこんなに経つのに…。彼女は今、時々流行の洋楽を歌って楽しむことがあった。けれども、もう長い間「オリーブツリー」は歌っていなかった。過ぎ去った日々の情景が一つ一つ目の前に浮かんだ。学生活動センターのあの夜、彼女はステージで歌い、晋思は二階から見ていた。その後、晋思は彼の夢の中のほんとうの理想郷を求めて遠くへ行き、帰って来なかった。もしかしたら、彼は今、甘い泉の湧くその理想の安住の地にいるかもしれないし、大草原が広がる田舎で平穏な日々を過ごしているかもしれなかった。あるいはウォール街を風を切って歩き、スーツを身に纏いビジネス街の人となっているかもしれない。いずれにしろ、彼女は晋思の行方を知らなかった。二人はそれぞれ自分たちの「オリーブツリー」を探しにいったのだ。彼女は遠くへは行かなかったが、その心はとっくの昔に遠くへ飛んでいた。ふわふわ浮かぶ茫洋とした希望を日々の生活に潜め、彼女は過ごしている。

彼女らの中でいちばんの幸せを手に入れたのは如珍だけだった。如珍は彼女の兄嫁になった。子供を二人、一男一女を授かった。祥春は内装工事会社を興し、その会社を如珍が手伝った。如珍はただの一日も教師にはならず、祥春の仕事を扶け事業を大きくした。そして勤勉な夫婦は金を雪だるまのようにどんどん増やしていった。金持ちになりたいという如珍の願望は叶えられたのだ。

サークル主催のダンスパーティーが始まるまで、まだ少し時間があった。彼はコーヒーを飲みに行こうと祥浩を誘った。センター地下にあったサークルの部室は他の建物に移され、その前に新しい図書館がでんと高く聳え立っていた。その一帯にあった素朴で静かな平屋の宿舎や、一面に広がる草花はとうになくなっていた。今の世代の子でフォークソングに興味がある人はいるのだろうか？　彼女は、とうにフォークソングを捨てていた。ギターを失くしたあの日、フォークソングもいっしょに捨てたのだ。今はただ彼のためだけに歌ってあげた。彼は祥浩を珈琲ショップに案内した。暗い壁を黄色い灯りが照らしていた。この何年間は、すべてこのおぼろげな灯影のなかの出来事のように思えた。彼らは二人とも学問に進んだ者、どちらも灯下で過ごしてきた者だった。

「ぼくらで小さな合唱団を組まない？　歌えるのに歌わないなんてもったいないよ！」

「いいわね！」

生活には休息も必要だ。古き良き友人が戻ってきた。彼に連れられて、彼女の歌声も戻ってきたかのようだ。

「首にかけてあるそれって判子？　きれいな緑いろだね」

紅色の紐につなげられた翡翠の判子だった。彼女には金のネックレスも、ダイヤモンドもなかった。年齢も、晉思が言っていた三十歳を超えていた。彼はもう結婚をしただろうか。彼女の判子はいまでも胸につながっていた。その判子の赤い紐は何度も取り替えたが、ずっと彼女の胸で彼女の体温を吸ってきた。その判子を手に取ると、彼の手の暖かさが伝わってきた。彼女があげたあの判子を、もう彼は失くしてしまったのだろうか。

彼は彼女が首から外した判子を手にとり、その彫刻の美しさを褒めた。祥浩は彼から返してもらった判子を、再び首にかけなおした。判子の彫刻を依頼した老職人は、五年前にもうこの仕事を辞めていた、彼の仕事は丁寧で繊細だったが、目に悪かった。店舗のある重慶南路の人波もとんと減っていた。彼女はこの判子の代わりに他のものを首にかけたいとはまったくおもわなかった。その判子はもう彼女の肌の一部となり、毎日触れたり撫でたりするのが習慣になっていた。判子には彼女の名前が刻印されていて、晉思の唇の熱が残っていた。

パーティーの時間に近づいた。急に何かを思い出したかのように、祥浩は彼に訊いた。

「踊らないんじゃなかったっけ？」

「人生にはサプライズも必要さ！」

芳醇な珈琲の香りに包まれて華やかなダンスパーティーの幕開けを待つこのひと時は、二人にとって特別に贅沢な時間となった。彼らは多くの共通の友人たちの思い出や近況を、英語と中国語を混じえながら競い合うように次々と名前をあげ、おしゃべりに熱中した。高揚した時間は、二人をあたかも最近大学の門をくぐったばかりの若者のように若々しく見せていた。彼女は談笑中もずっと大学に入学して初めて踊ったダンスの感触を思い出していた。

今晩、曲が鳴り始めたなら、また踊ろうと決めていたからだ。

「あとがき」にかえて

蔡　素　芬

今回、日本語版を上梓した『オリーブの樹（オリーブツリー）』（原題『橄欖樹《かんらんじゅ》（オリーブツリー）』は、昨年日本語版を発表した『明月（クリスタルムーン）』（原題『塩田児女』）の主人公、明月の娘、祥浩が成長し、大学に入学した学生生活から始まります。

前作の『明月（クリスタルムーン）』では、台湾南部の素朴な塩田の村に育った人々の生活と風景を描きました。周知のように、明るい月は暗い夜の道を明るく照らし、人々はその明かりを頼りに前に進むことができます。「明月」という主人公の名前は、その性格や一生を表し、生涯を家族や地域の人々のために貢献して生きる女性を表しています。日本で数十年前に『おしん』というドラマが放映され、世界中で人気を得ましたが、一九四〇年代生まれを想定して描写された明月は「おしん」と似たような立場で、当時の台湾の典型的な女性を代表したものです。

その時代の台湾はまだ日本の統治下で、第二次世界大戦終結を経て新しい台湾の建設が始まります。けれども一九五〇年代までの台湾は農業がメインで、経済の発展が遅れていたためモノが不足し、とても貧しい生活をする人がたくさんいました。貧しい生活の人々は、男性にしろ女性にしろ教育を受ける機会がとても少なくなります。たとえわずかなチャンスがあったとしても、男性が優先され、女性は労働をしなければならなかったのです。当時の女性はそれでも男性と同じように強く生きていかなければいけませんでした。家庭を守り、家族を養うという責任感がとても強かったのです。主人公の明月は、家を継ぐ兄がおらず、長女ということで幼なじみの意中の彼との結婚をあきらめ、意に染まぬ婿を迎えなければなりませんでした。婿を迎え、働いて一家を支えることが彼女の使命となりました。明月は自分が好きな彼と結婚できなかったのです。娘の祥浩は、その彼との間に宿した秘密の宝で、彼との絆を永遠に記憶し、数々の苦難を生き抜く秘密の支えでした。

『明月（クリスタルムーン）』の続編となる『オリーブの樹（オリーブツリー）』は、貧しく教育も受けられなかった明月が、家族のために自分のすべてを犠牲にし、身を粉にして働いて大学に進学させた秘密の娘、祥浩の大学のキャンパスライフを描いています。単なる大学生活ではなくて、大学で学ぶ若者たちの理想を描くのが、この長編小説を構想したわたしの中心テーマです。この時代の若者たちは、高度成長とグローバル化を背景に、将来の理想に対して大きな夢と期待感にあふれていました。

一九八〇年代になると、台湾の女性も教育を受ける機会が増えてきました。多くの親が「明月」のように自分の子どもに教育を受けさせるために努力した結果です。この時代以降、女性もたくさん大学に進学し、社会のさまざまな分野に進出して活躍するようになりました。

また、文学の世界でも女性を描く小説が増えてきました。一九九七年から『自由時報』で連載が開始された『橄欖樹（オリーブツリー）』も台湾の女性の意識を変えた一冊です。

『橄欖樹（オリーブツリー）』では、八〇年代のキャンパスライフの中で、フォークソングに焦点を当てて書きました。その当時フォークソングが流行っていたことと、フォークソングは大学生を中心にシンガーが自分で曲をつくり歌うというスタイルだったからです。

小説では、遠いところの文化を求めて海外へ留学する学生が登場しますが、明月の娘である主人公の祥浩は台湾に残ることを選択した人間として描かれています。台湾文化に根ざしたフォークソングは、この祥浩のメタファーであり、欧米文化への対比です。また、小説の「オリーブツリー」というタイトルは、台湾のフォークソングの同名のタイトル「オリーブツリー」に由来しています。このフォークソングは、若者たちが遠いところを夢みているという楽曲で、若者たちの壮大な理想への期待が込められたものです。

この小説で明月の娘、祥浩を主人公として描いたのは、明月との時代的、文化的な背景を対比することで、その変化を鮮明に表現したかったからです。明月は家族の束縛から逃れられず、親の意思に沿った一生を送りますが、明月の娘の祥浩は自分で自分の結婚する相手を決められるという現代の女性を表しています。主人公を同じ女性で、しかも同じDNAを共有する母娘とすることで、社会的背景に起因する感情の対比を鮮明に描けると考えました。

わたしは『オリーブの樹（オリーブツリー）』で、農業社会から工業社会に発展して行く過程で消え行く伝統的な小さな塩田の村と、そこから離れ都会に移り住み社会の底辺で働く家族の姿を描きました。社会性を重視することはわたしの一貫したスタイルであり、都市の発展と地方に住んでいた人たちが都会でどのように生活をしていくかということは連作のキーワードの一つです。その中でわたしは、塩田の村の美しい光景やそこで働く人の姿、時代の変化の中で寂びれゆく旧い街並みや風景を多く描きました。塩田は今、中止されていますが、わたしの小説を読んだ読者が、この小説の明月一家のように塩田を訪れるという現象も起きています。

わたしは小説の中で生まれた土地や地方の美しい風景に寄せる思いを描くことは、わたしの使命であり、それらを担い、そこで暮らす人々の心を読者に伝える架け橋となることは、小説家としてのわたしの役割でもあると思っています。

『オリーブの樹（オリーブツリー）』をはじめ、この一連の日本語翻訳版が、日本と台湾の人々の架け橋となることを願っています。

最後に、この日本語版出版を賛助して下さいました国立台湾文学館、企画・監修して下さいました林水福先生、翻訳して下さいました黄愛玲先生、編集・出版して下さいました桜出版の山田武秋氏、高田久美子さん、および多くの関係者の皆様に深く感謝申し上げます。

二〇一五年十一月

蔡素芬 Suh-Fen Tsai〈年表〉

一九六三　台湾・台南に生まれる。
一九七九　高校一年生の時から、小説を執筆する。
一九八五　淡江大學文学賞　短編小説／極短編小説、一位受賞。
一九八六　淡江大學文学賞　短編小説／極短編小説、一位受賞。
『中央日報』百萬小説応募短編小説、一位受賞。
作品「一夕琴（一夕琴）」『七五年度短編小説選』（爾雅出版社）に入選。該当年入選作品中、最年少入選。
一九八七　全国学生文学賞短編小説、二位受賞。
一九八九　一月、初めての著作となる短編小説集『六分之一劇（六分の一劇）』（希代出版社）を出版。
中国国学雑誌に入社、『国文天地』の主編集者となる。
一九九一　二月、アメリカへ四年近く滞在。
十月、「水源村的新年（水源村の新年）」が聯合文学新人賞中篇小説、推薦賞受賞。
一九九二　十月、短編小説集『告別孤寂（告別孤独）』（晨星出版社）を出版。内容はアメリカ滞在中の見聞が中心。
十月、台湾に帰国。アメリカ心理学関係著書の翻訳を手がけ、小説を執筆する。

一九九三　九月、『塩田児女（塩田風日）』聯合報長編小説賞受賞。『聯合報』で連載開始。翻訳作品『做自己的心理醫生（自分のカウンセリングになる）』（生命潛能出版社）が文建会推薦優良翻訳図書に選ばれる。

一九九四　五月、『塩田児女（塩田風日）』（聯經出版社）を出版。聯合報読書人版年度十大推薦図書に選ばれる。

一九九五　一月、『国語日報』入社、少年文学版主編集者となる。長編小説「姐妹書（姉妹書）」が『中華日報』と海外版『世界日報』で同時連載開始。

一九九六　十二月、「姐妹書（姉妹書）」（聯經出版社）を出版。

一九九七　五月、「歴史采光」ラジオ番組の制作に携わる。文建会ラジオ文化賞受賞。長編小説「橄欖樹（オリーブツリー）」『自由時報』で連載開始。十月、台湾発行数最大の『自由時報』に入社。映像文芸部門委員担当。

一九九八　四月、『塩田児女（塩田風日）』第二部、長編小説『橄欖樹（オリーブツリー）』（聯經出版社）を出版。七月、『塩田児女（塩田風日）』は二十集となるテレビドラマに改編され放映される。公共テレビ局の開局ドラマとして、繰り返し再放送される。小説は売り上げ一〇万冊に達する。

一九九九　五月、『橄欖樹（オリーブツリー）』中興文芸賞受賞。十一月、『自由時報』新聞文学付録の主編集者となる。

二〇〇〇　五月、短編小説集『台北車站（台北駅）』（聯經出版社）を出版。

二〇〇一　五月、中国文芸協会文芸賞を受賞。
十月、二〇〇〇年ノーベル文学賞受賞者高行健氏と台湾作家黄春明氏が、宜蘭文化局にて行われた対談の司会を務める。該当イベントは文建会主催で黄春明氏の故郷で行われたものである。
二〇〇二　南瀛文学賞受賞。台南県政府より『蔡素芬短編小説選集』を出版。
二〇〇四　林栄三文化公益基金会執行長を兼任し、台湾文学類最高奨額となる「林栄三文学賞」の第一回目を主催する。賞は短編小説・散文・新詩・エッセイ賞とに分かれる。後に同賞は年一回行われる。
二〇〇五　『九四年度短篇小説選（二〇〇一年度短編小説選集）』（九歌出版社）の選出出版に携わる。該当年度各メディアにて発表された小説十五編を収集。
二〇〇六　第一回「榮三盃全國中小學生棋王賽（栄三杯全国中小学生囲碁王者決定戦）」を主催。後に同賞は年一回一〇月に行われ、台湾におけるアマチュア棋士にとって最も指標性ある大会となる。棋士を育て囲碁を広め、歴代に日台プロ囲碁有名棋士、大竹英雄・林海峰・謝依旻・周俊勳・黑嘉嘉等を招聘し大会盛りたてた。また、『自由時報』に王銘琬氏の囲碁枠を設け、囲碁推進に尽力した。
二〇〇七　十一月、「台北国際ブックフェア」にて第一回ブックフェア大賞審査員担当。
二〇〇八　『台灣文學三十年菁英選――小家三十家（台湾文学三十年精鋭選集・小説家三十人）』を編集選出。一九四五年以降生まれで、且つ最近三十年間で最も活躍した台湾小説を代表する小説家三十人の作品を選出。

二〇〇九　五月、「全国学生文学賞」審査員担当。

五月、月刊『聯合文学』主催の「聯合文学新人賞」審査員担当。

九月、長編小説『燭光盛宴（華燭の宴）』（九歌出版社）を出版。香港『亞洲週刊』十大中国語小説に入選。『中国時報』十大優良図書、金鼎賞、台湾文学金典賞、そして、台湾国際ブックフェア十大優良図書に入選。

二〇一〇　一月、台北国際ブックフェアにて中国作家畢飛宇氏と小説の創作について対談を行う。

五月、「全国学生文学賞」審査員担当。

六月、「国際英文短編小説協会」の依頼を受け、カナダ・トロントにて行われた「国際英文短編小説会議」で英訳作品を朗読。

十月、「林語堂文学賞」審査員担当。

十二月、日本・早稲田大学に赴き作品を朗読。

十二月、「台北国際ブックフェア」第四回ブックフェア大賞審査員担当。

二〇一一　五月、「全国学生文学賞」審査員担当。

六月、「台湾ドイツ文化交流計画」の推薦を受け、ドイツのベルリン文学学会に一ヶ月滞在。訪問期間中二〇〇九年ノーベル賞受賞者ドイツ人作家ヘルタ・ミュラー（Herta Müller）にインタビューし、『自由時報』に発表する。また、ルプレヒト・カール大学ハイデルベルクの漢学学科の教授学生らと会談し、小説創作や編集経験を語る。ルール大学ボーフムの漢学センター漢学専門家フォルカー・クロプシュ（Volker Klöpsch）氏、ヘニング・グレゴール（Henning Klöter）氏等教授学生と会談し、台湾文学を紹介。ベルリン文学学会と台湾駐在所が主催する朗読会にて作品を朗読。休暇でドイツ帰国中の長期中国駐在ドイツ政府外交通訳官で漢学専門家でもあるルプレヒト・マイヤー（Rupprecht Mayer）氏を訪ね、ミュンヘンの山沿いにあるマイヤー氏の自宅に赴き、夫婦と共にミュンヘン及びオーストリア・ザルツブルク、旧モーツアルト邸等を参観。

十二月、「台北国際ブックフェア」第五回ブックフェア大賞審査員担当。


二〇一二　二月、台北国際ブックフェアにて「張翎與蔡素芬筆下的女性（張翎と蔡素芬が描く女性達）」との題目で、カナダ在住中国人作家張翎氏と対談。ドイツ漢学専門家による「德意志文學風雲（ドイツ思考文学考）」座談会の司会。

五月、「全国学生文学賞」審査員担当。

五月、月刊『聯合文学』主催の「聯合文学新人賞」審査員担当。

六月、再度「国際英文短編小説協会」の依頼を受け、アメリカ・アーカンソー リトルロックにて行われた「国際英文短編小説会議」で英訳作品を朗読。

七月、擔任「金鼎獎」評審。

九月、『海邊（海辺）』（九歌出版社）を出版。

十二月、『塩田児女（塩田風日）』台南市代表書物に選ばれる。

二〇一三　二月、台北国際ブックフェアにて「芬蘭女性的文學天空（フィンランド女性の文学）」をテーマにフィンランド人女性作家 Elina Hirvonen にインタビュー。

五月、「世界華文学生文学賞」審査員担当。

六月、シンガポールでのブックフェアに招聘講演。

八月、マレーシア『星洲日報』の招聘を受け、マレーシアにて「花蹤文学賞」審査員を担当。

十月、「林語堂文学賞」審査委員担当。

二〇一四 四月、『塩田児女（塩田風日）』第三部、長編小説『星星都在説話（きらめく星語りつくせぬ）』（聯經出版社）出版。

十一月、第三十七回呉三連文学賞を受賞。賞金八〇萬元。

二〇一五 一〇月三〇日「台湾文学講座」（東京・台湾文化センター）に招聘講師。

一一月一日「台湾文学講座」（岩手県盛岡市）に招聘講師。

翻訳：**黄　愛玲**（こう あいれい）

小学校卒業後来日、大阪大学大学院にて博士号学位取得まで日本在住。現職、台湾国立高雄第一科技大学外語学院応用日語系副教授。

監修：**林　水福**（りん すいふく）

作家、翻訳家、台北駐日経済文化代表処 台北文化センター初代センター長などを経て、現在、南臺科技大学教授。文学博士（東北大大学院で文学博士を取得）。中国青年寫作協会理事長、中華民国日語教育学会理事長、台湾文学協会理事長、台湾啄木学会会長など、幅広く活躍。著書に『日本現代文学掃描』（鴻儒堂出版社 1996 年)、『日本文学導遊』（聯合文学 2005 年)、『源氏物語的女性』（三民書局 2006 年）など。主な訳書に遠藤周作『深い河』『沈黙』『海と毒薬』、井上靖『蒼き狼』、谷崎潤一郎『瘋癲老人日記』『細雪』『痴人の愛』など多数。2014 年 10 月、石川啄木の『一握の砂』全歌を翻訳出版。

オリーブの樹 ●原題『橄欖樹(オリーブツリー)』●

二〇一五年十一月二十五日
第一版　第一刷発行

著者　蔡素芬
訳者　黄愛玲
監修　林水福
装幀　高田久美子
発行人　山田武秋
発行者　桜出版
岩手県紫波町犬吠森字境一二二番地
〒〇二八-三三一一
Tel（〇一九）六一三-二三四九
Fax（〇一九）六一三-二三六九
印刷所　モリモト印刷株式会社

ISBN978-4-903156-22-4　C0097

國立台灣文學館 (National Museum of Taiwan Literature) 贊助出版